Brigitte Riebe
Moon

SERIE PIPER

Zu diesem Buch

Katzenliebhaber trauen den kleinen Samtpfoten einfach alles zu. Aber kann die Katze Moon, die in einer mondhellen Sommernacht maunzend, halbverhungert und verletzt vor der Villa der Familie Hirsch sitzt, vielleicht wirklich zaubern? Zumindest scheint das süße Ding mit geheimnisvollen Mächten im Bunde zu stehen. Denn bei Familie Hirsch, die Moon nach Leibeskräften pflegt und hätschelt, beginnen sich die unzähligen Dramen aufzulösen und die vielen Wehwehchen zu weichen. Mutter Evelyn kann endlich dem sinnlichen Schreiner Franz widerstehen, Vater Christoph weiß sich plötzlich Rat in seinen geschäftlichen Sorgen und kann seinerseits der verführerischen Maxie entsagen, Tochter Fanny wird ihre Ängste los und Sohn Till hat Erfolg im Schulmusical. Sogar Großmutter Ilona kommt plötzlich zu Geld und erlebt eine traumhaft romantische Liebesgeschichte.

Brigitte Riebe, geboren 1953 in München, promovierte Historikerin, lebt als freie Schriftstellerin in München. Bekannt wurde sie durch ihre Romane »Palast der blauen Delphine« und »Ehemänner und andere Fremde« sowie durch ihre populären Sina-Teufel-Krimis, die sie unter dem Pseudonym Lara Stern veröffentlichte. Zuletzt erschien ihr historischer Roman »Pforten der Nacht« (1998).

Brigitte Riebe

Moon

Ein Katzenroman

Piper München Zürich

Von Brigitte Riebe liegt in der Serie Piper außerdem vor:
Palast der blauen Delphine (2274)

An meine Lieblingsfreundin Pollo für sonnendurchflutete andalusische Tage und teils magische, teils äußerst hitzige Mondnächte.
An Tanja Graf mit Dank für ihren Enthusiasmus.
An Antonio, der schon immer den richtigen Blick für alles hatte.
Und an meine kleine Freundin Anna-Panna für die wissenschaftliche Mitarbeit an der »Rocky Horror Picture Show«.

Ungekürzte Taschenbuchausgabe
Oktober 1998

Umschlag: Büro Hamburg
Simone Leitenberger, Susanne Schmitt, Annette Hartwig
Umschlagabbildung: Michael Sowa
Foto Umschlagrückseite: Christiane Marek
Satz: Uhl + Massopust, Aalen
Druck und Bindung: Clausen & Bosse, Leck
Printed in Germany ISBN 3-492-22711-2

Gewidmet Luna-Lu, Taifun, Tiger, Shiva, Lilli, Nero, Napi, Cicciolina P., Pompon, Lucky, Saba, Leon, Salomon, Felix, Pussy, E.T., Öhrchen, Näschen, Sternchen, Josephine, Gigolo, Socke, Schnurri, Zorro und allen anderen Samtpfoten, die eines Tages in unser Leben kommen, uns adoptieren und uns dabei freundlicherweise auch noch gestatten, sie närrisch und bedingungslos zu lieben.

Und für Sally und Lolita, fast schon Katzen. Ehrenhalber.

Don't dream it – be it!

Frank N. Furter

Die Nacht war eine frühsommerliche Verheißung, warm, lockend, duftgetränkt. Weit geöffnete Fenster ließen weiche Luft herein, geschwängert mit dem Blütenstaub der Gräser, dem Geruch nach feuchter Erde. Evelyn Hirsch lag in ihrem breiten Bett aus Ahornholz, erschöpft, gleichzeitig aber viel zu überdreht, um endlich wirklich in das Reich der Träume zu gleiten. Immer wenn die Müdigkeit sie zu überwältigen drohte, schreckte sie wieder hoch, als gäbe es da draußen etwas, was sie um keinen Preis der Welt einschlafen lassen wollte.

Sie mußte über sich selbst lächeln. Nichts als Hirngespinste! Früher, als ihre Großmutter Pia noch lebte, hatte im Dachboden des alten Hauses manchmal eine Schar Fledermäuse genistet, aber das war längst vorbei. Das einzige, was jetzt zu hören war, war das Flüstern des Fliederbaumes, in dem der Wind spielte, direkt unter ihnen.

Neben ihr schnarchte Christoph Hirsch, der Mann, mit dem sie seit mehr als sechzehn Jahren Herz, Bett, Kindersorgen und die vielen kleinen Nöte des Alltags teilte. Sein blasses Gesicht war gelöst im

Schlaf, ohne die Knitterfältchen um Mund und Augen, die sich in den letzten Monaten fast unauffällig eingekerbt hatten; eine feuchte, rotblonde Locke klebte an seiner Stirn. Er hatte die gleichen sinnlich aufgeworfenen Lippen wie sein Sohn. Jetzt, wo sie ganz entspannt und leicht geöffnet waren, sah er beinahe wieder so unbekümmert aus, wie damals auf dem Segelboot in der Ägäis, als sie sich in einer blauen Sommerdämmerung Hals über Kopf ineinander verliebt hatten, kaum, daß die anderen an Land gegangen waren.

Ein paar gerührte Augenblicke lang kämpfte sie mit sich. Er schlief auf dem Rücken, die Arme ausgebreitet wie ein Kind, und wirkte wehrlos, beinahe unschuldig. Der resignierte Zynismus in seinen Zügen, der sie mehr als alles andere lähmte, war verschwunden. Sollte sie ihn wirklich anstupsen, damit er sich – in der Regel brummend – auf die Seite drehte und zumindest für eine Weile verstummte?

Als sein Atem jedoch unruhiger wurde und er damit begann, stetig ansteigende Knurrlaute auszustoßen, gab sie die Hoffnung, doch noch einzuschlafen, endgültig auf. Seltsamerweise konnte sie gar nicht anders. Sie mußte aus dem Bett! Leise seufzend erhob sie sich, bemüht, so wenig Geräusche wie möglich zu machen. Natürlich knarzte die Treppe trotzdem wieder, obwohl sie auf Zehenspitzen hinunter in die Küche schlich.

Im Mondlicht konnte man sehen, wie sauber alles war. Und wie abgenutzt. Helle, tausendfach geschrubbte Resopalflächen, ein grau-weiß gewürfelter Plastikboden, knallrote Holzstühle, dreifarbige Glaslampe. Die perfekte Musterküche aus den fünfziger Jahren, seltsam genug in einer renovierungsbedürftigen Jugendstilvilla, mit hellgrauen, kunststoffbeschichteten Einbauteilen, zwischen denen sich der hohe weiße Eisschrank mit integrierter Kühltruhe und die Spülmaschine wie futuristische Fremdkörper ausnahmen. Beides erst jüngere Zugeständnisse an den Partyservice *Paradiso*, den sie seit knapp zwei Jahren mit ihrer Freundin Maxie Malkowitch betrieb.

Seitdem hatte sie immer weniger Lust, auch noch für die Familie zu kochen. Einfallslose Schnellgerichte waren es, die sie ihr in der Regel vorsetzte. Sie wußte es selbst am besten, obwohl sich keiner je darüber beklagt hatte. Christoph schien oft nicht einmal zu bemerken, was er aß, und Fanny stopfte ohnehin kritiklos in sich hinein, was man ihr vorsetzte. Der einzige, der ihr manchmal einen erstaunten Blick aus schrägen Bernsteinaugen zuwarf und seinen Teller fast unberührt ließ, war Til, ihr Großer. Ein paar Tage lang riß sie sich dann zusammen, zauberte Nudelaufläufe, asiatische Wokgerichte mit duftigem Basmatireis oder, wenn es sie besonders hart getroffen hatte, einen Riesentopf Stifado, den die Kinder bis zum letzten Faserchen mit Brot auskratzten, weil sie ihn über alles liebten. Aber ihr Ehrgeiz erlahmte jedesmal rascher. Seitdem sie ihr Geld mit dem Zubereiten von Speisen auf Bestellung verdiente, schien es, als sei ihr früherer Instinkt, die Familie zu hegen und zu nähren, mehr und mehr zum Erliegen gekommen.

War es das, was ihr heute nacht keine Ruhe ließ?

So wie sie war, in ihrem Nachthemd mit den Spaghettiträgern, setzte sie sich auf einen der ausrangierten Küchenstühle, die winters wie sommers auf der Terrasse standen. All die formlosen, übergroßen T-Shirts, in denen sie die letzten Jahre schlafen gegangen war, hatte sie erst neulich ausgemustert. Sie genoß das Alleinsein, spürte das Mondlicht auf ihrer bloßen Haut. Das Haus nebenan, schon seit Monaten leergeräumt, lag im Dunkeln. Ihre ehemaligen Nachbarn hatten sich auf einen zu hohen Preis festgelegt und fanden trotz aller Bemühungen keine Käufer.

Wieder kein Käuzchenschrei, kein Knacken von Holz, nicht einmal ein ordentlicher Vollmond! Das gelbe Ding, das da träge am unverschämt samtblauen Nachthimmel dümpelte, war seitlich schon ein bißchen angefressen.

Leise schwimmt der Mond durch mein Blut …

Unwillkürlich mußte sie an ihr früheres Lieblingsgedicht von Else Lasker-Schüler denken. Jetzt war ihre Zeit längst viel zu knapp geworden, um sich noch mit Lyrik zu beschäftigen. Meistens vergaß sie sogar, zu bedauern, daß es so gekommen war. Ein wenig fahrig zündete sie sich eine Zigarette an und inhalierte gierig. Unter dem feinen Batist zeichneten sich selbst im Sitzen die Hüftknochen ab. Keine Spur mehr von dem hartnäckigen Speckpolster, über das sie sich jahrelang geärgert hatte!

War sie deshalb so unruhig und nervös?

Angespannt lauschte sie in die Nacht hinaus. Aber da war nichts zu hören außer knirschendem Kies, vermutlich verursacht von einem vorbeifahrenden Fahrrad. In den letzten Monaten war sie richtig dünn geworden. Ihr Gesicht war nicht länger mondrund wie Fannys, sondern oval, eine milchigweiße, geschälte Mandel zwischen altmodisch gescheiteltem Rabenhaar. Pias schöne Korallenkette, die sie inzwischen nicht einmal zum Schlafen auszog, ruhte auf knochigen Schlüsselbeinen, und sie war dazu übergegangen, sich ihre Büstenhalter zwei Größen kleiner zu kaufen. Die schlanke Straffheit ihrer Waden unterstrich sie jetzt am liebsten durch hochhackige Schuhe, und sie trug zu Kleidern mit enger Taille und schwingenden Röcken eine Menge klimpernder Armreifen. Es gab Tage, da fühlte sie sich so leicht wie Luft. Das kam beinahe dem Körper nahe, den sie sich schon als junges Mädchen erträumt hatte!

»Gott, bist du vollkommen!« flüsterte Franz hingebungsvoll, wenn sie die Augen schloß und ihren Rücken durchbog, damit er sie im Stehen lieben konnte, oben in der heißen, vollgerümpelten Mansarde, wenn das Haus endlich leer war, und manchmal glaubte sie es ihm sogar. Dann bekam sie wieder den Kloß im Hals, und ihre Hände wurden flattrig. Bisweilen war ihr in diesen Momenten sogar nach Weinen zumute. Obwohl sie sich gleichzeitig nicht daran satthören konnte.

Natürlich war ihr leidenschaftlicher Liebhaber der wahre Grund der rapide purzelnden Kilos und keineswegs die Reihe soldatisch aufgestellter Magermilchjoghurts im oberen Kühlschrankfach, die den offiziellen Teil ihrer Legende darstellten. Von Tag zu Tag hoffte sie, daß Christoph und die Kinder ihr das Märchen von der wundersamen Dauerdiät auch weiterhin abnehmen würden. Deshalb aß sie in ihrer Gegenwart nur winzige Portionen, beschränkte sich auf Salat, angemacht mit Süßstoff und Zitrone, rosa Grapefruits und gegrillte Fischfilets und ersetzte zwei von drei Abendessen im Kreis der Familie durch ein großes Glas Weinschorle.

War sie allerdings mit Franz zusammen, brach die Gier nach jeder Art von Genuß ungehemmt durch. Dann konnte sie nach Herzenslust essen und trinken, voll dankbarem Erstaunen darüber, daß selbst nach solchen Völlereien der Zeiger der Waage unaufhaltsam nach links wanderte. Es war, als lodere ein unsichtbares Feuer in ihrem Körper, das nach und nach alles Fett verzehrte. Kein pralles, üppiges Fleisch mehr wie früher, das Christoph so anziehend gefunden hatte! Ihr Hals war lang, ihr Rücken straff und sehnig, wie der einer Tänzerin oder Amazone.

Langsam ging sie zurück zum Kühlschrank, goß sich ein großes Glas kalter Limonade ein und leerte es in einem einzigen Zug. Aber was auch immer in ihr brannte, sie konnte es nicht löschen. Sie legte die

Hand auf die Brust, und es bummerte darunter so fest, daß die Haut hüpfte.

Wer nur rief sie so dringlich?

Unwillkürlich schaute sie halb über die Schulter in den Garten. Die Kronen der Obstbäume standen in dünngesponnenem Licht, und es war draußen fast beängstigend still. Keine Menschenseele weit und breit! Wahrscheinlich reine Einbildung, sagte sie sich, nichts weiter als eines jener seltsamen Phänomene, mit denen sie es in letzter Zeit schon öfter zu tun gehabt hatte. Denn das war die andere, weniger erfreuliche Seite der ranken Medaille: anhaltende Benommenheit, die niemals ganz von ihr wich und sich, kombiniert mit Schlaflosigkeit und Hitze, gelegentlich zu massivem Schwindel steigern konnte. Zweimal schon hatte sie im dichten Verkehr nur in allerletzter Minute bremsen können, ohne auf den Vordermann zu krachen, und war dann einfach regungslos sitzengeblieben, den Kopf auf dem Lenkrad, bis die Welt wieder stillstand und in ihren Ohren das Rauschen des Blutes leiser wurde.

Niemand ahnte etwas von diesen beunruhigenden Zuständen, nicht einmal Maxie, ihre Partnerin und beste Freundin in einem, die selbst schätzungsweise gut zwei Zentner Lebendgewicht mit Gelassenheit und erstaunlicher Grazie mit sich herumtrug. Und das war natürlich nur ein einziges Glied inmitten einer langen Kette von Halbwahrheiten, Ausreden und Schwindeleien, die nötig waren, um diese unmögliche Liebschaft mit Franz aufrechtzuerhalten –

und alles, was dazugehörte. Erstaunt hatte Evelyn feststellen müssen, wie leicht es ihr fiel, jemanden anzulügen, sogar und vor allem die Menschen, die sie am meisten liebte. Inzwischen erzählte sie die erstaunlichsten Geschichten so geschickt, als seien sie Selbstverständlichkeiten. Die meiste Zeit fühlte sie sich dabei nicht einmal mehr richtig schuldig. Lügen waren für sie etwas Alltägliches geworden. Ja, sie empfand sogar ein gewisses Vergnügen daran, sie nach Herzenslust auszuschmücken. So perfekt war ihr das – wenngleich kräftezehrende – Doppelleben bereits in Fleisch und Blut übergegangen.

Seitdem sie vergangenes Silvester zum erstenmal die Werkstatt von Franz Maria Beez betreten und mit ihm zusammen Pias wertvolle, aber leider ziemlich ramponierte Biedermeierkommode vom Anhänger gehievt hatte, um sie von ihm restaurieren zu lassen, war nichts mehr so wie früher. Später behauptete Franz, ihre Füße seien die schönsten, die er je gesehen hätte. Allein deshalb sei er ihr auf Anhieb verfallen.

»Aber ich habe doch Stiefel getragen! Und pelzgefüttert waren sie noch dazu.«

»Eben. Daran siehst du, wieviel Phantasie ich habe!«

Sie dagegen hatte auf sein klassisches Profil gestarrt, die rauchblauen, dichtbewimperten Augen, die sich beim Lachen zu glitzernden Schlitzen verengten, die wirren Locken. Die kräftigen Hände. Sein buntes, mehrfach geflicktes Hemd spannte. Zwischen den Knöpfen konnte sie eine bräunliche, glatte

Brust sehen. Er war bestimmt sechs Jahre jünger als sie. Vielleicht auch zehn. Als ob sie all die Jahre über nur geträumt hätte und erst jetzt mit einem Schlag aufgewacht sei! Plötzlich erinnerte sie sich wieder daran, daß sie einen Körper besaß. Und fühlte gleichzeitig in allen Gliedern, in jeder einzelnen Zelle den unbarmherzigen Lauf der Zeit. Sie hatte den Kopf in den Nacken geworfen und einfach losgelacht. Nein, sie verspürte wahrhaft keine Lust, das Leben noch länger als sehnsüchtige Zuschauerin von der Tribüne aus zu betrachten, bis ihr Verfallsdatum unweigerlich abgelaufen war!

Als ihre Hände sich berührten, zufällig oder schon voller Absicht, war es wie ein Stromstoß. An normales Reden war kaum noch zu denken. Und wenn schon! Alles, worum es ihr ging, war, diese Stimmung zu erhalten, die sich wie ein straffes Spinnennetz zwischen ihnen spannte.

Sie hatte es geschafft. Bis zum heutigen Tag. Allein das zählte.

Ein hohes, klägliches Fiepen, das bis ins Innerste drang. Wie ertappt zuckte sie zusammen.

Eines der Kinder?

Von wegen freies, schuldloses Genießen! Was für eine miese Mutter war sie doch seit ein paar Monaten, lüstern, egoistisch, unverschämt selbstbezogen! Dabei wußte sie genau, wie hilflos Tilman in der Brandung der Pubertät ruderte, und daß es Fanny noch immer nicht geschafft hatte, sich in der Schule einzuleben.

Sie lief nach oben und riß die erste Schlafzimmertür auf. Die Kleine hatte sich wie immer tief unter dem Plumeau vergraben und seufzte, als sie sie zärtlich freischaufelte. Evelyn liebte ihre Tochter am meisten, wenn sie schlief. Dann gab es keine Mißverständnisse zwischen ihnen, keine unwillig gestellten Anforderungen, denen Fanny sich nicht gewachsen fühlte, kein tränenreiches Schmollen oder muffiges Auftrotzen.

Wie ähnlich sie ihr sah!

»Dein perfektes Ebenbild«, hatte Christoph gemurmelt, nachdem sie sie geboren hatte. »Wie geklont! Eine zweite, winzig kleine Evelyn!«

Jetzt war ihr dichtes schwarzes Haar schweißnaß, und das bunte Hemdchen klebte am Körper. Wie hatte Evelyn schon wieder vergessen können, ihr die längst versprochene Sommerdaunendecke zu kaufen? Neben dem Bett lag ein verwaistes Schokopapier, natürlich heimlich eingeschmuggelt, weil grüne Äpfel als abendliches Dessert trotz aller Überredungskünste nicht die Zustimmung des Mädchens fanden, daneben Kasimir, Fannys kleiner Stoffhase, ohne den sie seit Babytagen nicht einschlafen konnte. Evelyn legte ihn zurück ins Bett und streichelte kurz über Fannys Haar. Zum Glück war sie nicht aufgewacht, sondern schnarchte friedlich weiter, kaum leiser als ihr Vater im Zimmer gegenüber.

Til, zwei Türen weiter, schlief ebenfalls, das Gesicht in den Armen verborgen. Seine schulterlangen Locken, die sein Vater haßte, Evelyn aber liebte und daher vehement gegen all seine Vorwürfe verteidigte, ringelten sich auf dem Kopfkissen wie rotgoldene Schlangen. Unter seinem Bein lugte eine aufgeschlagene Illustrierte hervor. Nacktes Fleisch. Hochglanz fotografiert. Sie runzelte einen Augenblick die Stirn, dann lächelte sie wieder. Der Junge war erschrekkend groß geworden, beinahe schon ein Mann, ob es ihr nun paßte oder nicht!

Er räkelte sich, drehte sich halb auf die Seite und strampelte sich dabei frei, als ob ihm unter ihren indiskreten Blicken plötzlich zu heiß geworden sei. Wie immer im Sommer schlief er nackt. Schon halb im Gehen, erstarrte sie und schaute noch einmal genau hin.

Er hatte es also doch getan!

Auf seiner linken Pobacke prangte eine kleine, formvollendete Rose. Rot mit grünem Beiwerk. Die Tätowierung sah ganz frisch aus. Das hatte sie nun davon, daß sie ihm den Ring in der Nase so strikt untersagt hatte.

Um einiges nachdenklicher verließ sie sein Zimmer. Jeder hier im Haus machte offenbar, was er wollte. Und sie? Ihr blieb nur eine Handvoll gestohlener Momente, die sie zudem auch noch in mühsamer Kleinarbeit aus dem vollgepackten Familienstundenplan herausschinden mußte. Hatte sie, zum Teufel noch mal, nicht den Anspruch auf ein bißchen mehr verbotenes Glück? Bevor sie eine alte Frau wurde und alles endgültig vorbei war?

Das Fiepen wurde lauter. Durchdringend.

Sie lief die Treppe hinunter, durch die Küche, auf die Terrasse hinaus. Nahm die paar Stufen nach unten in den kleinen, verwilderten Garten. Es klang nach einem verletzten Kind. Oder einem Lebewesen in großer Not.

Sie spähte in die Dunkelheit. Und wirklich, unter der großen Tanne, die sie eigentlich schon seit mindestens zwei Jahren fällen lassen wollten, weil sie viel zu viel Licht schluckte, entdeckte sie eine Katze. Mager und klein. Beim Näherkommen erkannte sie die Zeichnung, schwarzgestromt auf rötlichem Untergrund.

Unsere Familienfarben, dachte Evelyn und ging ruhig weiter, Fannys und mein Schwarz und das Rot meiner beiden Männer! Sie versuchte es mit sanften, gurrenden Locktönen, doch das Tier blieb in geduckter Stellung. Allerdings machte es auch keine Anstalten, wegzulaufen.

Als sie dicht vor der Katze stand, ahnte sie weshalb. Ihr rechtes Ohr war eingerissen wie nach einem Kampf. Aus der Nähe war sie klapperdürr, mit eingefallenen Flanken, um die das Fell wie ein zu groß gewordener Mantel schlackerte. Stumpf und schmutzig war es, fast schon räudig. Nicht gerade das, was man von dieser angeblich so reinlichen Spezies erwartete! Ob sie so krank war, wie sie aussah?

Evelyn überwand sich, bückte sich und hob sie vorsichtig hoch. Sie erschien ihr viel zu heiß, ein schnell atmendes Nachtgeschöpf, beinahe ohne Gewicht. Hatte sie Fieber?

Die Katze stieß einen schrillen, empörten Schmerzenslaut aus, wand sich überraschend kräftig in ihren Armen und fuhr dabei die Krallen aus. Das Resultat war ein ordentlicher Kratzer am Dekolleté.

»Mistvieh, verdammtes!« Evelyn ließ sie auf der Stelle wieder fallen.

Die Katze machte zwei Schritte, versuchte aber erstaunlicherweise nicht, weiter fortlaufen. Sie hinkte stark. Ihre linke Hinterpfote war abgeknickt und blutverkrustet.

Sofort war das Mitleid wieder da. Und noch ein seltsames anderes Gefühl, das Evelyn nicht genau benennen konnte. Sie ging ihr behutsam nach, bückte sich abermals und streichelte sie vorsichtig. Gnädig ließ sie es sich gefallen.

»Du brauchst einen guten Tierarzt«, sagte Evelyn leise und setzte sich neben sie. Der Kratzer brannte unangenehm, aber sie kümmerte sich nicht darum. »Und zwar so schnell wie möglich. Bist du irgendwo unter die Räder gekommen? Na ja, sieht auf jeden Fall nicht gerade aus, als hätte sich in letzter Zeit jemand um dich gesorgt. Du selbst allerdings auch nicht, wenn ich dir das in aller Offenheit einmal sagen darf.«

Sie fuhr mit ihrem gleichmäßigen Streicheln fort. Die Katze schien sich unter ihren liebevollen Händen zu entspannen und ließ sich auf die Seite fallen. Ihr Bauch war von einem hellen, beinahe falben Rot. Im hohen, leicht verbrannten Gras, das schon viel zu lange auf den Rasenmäher wartete, sah sie aus wie eine Raubkatze in Miniaturausgabe, die Schutz in der Savanne gesucht hatte. Sie roch sogar ein bißchen streng.

»Eine Schönheit bist du ja nicht gerade, mein Mädchen! Und, ehrlich gesagt, richtig runtergekommen. Hat man dich deshalb aus dem Haus gejagt?«

Das konnte nur ein Weibchen sein! Sie hatte keinen dicken Katerkopf, sondern ein kleines, dreieckiges Gesicht und große Ohren mit dünnen Haarbüscheln. Auf der Stirn mündeten die dunklen Streifen in einem perfekten M, den Körper überzogen sie mit einem regelmäßigen Tigermuster. Die pechschwarze Schwanzspitze zuckte leicht. Sie war auf der Hut, aber nicht mehr ängstlich. Langsam, fast ein wenig feierlich hob sie den Kopf und schaute Evelyn durchdringend an. Mit riesigen, weitgeöffneten Augen, kiwigrün und wunderschön, umrahmt von schwarzen, exakt gezogenen Kajallinien.

In diesem Augenblick geschah etwas Merkwürdiges, beinahe, als würde der Hauptschalter in Evelyns Seele ein für allemal umgelegt. Selbst die makelloseste Katze hätte sie nicht fürsorglicher oder zärtlicher stimmen können. Ganz im Gegenteil, dieses schmächtige Bündel aus Augen und zerzaustem Fell rührte sie mehr als jedes andere Wesen, dem sie bisher begegnet war.

»Oh, tut mir wirklich leid, da habe ich mich wohl gerade gründlich geirrt!« schmeichelte sie, erstaunt über sich selbst. »Ich hoffe, du kannst mir noch einmal verzeihen! Tust du das, ja? Wo kommst du bloß auf einmal her, meine Kleine? Und wie heißt du überhaupt?«

Statt einer Antwort kletterte die Katze schnurstracks in ihren Schoß und rollte sich dort zusammen. Sie drückte ihr Köpfchen gegen Evelyns Arm und setzte zum Milchtritt an, als sei sie noch ein Baby, das an den Zitzen seiner Mutter saugte. Zunächst waren nur leise Schmatzgeräusche zu hören, wenn die rauhe Zunge gegen den gestärkten Stoff fuhr. Nach einer Weile aber begann sie dabei zu schnurren, gleichmäßig und anhaltend wie knisterndes Feuer.

Widersprüchlichste Gefühle überfielen Evelyn ohne Vorwarnung, fast wie damals, als sie nach der Geburt Fanny in den Armen gehalten hatte und nicht damit aufhören konnte, gleichzeitig zu lachen und zu weinen. Sie war alles andere als glücklich gewesen über diese zweite, ganz und gar ungeplante Schwangerschaft. Denn sie hatte schon länger den heimlichen Vorsatz gefaßt, beim nächstgünstigen Zeitpunkt Christoph mitsamt all dem Familienkram hinter sich zu lassen und allein mit ihrem Sohn Til einen Neuanfang zu wagen. In jenen Augenblicken hatte sie nicht einmal ahnen können, wie unendlich lieb sie ihr kleines Mädchen bald schon haben würde! Und wie schwierig es für sie sein würde, mit ihr ohne ständige Reibereien auszukommen.

Natürlich war sie schließlich doch geblieben. Wie es aussah, würde sie vermutlich nie die Kraft haben, um wirklich wegzugehen. Auch wenn es immer wieder vorkam, daß sie intensiv davon träumte. Aber was sie an dieses Haus und seine Bewohner band, war zu stark, zu übermächtig. Diese Nähe, diese ständigen Sorgen, vor allem jedoch dieses seltsame innere Ziehen, das niemals aufhörte, selbst wenn die Kinder langsam groß wurden! Genügte es nicht schon, daß sie diesen undefinierbaren Gefühlsbrei zur Genüge in zweifacher Ausführung kannte? War sie jetzt auch noch dabei, ihn aus freien Stücken auf ein wehrloses Tier zu übertragen?

Unwillkürlich mußte Evelyn grinsen, wie immer, wenn sie sich dabei ertappte, um ein Haar in weltumfassender Tragik zu versinken. Zum Glück war ihr Mutterwitz noch vorhanden, leicht angeschlagen von den unübersichtlichen Strapazen der letzten Zeit, aber dennoch unbesiegbar.

Als die einzige kleine Wolke am Himmel weit und breit vorbeigezogen war, und es wieder mondhell im Garten wurde, wußte sie auf einmal die Antwort, nach der sie zuvor vergeblich gesucht hatte. Sie mußte nicht einmal mehr nach oben schauen.

»Moon«, sagte sie lächelnd, »keine Frage! Wie habe ich nur einen Augenblick zweifeln können? Du bist Moon.«

In diesem Moment hatte sie vollständig vergessen, daß sich die Hirschs keine zwei Tage zuvor in der allwöchentlichen Familienkonferenz einvernehmlich darauf geeinigt hatten, die Zeit der Haustierhaltung sei bei ihnen endgültig vorbei.

Sie blieb so lange sitzen, bis das Schnurren in ihrem Schoß mit einem letzten, tiefen Seufzer ausgeklungen war. Dann hob sie ihr Nachthemd an wie einst Sterntaler und stand bedächtig auf, vom langen Stillsitzen fast ein wenig staksig. So vorsichtig wie möglich trug sie die schlafende Katze ins Haus.

Sie drehte sich nicht um. Vielleicht sogar besser so.

Sonst hätte sie vermutlich die dünne Spur Mondstaub bemerkt, die sie bei jedem Schritt hinter sich ließ.

Fanny erwachte gewohnheitsmäßig am frühesten im Haus, und außerdem hatte sie Hunger. Ihr erster Blick galt dem Schrank, wie jeden Morgen, wenn sie die Augen aufschlug. Zum Glück war er fest geschlossen. Ein verheißungsvolles Zeichen! Klugerweise hatte sie sich die Anziehsachen für heute schon gestern abend herausgelegt, eine Vorsichtsmaßnahme, die allerdings nur bedingt tauglich war, und ihr bei plötzlichem Wetterwechsel schon mehr als einmal Probleme bereitet hatte. Aber heute schien alles unkompliziert. Sonnenlicht tanzte auf dem azurblauen Holzboden, der mit Nixen, Delphinen, Austern und bunten Fischen bemalt war; draußen war es ebenso warm und strahlend wie gestern, und sie konnte guten Gewissens das neue Kleid mit den gelben Entchen anziehen.

Inzwischen war sie wach und mutig genug, um einen zweiten, ausgiebigeren Blick zu riskieren. Keine Spur von dem seltsamen Völkchen, das sich seit dem letzten Winter klammheimlich in ihrem Kleiderschrank breit gemacht hatte! Manche von ihnen hatte sie schon mit eigenen Augen gesehen, andere kannte sie nur von dem Radau, den sie vorzugsweise mitten in der Nacht veranstalteten, wenn das ganze Haus still war. Es gab da den schielenden Riesen, der an seinen wuchernden Warzen litt, die böse Stiefmutter, die fliegen, zaubern und kilometerweit spucken konnte, das enttäuschte Gespenst, das immer alles durcheinander brachte, den traurigen, kahlen Ritter mit nur einem Bein und eine Reihe anderer kurioser Wesenheiten – genau genommen eigentlich alles keine schlechten Kerle, vorausgesetzt, man wußte, in welcher Stimmung man sie antraf. Gelang es Fanny, sich rechtzeitig auf ihre zuweilen ganz schön durchgeknallten Ideen einzustellen, konnte sie sogar richtig Spaß mit ihnen haben. Aber das war beileibe nicht immer so. Manchmal, wenn alles schief lief, machten sie einfach, was sie wollten, ohne sich um sie zu kümmern, und dann bekam Fanny große Angst. Wie hätte sie auch keine kriegen sollen, wenn plötzlich mitten in der Nacht die Schranktüren aufsprangen und eine grüne, glibberige Gestalt durch das Zimmer flog, ihren Kopf mit großen, rotglühenden Räderaugen unter dem Arm? Oder die böse Stiefmutter im Fliederbaum den Giftbecher mischte, die wilden, silbernen Haare schüttelte und dabei mit hoher Stimme lockende Sirenenlieder sang? Von einem viel zu dicken Ritter, der mit seinem eigenen Bein Eishockey spielen konnte und dabei fluchte wie achtzehn Seeräuber zusammen, ganz zu schweigen!

Papa hörte solche Abenteuer gern, Mami aber

wurde ärgerlich, wenn sie zuviel davon erzählte und behauptete steif und fest, Fanny sei mit fast acht allmählich wirklich zu groß, um sich derartigen Schwachsinn einzubilden. Einbildung – pah! Wenn die wüßte, was hier manchmal nachts alles los war! Aber leider waren die Schrankleute raffiniert genug, sofort zu verschwinden, sobald die Zimmertür aufging, und nicht einmal einen Mucks zu machen.

Sie seufzte tief, und wußte auf einmal wieder ganz genau, weshalb dieser schöne Morgen sehr bald schon grau und häßlich werden würde. Diktat! Das war so ungefähr das Furchtbarste, was einem Kind zustoßen konnte. Nicht einmal Sterben war schrecklicher. Da war Fanny sich ganz sicher, egal, was die Erwachsenen auch immer behaupteten!

Der Kloß in ihrem Hals schwoll an, und sie betastete ihn vorsichtig. Wenn sie noch ein Weilchen wartete und vor dem Fenster mit offenem Mund so schnell wie möglich weiteratmete, würde sie vielleicht gerade noch rechtzeitig wieder diese schlimmen Halsschmerzen kriegen und den ganzen Tag gemütlich im Bett bleiben dürfen. Andererseits war jetzt Juni und nicht Dezember, und außerdem bekam Mami seit einiger Zeit immer diese strenge Falte auf der Stirn, wenn sie krank wurde. Fanny wußte genau, weshalb. Von der Luke im Dachspitz aus hatte sie nämlich prima Sicht. Und alles genau im Blick.

Es lag an dem Lockenmann, der heimlich zu Besuch kam, wenn Til und sie in der Schule festsaßen und Papa im Laden arbeitete. Er erschien nur, wenn sicher feststand, daß niemand außer Mami im Haus war. Fanny mochte nicht, wie er sie ansah. Wie er mit ihr redete. Und am allerwenigsten, wie er sie anfaßte.

Seitdem machte sie einen Bogen um kräftige Männer mit dunklen, welligen Haaren und blauen Augen, und verkündete, sie seien schlechte, unehrliche Menschen. Manchmal tat es ihr leid, wenn Mami dabei diesen gehetzten Blick und den traurigen Zug um den Mund bekam, aber aus irgendeinem Grund mußte sie es dann erst recht gleich noch ein paarmal hintereinander wiederholen, auch wenn sie sich immer mieser fühlte. Das einzige, was dagegen half, war essen. Kaum hatte sie etwas Weiches, Süßes im Mund, löste sich der schmerzhafte Knoten in ihrer Brust auf, und alles wurde friedlich, tröstlich, still. War ihr Bauch erst einmal voll, schien auch das Leben erträglich.

Wie auf ein Stichwort hin schlüpfte Fanny aus dem Bett und schlich nach unten. Kein Laut war im ganzen Haus zu hören. Gut, daß noch alle schliefen und es früh genug war, um sich zu holen, wonach es sie verlangte – falls sie es einigermaßen geschickt anstellte! Sie war nicht faul gewesen, hatte seit Tagen unauffällig spioniert, und jetzt saß jeder Griff. Inzwischen wußte sie genau, wo Mami den Schlüssel für die Speisekammer versteckte, ganz oben im Küchenschrank nämlich, in der Dose, die noch vor kurzem erfreulicherweise immer mit Lakritzstangen gefüllt gewesen war.

Sie kletterte auf einen Küchenstuhl, streckte sich, tastete und stutzte. Kein Schlüssel! Eher verdutzt als enttäuscht stieg sie wieder herunter und wunderte sich abermals.

Der Schlüssel steckte – und zwar im Schloß!

Langsam drehte sie ihn herum, schaute hinein, und erschrak so sehr, daß sie die Tür beinahe krachend wieder zugeschlagen hätte. Jetzt sah sie Wesen wie die Schrankleute schon am hellichten Tag! Eine strubbelige, halb verhungerte Katze allerdings war noch nie darunter gewesen. Ob sie der bösen Stiefmutter gehörte und sie nächtens bei ihrem wilden Ritt über die Baumkronen begleitete?

Ihr Herz schlug wie wild, und selbst der gerade eben noch nagende Hunger war schlagartig verschwunden. Sie zählte ganz langsam bis zehn, so wie Til es ihr erst neulich für schwierige Situationen geraten hatte, dann öffnete sie die Tür zum zweiten Mal.

Die Katze war noch immer da. Sie lag in Mamis ausrangiertem Einkaufskorb, der nun mit einem Handtuch ausgeschlagen war, und blinzelte ein bißchen. Sie hatte keine Angst, aber etwas schien ihr zu fehlen. Um ihr ungepflegtes Fell und die dünnen Knochen herum war alles grau. Beinahe tot. Nirgendwo konnte Fanny etwas von den leuchtenden Fäden sehen, die, wie sie aus Erfahrung wußte, von Menschen, Tieren und Pflanzen ausstrahlten, die glücklich, gesund und zufrieden waren.

Immerhin war die alte Sägespänekiste in ihrer

Nähe, die früher Sponti, das Meerschweinchen, benutzt hatte. Zwei feuchte Vertiefungen zeigten, daß sie genau kapiert hatte, wozu sie gedacht war. Und ein Schälchen mit Wasser und ein Teller standen vor ihr, auf dem kleingeschnittenes, kaltes Hühnchen lag. Unberührt. Jedenfalls soweit man sehen konnte. Und Fanny liebte kaltes Hühnchen!

Aufmerksam sah sie die Katze an. »Ich denke, du bist viel zu krank, um das hier zu fressen«, sagte sie und stopfte sich alles schnell in den Mund. Jetzt war sie erst recht gierig geworden. Am liebsten hätte sie das Gelee darunter auch noch aufgeschleckt. »Außerdem muß ich nachher gleich ein blödes Diktat schreiben. Glaubst du vielleicht, das geht mit knurrendem Magen? Wenn man nur ein bißchen Obstbrei und zwei dünne Scheiben Knäcke mit saurer Gemüsepaste zum Frühstück bekommt? Aber was weißt du schon davon!«

Die Katze gab einen komischen Laut von sich. »Wok-wok«, so ähnlich klang es. Sie begann zu würgen, aber aus ihrem Maul floß nur ein bißchen grünliches Zeug.

»Gefällt mir aber gar nicht!« sagte Fanny streng. Miene und Ton hatte sie von Mami abgeschaut. So klang sie immer, wenn es wieder mehr als zwanzig Fehler in einer einzigen Seite Rechtschreiben waren. Oder sie beim Haltungsturnen am Seil trotz aller Anstrengung nicht mehr als ein paar lächerliche Zentimeter hinaufkam, obwohl Papa der Meinung war, das spiele überhaupt keine Rolle.

Die Katze warf ihr einen müden Blick zu. Schien sie nicht besonders zu interessieren.

»Bist du eines von Mamis Geheimnissen, so wie der Lockenmann?« fragte Fanny weiter. »Aber wieso sperrt sie dich dann in die Speisekammer? Weil du frech geworden bist? Damit dich keiner sieht? Oder weil sie ganz genau weiß, daß du zu krank bist, um etwas hiervon zu stehlen?«

Die Katze fiepte leise und sah aus wie ein Häuflein Elend. Mitgefühl wallte in Fanny auf. Sollte sie sie streicheln? Sie streckte schon die Hand aus, um sie zu berühren, zog sie aber wieder zurück. Die Katze wollte allein sein. Das war es! Fanny wußte es auf einmal ganz genau, als ob sie es ihr gerade gesagt hätte.

Prüfend musterte sie die vollgestellten Regale. Seitdem Mami und Maxie zusammen kochten, wimmelte es hier geradezu von den unterschiedlichsten Köstlichkeiten. Die meisten allerdings waren für fremde Leute bestimmt und wurden, raffiniert weiterverarbeitet, Tag für Tag in Reinen, Töpfen und großen Schüsseln aus dem Haus geschleppt. Sehr zu Fannys Mißbilligung. Normalerweise war alles bestens bewacht. Jetzt aber schien die Gelegenheit ungewohnt günstig. Ganz leicht hätte sie noch von der italienischen Salami abbeißen können. Oder ein paarmal mit einem Suppenlöffel in das große Glas Rhabarbermus fahren. Seltsamerweise tat sie es nicht. Nicht einmal die leckeren Vollkornplätzchen mit den Schokomandeln reizten sie noch.

Sie nickte der Katze kurz zu. »Verstehe! Manchmal kann man einfach niemand um sich haben. Aber in deinem Zustand solltest du trotzdem nicht zu lange allein sein. Deshalb komme ich wieder. Versprochen! Gleich nach dem Frühstück sehe ich noch einmal nach dir!«

Sie war schon halb auf dem Rückzug, da lief sie Til in die Arme. Sie war sich ziemlich sicher, daß sie die Dusche im Kinderbad nicht gehört hatte. Gewaschen oder nicht, er roch gut wie immer, nach einer eigenwilligen Mischung aus heller Haut, Zimt und grünen, ein wenig bitteren Gräsern. Seine langen Haare hatte er heute ausnahmsweise in einem modischen Pferdeschwanz zurückgebunden. Und er trug ein weißes Hemd mit bauschigen Ärmeln, über dem sich eine von Großpapas alten Westen besonders gut machte. Fanny bewunderte ihren großen Bruder. Auch wenn er sie ständig aufzog und seinen Freunden gegenüber so gut wie immer tat, als sei sie lästig, nichts als dicke Luft – für sie war Tilman der Held ihrer Märchen. Ein stolzer, mutiger Prinz, stets bereit, gegen Drachen, Geister und Piraten zu kämpfen. Sie mußte nur höllisch aufpassen, daß er möglichst nichts davon mitbekam. Denn das hätte bestimmt Frotzeleien ohne Ende bedeutet!

Unwillkürlich wischte sie sich mit der Hand über den Mund. Verstohlen, aber er hatte es natürlich bemerkt. Til entging so gut wie nichts.

»Ah, unser Fräulein Fanny, die Naschkatze! Und trotz der frühen Stunde schon wieder heimlich auf

Beutezug?« Er lachte, und Tausende von Sommersprossen tanzten in seinem schmalen Gesicht. »Wenigstens erfolgreich, wie ich hoffe!«

»Gar nicht!« protestierte sie. »Und außerdem bist du ganz schön eklig!«

»Bin ich nicht. Das sind nur Babys unter acht. Vor allem, wenn es auch noch Mädchen sind. Was kriege ich, damit ich dicht halte?«

Es war nichts als Spaß, und sie wußte es. Trotzdem machte sie für alle Fälle ein ängstliches Gesicht.

»Ein Geheimnis«, sagte sie vielsagend. »Ich weiß etwas Tolles!«

»Laß hören!«

»Sehen«, verbesserte sie, ging zurück und stieß die Tür der Speisekammer auf. »Da! Was sagst du nun?«

»Hast du die etwa angeschleppt?« Er schien ehrlich beeindruckt. »Mensch, Kleine, du weißt genau, daß du jede Menge Ärger kriegst, wenn Evelyn oder Christoph das hier zu Gesicht bekommen.« Seitdem er letzten Winter fünfzehn geworden war, fand er es cool, die Eltern bei ihren Vornamen zu nennen. Vor allem, wenn sie nicht dabei waren. »Sieht ja eher wie 'ne getaufte Ratte aus! Wo hast du denn bloß dieses erbärmliche Vieh aufgetan? Ich wette, direkt aus der Mülltonne!«

Die Katze ließ ein schwaches, empörtes Maunzen hören, als ob sie ihn genau verstanden hätte. Fanny zwinkerte ihr verschwörerisch zu. Der meint es nicht so, sollte das bedeuten.

Die Treppe knarzte. Fanny und Til zuckten zusammen. Im letzten Moment versetzte Til der Tür den entscheidenden Schubs. Und zu war sie!

»Eine kleine Familienversammlung direkt vor der Speisekammer?« Papa war noch im Schlafanzug und sah blaß und müde aus. Obwohl er immer lange vor Mami ins Bett ging. »Etwa verursacht durch nagende Hungerattacken? Ein zarter Hinweis, daß ich mich beeilen soll? Oder darf ich es so interpretieren, daß ihr heute morgen im Stehen essen wollt?« In letzter Zeit hatte er es übernommen, für das Frühstück zu sorgen. Aber er tat es muffig und sichtlich unwillig. Und die anderen bemerkten es natürlich. Manchmal bekam nicht einmal Fanny einen Bissen herunter, wenn sie so verkrampft nebeneinander am Tisch saßen.

»Ich deck schon mal den Tisch«, sagte Til schnell. Es mußte einiges passieren, daß der um die passende Antwort verlegen war!

»Der Herr Sohn, sieh mal einer an! Heute im topmodischen Mozartlook. Wirklich extravagant, keine Frage!« Papa ging zum Herd und begann umständlich, Wasser aufzusetzen und den Toaster zu beladen. Dann griff er nach Obstkorb und Schälmesser. Jetzt kamen die doofen Äpfel und Bananen für Fannys Müsli an die Reihe! »Und welchem Umstand verdanken wir diesen ungewöhnlichen Eifer? Doch nicht etwa einem diskret verschwiegenen Mathe-Fünfer?«

Fanny zog die dunklen Brauen zusammen. Papa wußte genau, daß Til so gut wie niemals Schulprobleme hatte. Ganz im Gegensatz zu ihr! Das Heft mit der verpatzten Rechenprobe steckte noch immer in ihrem Ranzen. Natürlich ohne Unterschrift. Sie würde sich heute in der Schule schon wieder eine neue Ausrede einfallen lassen müssen. Überrascht drehte sie sich um.

Aus der Kammer kam schwaches, aber unüberhörbares Miauen. Die Katze würde sich doch nicht ausgerechnet jetzt bemerkbar machen! Ob sie hungrig war? Vielleicht hätte sie ihr lieber nicht das ganze Hühnchen wegessen sollen?

»Meine letzte Mathenote war eine Bomben-Zwei«, sagte Til beherrscht, obwohl seine Kinnmuskeln angespannt waren, »falls du dich freundlicherweise noch daran erinnern magst. Die drittbeste Arbeit der Klasse.« Auf einmal war seine helle Haut fast so rot geworden wie sein Haar. »*Ich* kann nämlich zufällig rechnen!«

Jetzt ging das schon wieder los! Sie würden versuchen, sich gegenseitig zu übertrumpfen, bis einer so gekränkt war, daß er seine Fassung verlor. Meistens Papa. Tilman hatte in letzter Zeit große Fortschritte gemacht und wurde in diesem komischen Wettbewerb fast immer Sieger.

»Und was ist mit dir?« raunzte Papa jetzt sie an. »Willst du heute im Nachthemd in die Schule gehen?«

»Bin schon verschwunden!« Sie lächelte probeweise, was oft half und ihn ebenfalls heiter stimmte, heute aber blieb seine Miene streng. Noch ein letzter, prüfender Blick in Richtung Speisekammer. Alles schien ruhig. Fanny rannte nach oben, benetzte sich mit dem feuchten Waschlappen das Gesicht und putzte im Schnellverfahren die Zähne. Dann fuhr sie sich mit allen zehn Fingern durch die Haare. Mehr als ausreichend, wie sie fand. Sie war gerade dabei, sich das Entchenkleid über den Kopf zu ziehen, als die Tür aufging.

»Und das soll schon alles gewesen sein? Heute abend stecke ich dich in die Wanne und schrubbe dich eigenhändig ab, das verspreche ich dir!« Natürlich hatte Mami sie doch wieder erwischt! Sie trug ihr rotes, weit ausgeschnittenes Kleid mit dem breiten Lackgürtel, in dem sie beinahe wie ein junges Mädchen aussah. Fanny starrte sie hingerissen an. Weiß wie Schnee, rot wie Blut, schwarz wie Ebenholz...

Sie war hübscher, als die Mütter der meisten anderen Kinder, auch wenn sie kaum Make-up aufgelegt hatte, und ihre Haare glatt herunterfielen. Was Fanny heute morgen sofort ins Auge stach, war der tiefe, rote Kratzer auf Mamis blasser Haut. Sah aus wie geschwollen. Ob der auch vom Lockenmann stammte? Sonst waren es immer nur diese rötlichen Male gewesen, die Mami manchmal unter Ketten und Tüchern versteckte. Knutschflecken, so nannte man das, sagte Sera, das Mädchen aus ihrer Klasse, mit dem sie am allerliebsten befreundet gewesen wäre. Sie kannte so was von ihrer großen Schwester. Fanny haßte dieses Wort. Gesehen jedoch hatte sie diese Dinger schon überall. Am Hals. Auf Mamis Busen. Einmal sogar am linken Po, beim Umziehen, in der Kabine, als sie zusammen beim Schwimmen waren. Papa schien sie seltsamerweise nicht zu bemerken. Oder er tat bloß so. Aber ihm war ja nicht einmal aufgefallen, daß Mami nur noch Haut und Knochen war. Und daß sie kaum noch schlief.

»Machst du mir den schönen Flechtzopf?« bettelte Fanny. »Bitte!« Sie liebte es, wenn Mamis geschickte Finger durch ihre Haare glitten.

»Dafür ist es doch schon viel zu spät!« Sie bekam statt dessen zwei kunstlose Rattenschwänze verpaßt. Und einen kleinen, ungeduldigen Kuß. »Und was ist heute bei dir in der Schule los? Eine Probe vielleicht? Hast du wenigstens alle Hausaufgaben fertig? Ich sollte mir endlich wieder einmal deine Hefte ansehen. Am Wochenende, ja? Wenn ich ein bißchen mehr Luft habe.«

Fannys Herz krampfte sich zusammen, und ihr wurde leicht übel. Sie haßte es, Mami ins Gesicht zu lügen. Direkte Lügen, das wußte sie genau, fielen auf einen zurück: Plötzlich hatte man den Kopf in der Schlinge und verfing sich rettungslos. Wenn sie Mami jedoch andererseits jetzt etwas über das anstehende Diktat verriet, würde sie spätestens heute mittag bekennen müssen, wie es ihr dabei ergangen war. Und sie hatte ja noch nicht einmal das Problem mit der Rechenprobe gelöst. Unwillkürlich fiel ihr die Katze in der Speisekammer ein. Und natürlich der Lockenmann.

Mami sagte auch nicht alles! Das half nicht viel, aber ein bißchen doch.

»Och, nichts besonderes«, brachte sie erstaunlich fröhlich hervor. »Sachkunde. Turnen. Religion. Und die Aufgaben sind alle gemacht. Wahrscheinlich sehen wir sogar noch einen Film. Aber nur, wenn wir keinen Unsinn anstellen, hat Frau Hofmann gesagt. Sonst wird nichts daraus.«

»So schön wie du möchte ich es auch noch einmal haben.« Mami seufzte. »Sei bloß froh, daß du noch ein Kind bist und gar nicht weißt, was Sorgen sind! Ich dagegen habe nicht die geringste Ahnung, wie ich das heute alles auf die Reihe kriegen soll!« Sie strich ihr den Pony aus der Stirn. Fanny hätte stundenlang so stehenbleiben können, ganz nah bei ihr. »Und jetzt runter mit dir, aber schnell! Nimm vor allem deine Schulsachen gleich mit, damit es hinterher nicht wieder so eine Hetze gibt. Ich will, daß du wenigstens halbwegs in Ruhe frühstückst.«

Frühstück! Das war in Fannys Vorstellung heiße Schokolade mit Sahne, wachsweich gekochte Eier, knusprige Croissants, gefüllt mit Marzipan oder Schinken, Saft, soviel man wollte, und Nutellabrote, dick beschmiert, daß man sie fast schon mit Messer und Gabel essen mußte – kein dünner, grünlicher Bananen-Kiwi-Apfelbrei, zu dem sie auch noch Kräutertee trinken sollte!

Aber sie kannte diesen entschlossenen Ausdruck um Mamis Mund, wenn die Grübchen zu strengen Falten wurden. Deshalb hütete sie sich wohlweislich, ihre Meinung ausgerechnet jetzt kund zu tun, packte ihren Ranzen und den Turnbeutel und tat ausnahmsweise ganz gehorsam, was ihr soeben aufgetragen worden war.

Sie waren schon beinahe mit dem Essen fertig, als es zweimal kurz hintereinander klingelte. Til ging aufmachen. Als erstes stürmte Maxie in die Küche, wie immer beladen mit Einkaufstüten, aus denen Geflügel, Käse und Gemüse quollen. Unter ihre molligen Arme hatte sie stangenweise Baguette geklemmt. Ofenwarm! Der frische Brotgeruch erfüllte den Raum, und Fanny mußte mehrmals voller Begierde schlucken. Sie schob ihr Schüsselchen mit dem Rest Obstbrei so unauffällig wie möglich beiseite.

Maxie war dick und eigentlich immer gut gelaunt. Sie hatte zerzauste, dunkelblonde Haare, einen Kußmund, grüne Augen und eine Vorliebe für knallbunte Blumenkleider. Außerdem waren da die strahlenden Leuchtfäden, die von ihrem voluminösen Körper wie Antennen in alle Richtungen ausgingen, bei weitem die stabilsten, die Fanny jemals gesehen hatte! Mamis waren zart und schimmerten silbrig wie bei einer Mondfee; Maxies dagegen von einem so intensiven Gold, daß man fast auf die Idee verfallen konnte, ihr ganz nah zu kommen, nur, um sich ein bißchen an ihnen zu wärmen.

»Was für ein Morgen!« prustete sie lachend und

wie meistens außer Atem. Sie schwitzte ein bißchen, aber zusammen mit ihrem Rosenparfum roch sie frisch und saftig. »Ich bin auf gut Glück schon mal bei dem neuen französischen Bäcker vorbeigefahren. Und was soll ich euch sagen? Sein Blätterteig ist zum Verlieben, die Apfeltarte eine Offenbarung und das Weißbrot ... na ja, ihr riecht ja selbst! Der Kerl versteht offenbar etwas von seinem Handwerk. Einfach for-mi-dab-le!«

»Wir waren doch erst gegen elf verabredet«, sagte Mami etwas säuerlich. »Paßt mir gar nicht so früh. Ich hab zuvor noch eine Menge zu erledigen!«

»Kann ich dir nicht etwas abnehmen, Kind?« Das kam von Großmama Ilona, die unauffällig in Maxies Windschatten hereingestöckelt war. Sie schwankte ein wenig in ihren zu hohen, schiefgelaufenen Riemchensandalen. »Ich war ohnehin gerade in der Gegend, und da dachte ich, ich könnte gleich mal ...«

Mit den graumelierten Haaren, dem kantigen Profil und der Bronzehaut erinnerte sie Fanny an eine Indianerin. Eigentlich hätte sie in einem Zelt leben sollen, Mokassins tragen, Lederkleider mit Federn und bunten Perlenketten und nicht diese komischen, engen Kostüme, die alle schon ein bißchen oll und verblichen aussahen.

»Und du auch noch! Ist hier vielleicht irgendwo ein Nest oder so?« Mami sprang wie elektrisiert auf. »Habt ihr euch verabredet, um mich noch vor neun gemeinschaftlich zu schaffen?«

»Einen Moment Ruhe mal!« Das war Papa. Wie

ein Dirigent sein Orchester, brachte er mit einer ungeduldigen Handbewegung alle im Zimmer zum Schweigen. »Was hat dieses merkwürdige Quäken zu bedeuten? Ich höre es schon die ganze Zeit. Ihr etwa nicht? Und jetzt weiß ich auch, wo es herkommt.« Er stand auf, und war, bevor es noch jemand verhindern konnte, schon an der Speisekammer. Er schaute hinein. Wich zurück. Sein Blick bekam etwas Starres. »Kann mir bitte mal jemand verraten, was das hier drin sein soll?«

»Eine Katze«, sagte Fanny bescheiden, froh, daß ausgerechnet einmal sie am besten Bescheid wußte. Keine einfache Leistung bei einem Papa, der sich halb unter Büchern begrub, einer Mami, die vergeblich von einer Tochter mit graziler Haltung und Spitzennoten träumte, und einem superschlauen Bruder, der jedes noch so schwierige Wort buchstabieren konnte! »Und ich glaube, sie ist ziemlich krank.«

Papa öffnete den Mund und schloß ihn wieder. Er bekam keinen Ton heraus, wirklich eine Seltenheit bei ihm.

»Das ist Moon«, sagte Mami sehr ruhig. »Und sie gehört mir.« Die Schramme auf ihrer Haut war dunkelrot geworden und schien beinahe zu glühen.

»Und seit wann, wenn ich fragen darf?« Papa schien mit einiger Mühe seine Sprache wiedergefunden zu haben. »Das ist doch nicht dein Ernst, Evelyn! Hast du schon vergessen, was wir erst neulich vereinbart hatten?« Er lächelte zynisch. »Es sei denn, du willst hier auch noch eine Art Tierasyl aufmachen?«

»Seit heute nacht. Und ich habe nicht vor, mich daran zu halten.« Evelyns Stimme klang scharf. »Falls das deine Frage beantwortet.«

»Sie sieht ziemlich fertig aus«, sagte Maxie vorsichtig. »Wahrscheinlich ist sie schon vor längerem weggelaufen und findet nicht mehr nach Hause. Meinst du nicht, sie wird vermißt? Die meisten Menschen hängen doch ungeheuer an ihren Haustieren!«

»Aber doch nicht an derartigen Vogelscheuchen!« schimpfte Papa. »Und dann auch noch ausgerechnet ›Moon‹ – überspannter wäre es wohl nicht mehr gegangen. Ist ja beinahe schon wieder zum Totlachen!«

Til schüttelte den Kopf und hielt sich klugerweise raus, wie meistens, wenn die anderen in der Familie stritten.

»Niemand möchte in einem Haus aus- und eingehen, das nach Katze stinkt«, lautete Großmama Ilonas Kommentar. »Das weiß ich genau. Und irgendwie riechen sie doch immer. Egal, was du anstellst. Wo du doch außerdem jetzt ständig mit Lebensmitteln zu tun hast, Evelyn! Du darfst auch den hygienischen Gesichtspunkt nicht ganz außer acht lassen. Sonst gefährdest du noch ganz unnötigerweise deine Existenzgrundlage.«

»Das laßt mal alles meine Sorge sein, ja?« Zornig drehte sich Mami um. »Bislang ging es doch immer nur um euch: Ilona, du hattest jahrelang deinen rachitischen Dackel Ferdinand, den du ständig bei uns abgeladen hast, Christoph mußte sich irgendwann unbedingt eine Schildkröte einbilden, dann Til einen ganzen Stall voller süßer, kleiner Kaninchen, die sich wie verrückt vermehrt haben, und schließlich Fanny ein Meerschweinchen, an dem sie allerdings schon in der zweiten Woche jegliches Interesse verloren hatte. Das sind die Fakten. Und an wem ist letztendlich alles hängengeblieben?«

»Eben«, sagte Papa, und sein Mund wurde ganz schmal dabei. »Darum geht es mir ja. Du hast wahrlich schon genug am Hals mit dem ganzen Haus. Und deiner aufwendigen Kocherei.«

»Partyservice«, korrigierte Maxie leicht süffisant. Aber sie bekam diesen seltsamen, ganz speziellen Blick dabei, wie meistens, wenn sie mit Papa redete. »Und das inzwischen ziemlich professionell, lieber Christoph, wenn man unseren zufriedenen Kunden glauben darf. Der Umsatz jedenfalls steigt konstant.«

»Ach, auf einmal?« Mami schien gar nicht zu hören, was ihre Freundin gesagt hatte, sondern nur auf das passende Stichwort gewartet zu haben, um Papa anzufahren. »Und wenn schon! Wie ich das hinkriege, ist immer noch ganz und gar meine Angelegenheit«, sagte sie bissig. »Keine Bange, du brauchst auch künftig nicht für mich die Häppchen zu arrangieren. Kümmere du dich lieber darum, daß dein Laden anständig läuft!«

»Ich mag deinen Ton nicht.«

Papas Miene hatte sich verhärtet, aber Fanny sah genau, daß er sich eigentlich nur elend fühlte. Jetzt fand er wieder einmal nicht das richtige Wort, um die Stimmung zu seinen Gunsten umschlagen zu lassen. Sie litt mit ihm, aber sie konnte ihm trotzdem nicht helfen.

»Und ich habe deine ständigen Bevormundungen satt. Satt, Christoph, stell dir vor, bis hier!« Mami lachte. Aber es klang schrill und häßlich. »Kein Wort mehr über Moon, ja? Denn jetzt bin ich einmal dran! Und dieses Mal wird ganz ausnahmsweise in dieser Familie gemacht, was *ich* möchte. Die Katze bleibt. Mein letztes Wort.« Sie bückte sich, berührte sanft Moons stumpfes Fell. »Außerdem weiß ich selbst, daß es ihr nicht gut geht. Ich bin ja schließlich nicht blind. Aber dagegen gibt es glücklicherweise Medikamente. Und ausgebildete Fachleute.« Ihre Stimme wurde ganz sanft. »Wir gehen gleich zum Tierarzt, meine Kleine! Und der hilft dir, wirst schon sehen.«

Die Katze hob wie zur Zustimmung millimeterweise ihren Kopf. Helle, schmierige Flüssigkeit floß ihr aus dem Mäulchen. Kraftlos sackte er auf das Handtuch zurück. Ihr Atem schien schwächer zu werden.

»Gib dich bloß keinen Illusionen hin!« warnte Großmama Ilona. »Die stirbt dir doch unter den Händen weg. Noch bevor du dich richtig versiehst.«

»Das wird sie nicht!« zischte Mami zurück. »Moon stirbt mir keineswegs weg.« Sie richtete sich auf. Sie war keine große Frau, konnte aber sehr groß wirken, wenn sie es darauf anlegte. Und genau das tat sie jetzt. Ihre Augen glühten. Großmama wich unwillkürlich ein paar Schritte zurück und zog den Kopf ein.

»Du wolltest mir etwas abnehmen, Ilona? Aber herzlich gerne! Dann mach doch bitte du mal ausnahmsweise das Pausebrot für Fanny. Zwei Scheiben Pumpernickel mit fettarmem Käse. Keine Butter, sondern frische Gurkenscheibchen drauf. Und zwei Birnen. Ach ja, Til braucht auch noch zwanzig Mark für die Theatergruppe. Kriegst du später von mir wieder. Anschließend kannst du den Tisch abräumen, die Spülmaschine beladen – halt! Muß zuvor leider auch noch geleert werden.« Ein kurzer, boshafter Blick zu Papa. »Falls dein Sohn das nicht bereits erledigt hat. Aber ich fürchte, dem ist leider nicht so. Und dann kannst du eigentlich gleich Maxie beim Dressingrühren zur Hand gehen. Oder die Salate waschen? Es sei denn, du magst lieber fünf Dutzend verschiedener Kanapees herrichten? Vielleicht aber fangt ihr beide auf alle Fälle schon mal mit der Vorbereitung für die Desserts an? Crème Brulée, Cassissorbet, Obstsalat, Crêpes mit Schoko-Nuß-Füllung – war sonst noch was?« Sie klang beinahe zufrieden. »Nein, ich denke, das ist alles. Fürs erste zumindest.«

»Und du?« fragte Großmama schwächlich. »Was ist mir dir?«

»Oh, ich denke, ich bin spätestens gegen elf wieder da!« Mami drehte sich um und nickte Fanny energisch zu. »Falls mir nichts dazwischenkommt.«

So wollte sie auch werden, wenn sie erst einmal

groß war – stolz, mutig und schön! Mamis Wangen waren gerötet, und sie sah mehr denn je wie Schneewittchen aus, das der bösen Stiefmutter ordentlich Bescheid sagt. Was hätte sie jetzt darum gegeben, so schnell wie möglich ihre Lügenlast loszuwerden! Fanny schluckte. Tapfer öffnete sie schon den Mund, aber es war ihr doch zu peinlich.

Sollte sie wirklich? Jetzt? Hier? Vor allen anderen?

Sie hatte zu lange gewartet! Mami kniete schon wieder neben der Katze, als ob sie das Wichtigste auf der Welt sei, und schaute Fanny nicht einmal an.

»Ich geh dann. Tschüs«, sagte Fanny leise.

Keinen schien es zu kümmern. Til kramte in seiner Tasche, Papa starrte aus dem Fenster, und Großmama Ilona betupfte sich gekränkt mit ihrem süßlichen Duftwasser.

Fanny lud sich ihren roten Ranzen auf, nahm Turnbeutel und Pausensäckchen und stapfte zur Tür. So traurig hatte sie sich noch nie gefühlt. Das war sogar noch schlimmer als Diktat! Früher hatte Mami sie manchmal *Sternchen* genannt. Weil sie nämlich nicht nur Franziska hieß und Leonie. Sondern auch noch Stella. Aber ganz offensichtlich hatte es sich ausgesternchet – ein für alle Mal! Es war ja nicht allein beim Lockenmann geblieben, der sich so hinterlistig in Mamis Herz eingeschlichen hatte. Nun gab es zu allem Unglück auch noch diese verflixte Moon-Katze! Und sie war Mami eindeutig wichtig, viel wichtiger jedenfalls, als ihre kleine

Tochter mit all ihren Sorgen und Nöten, an denen sie beinahe erstickte.

Nur nicht heulen, sagte sie sich auf dem ganzen Schulweg immer wieder vor, bloß nicht heulen, sonst ist alles aus und vorbei! Keiner kann eine Heulsuse leiden. Tilman nicht. Papa nicht. Und Mami erst recht nicht.

Aber natürlich flennte sie längst.

Christoph Hirsch fuhr Rad, und wie immer, wenn er sich ärgerte, viel zu schnell. Die Hand an der Klingel, trat er die ganze Leopoldstraße lang verbissen in die Pedale, als gelte es, Heerscharen imaginärer Feinde abzuhängen. Mit einem gefährlichen Schlenkmanöver bog er schließlich ohne Handzeichen rechts ab, so knapp vor einem schneidigen schwarzen Golf, daß dessen Fahrer lauthals hinter ihm herfluchte.

Groll im Herzen und Wut in den Beinen! Er haßte Morgen wie diese, wenn es Streit am Frühstückstisch gab, die ganze Welt auf einmal aus dem Ruder lief und er ohne jede Vorwarnung mit komplizierten innerhäuslichen Problemen konfrontiert war. Als ob er nicht schon genug eigene gehabt hätte! Für einen Moment sah er Fannys trauriges Gesicht vor sich, bevor sie in die Schule gegangen war, aber er vertrieb das Bild schnell wieder. Trotzdem hielt sich ein schales, unerfreuliches Gefühl. Ihre Tolpatschigkeit rührte ihn, aber im Gegensatz zu ihrem großen Bruder, der auf alles und jedes freche Widerworte parat hatte, war die Kleine einfach zu sensibel! Eine bedauerliche Tatsache, zweifelsfrei der Grund für ihre mangelhaften schulischen Leistungen: Fannys Leseschwäche und ihre fast schon notorische Unsicherheit im Rechnen. Dazu war sie hypernervös. Und leider auch ziemlich unkonzentriert, so jedenfalls *seine* persönliche Überzeugung. An mangelnder Intelligenz konnte es schließlich nicht liegen, nicht bei seiner Tochter Franziska Stella Leonie, die schon mit vierzehn Monaten die ersten Worte geplappert hatte!

Er war am Elisabethmarkt angekommen und überlegte kurz, ob er bei Silos, der dort den spanischen Imbißstand bewirtschaftete, auf einen Milchkaffee einkehren sollte. Der melancholische Galizier, der beim Zuhören seinen Tresen so sorgfältig wie ein Juwel polierte, einen riesigen schwarzen Schnauzer trug und phantastische Tapas zubereiten konnte, war in den letzten Jahren fast so etwas wie ein schweigsamer Freund für ihn geworden. Noch unentschlossen, hatte Christoph Hirsch sein Tempo merklich reduziert. Was eine dicke, weiße Katze mit schwarzen Ohren sofort ausnützte.

Sie lief über die Straße und kreuzte knapp seinen Weg. Christoph mußte so scharf bremsen, daß er beinahe mit dem sportlich vorgebeugten Oberkörper auf das Lenkrad geprallt wäre.

»Mistvieh, verdammtes!« rief er ihr hinterher und meinte ebenso sie wie die unerfreuliche Überraschung in seiner Speisekammer heute morgen. Die Katze blieb auf dem sicheren Gehsteig der anderen Seite sitzen und wusch ganz beiläufig ihr linkes

Auge. Dann trabte sie elegant weiter und verschwand in Richtung der Fischstände.

Die Lust auf den Kaffee jedenfalls war ihm vergangen. Aber das hatte, wenn er ganz ehrlich war, bereits Evelyn mit ihrer morgendlichen Provokation besorgt. Ihm einfach so ein zugelaufenes Vieh unterzuschieben – entgegen aller Abmachungen! Wollte sie sich denn an gar nichts mehr halten und nur noch ihren eigenen Kopf durchsetzen? Mißmutig drehte er sich noch einmal um. Aber alles, was er sah, war ein weißer Schwanz, der sich anmutig zwischen zwei leeren Kisten schlängelte.

»Wahrscheinlich heißt diese häßliche Kreatur auch noch Star«, schimpfte er halblaut vor sich hin, »beziehungsweise Madame Pompadour, Prinzessin Rosalie oder Kleopatra! Je häßlicher, je doller!« Er fand Leute unerträglich, die glaubten, ihre simplen Haustiere derart hochstilisieren zu müssen. Hunde waren eben Hunde. Punktum. Kein bißchen mehr! Und gleiches galt erst recht für Katzen.

Eine Katze ist eine Katze ist eine Katze…

Wieso nur ging ihm selbst beim zügigen Weiterradeln diese blöde Analogie nicht mehr aus dem Sinn?

Eindeutig Evelyns Schuld, dachte er grimmig, als er vor seinem Antiquariat angekommen war und das Rad an das Verkehrsschild kettete. Evelyn mit ihrem Lyriktick, mit dem sie mich früher immer gequält hat, beinahe, als sei sie die Literaturspezialistin und nicht ich der Büchermann! Die schmalen Bände neben ihrem Bett, in der Küche, im Badezimmer. Sogar im Waschkeller. Überall im Haus war man über sie gestolpert. Ständig hatte sie aus einem von ihnen rezitiert, so gut wie immer ihr augenblickliches Lieblingsexemplar mit sich herumgetragen. Irgendwann einmal hatte sie plötzlich damit aufgehört. Wenn er sich recht erinnerte, mußte es nach Fannys Geburt gewesen sein. Oder kurz davor? Jedenfalls führten die Bücher seitdem ein ungeliebtes Schattendasein in den vielen Regalen, die überall bei ihnen im Haus herumstanden, und wurden höchstens bei ganz besonderen Gelegenheiten erlöst.

Im Laden roch es. Definitiv. Was sollte er dagegen machen? Früher hatten alte Bücher eine unstillbare Anziehungskraft auf ihn ausgeübt. Er hatte ihren schimmeligen Geruch eingesogen wie andere Leute Parfum, entzückt, wenn er Besonderheiten wie intakte Fadenheftung oder ein ausgefallenes Exlibris entdeckte. Aber seine Einstellung hatte sich grundlegend geändert. Was ihn einst angezogen und begeistert hatte – Frontispize, Ledereinbände, seidenmatte Dünndrucke, Stockflecken auf dem Vorsatzpapier, Schimmelreiter auf abgegriffenen Buchrücken –, widerte ihn heute beinahe an. Doch er war gefangen; es gab kein Entkommen. Jetzt weniger denn je.

Christoph Hirsch hatte das Geschäft von Rudolf Auerbach übernommen, den er Onkel nannte, ein früherer Geliebter seiner Mutter, wie er überzeugt war, auch wenn Ilona dies bis heute mit aller Vehemenz bestritt. Ein guter Freund, nichts weiter. Er haßte es, wenn sie diesen aufgeregten, puterroten Hals bekam. Geld jedenfalls war äußerst knapp gewesen in seiner Kindheit und Jugend; Bücher nicht. Rudolf Auerbach war eine zuverlässige, niemals versiegende Quelle, Ilona die perfekte Kupplerin und der kleine Christoph der ideale Konsument. Schon als Heranwachsender hatte er viele Stunden hier verbracht, schmökernd, in der Höhle, wie er das Antiquariat damals heimlich genannt hatte, zwischen leicht abgegriffenen Kunstbänden, labberigen Krimis und Jugendromanen, in denen er immer wieder Kinobillets, Liebesbriefe oder Einkaufslisten als zweckentfremdete Lesezeichen entdeckte. Später dann, als Student, war ihm der Laden eher vorgekommen wie ein Ort außerhalb der Welt, eine Zuflucht, in der die Zeit stehenzubleiben schien. Nicht einmal Onkel Rudolf wurde älter. Zumindest kam es ihm so vor.

In Wirklichkeit alterte Auerbach, der Mann, der Bücher noch mehr als Frauen liebte, sehr wohl, wurde weißer, kleiner, klappriger. Als er schließlich so gebückt war, daß er kaum noch an die oberen Regale reichen konnte, fragte er Christoph zum erstenmal vorsichtig, hüstelnd und blinzelnd, wie es seine Art war, wenn er sich nicht ganz sicher fühlte, ob er sich unter Umständen vorstellen könnte, sein Nachfolger zu werden. Da war Christophs einst so hoffnungsfroh aufgenommenes Germanistikstudium in Wahrheit bereits ohne Abschluß im Sand verlaufen, sein anfänglich vielversprechendes Volontariat im Rundfunk an ideologischen Meinungsverschiedenheiten gescheitert, und Tilman gerade geboren. Raten waren zu zahlen, Reparaturen für Pias Haus standen an. An Luxus wie neue Möbel oder gar Urlaub gar nicht zu denken!

Christoph lehnte trotzdem dankend ab und versuchte in der Folgezeit durch diverse, rasch aufeinander folgende Jobs seine neugegründete junge Familie über Wasser zu halten. Mit allerdings mäßigem Erfolg.

Zwei weitere Jahre vergingen, bis er sich anders besann und notgedrungen doch akzeptierte. Diesmal gab es kein langes Überlegen. Rudolf war von der Leiter gefallen und lag monatelang mit einem komplizierten Oberschenkelhalsbruch in der Klinik, von dem er sich niemals auch nur annähernd wieder erholte. Einmal nur ließ er sich von zwei Zivildienstleistenden zurück in sein früheres Reich tragen, saß dort eine halbe Stunde ein wenig schief in seinem alten, dunkelgrünen Ledersessel und beriet so heiter und geduldig wie eh und je eine unschlüssige Ehefrau bei der passenden Geburtstagslektüre für ihren Gatten. Der besaß ein Faible für seltene Unterwasseraufnahmen, Kakteen und die Fauna Mittelamerikas. Schließlich zog sie von dannen mit einem Stapel Romane, zwei alten, kostbaren Atlanten und ein paar aufwendig illustrierten Tierbüchern, erschöpft, aber tief befriedigt, und versprach, bald wieder reinzuschauen. Außerdem hatte sie ordentlich Geld dagelassen. Christoph, der wie ein Lehrbub daneben stand und die Szene beobachtete, fühlte sich unfähiger als jemals zuvor in seinem Leben.

Wieso fielen ihm diese alten Geschichten ausgerechnet heute ein? Vermutlich, weil der Tag so schief begonnen hatte! Diese komische schwarzrote Katze mit dem überkandidelten Namen hatte nicht nur seine Familie gründlich durcheinandergebracht, sondern auch seine Seele.

Brummend ging Christoph nach hinten, in die winzige Teeküche, und setzte Wasser auf. Vielleicht würde ein Rosenblättertee helfen, die Gespenster der Vergangenheit zu vertreiben. Anschließend könnte er Regale abstauben. Oder sich der dringend anstehenden Neugestaltung der Schaufenster widmen. An regen Publikumsverkehr war zu dieser frühen Stunde ohnehin nicht zu denken. Falls überhaupt jemand kam. Jetzt, wo es seit einigen Wochen so sonnig und warm geworden war, zog es die Leute an andere Orte als in schummrige Läden, in denen Bücher aus zweiter Hand verkauft wurden. Zumindest sagte er sich das vor, wenn er abends Kasse machte, und gerade mal zweihundert Mark eingenommen hatte.

Der Kessel pfiff, er schwenkte Rudolfs alte Silberkanne sorgfältig mit heißem Wasser aus, goß es ab und ließ den frischen Strahl jetzt über die braunen Teeblätter rinnen. Dann stellte er die abgegriffene Eieruhr auf drei Minuten.

Der Tee war so, wie er ihn am liebsten hatte: kräftig, aromatisch, aber nicht zu stark. Früher hatte er dazu sehr gern ein Stück von Evelyns saftigem Nußzopf gegessen. Oder ihre sagenhaften Windbeutel, dick gefüllt mit Erdbeersahne. Aber seitdem sie mit Maxie ihre Partyküche betrieb und in ständiger Hektik war, blieb scheinbar keine Zeit mehr, auch noch für die Familie zu backen.

Ob er sie schnell mal anrufen sollte? Ein paar nette Worte sagen und diesen lächerlichen Streit einfach beenden?

Christoph ging nach vorn in den Laden und hatte schon die Hand am Hörer. Plötzlich überfiel ihn Mutlosigkeit. Manchmal fühlte er sich in seiner eigenen Buchhandlung wie in einem Gefängnis, verdammt, hier auszuharren bis zum Ende seines Lebens. Bis er selbst von Spinnweben bedeckt sein und langsam, aber unaufhaltsam zu feinem grauen Staub zerfallen würde.

Er legte wieder auf, ohne gewählt zu haben. Sein unschlüssiges Lächeln war erloschen. Sicherlich war Evelyn noch immer beim Tierarzt, um dieses räudige Vieh kurieren zu lassen, das ihr auf einmal das Wichtigste auf der Welt zu sein schien. Oder sie gondelte schon wieder auf einer ihrer unzähligen Besorgungsfahrten umher, die sie kreuz und quer durch die ganze Stadt führten – und immer weiter weg von ihm. Etwas war geschehen, das fühlte er, aber er grübelte seit längerem vergeblich darüber nach, was es sein konnte. Lag es daran, daß sie jetzt mit ihrem Partyservice die Familie unterhielt, während seine Einnahmen immer drastischer sanken? Stand das

Geld zwischen ihnen? Oder war es die mangelnde Sicherheit, unter der sie litt?

Früher jedenfalls war Evelyn weich gewesen, meistens gutgelaunt, und trotz aller Sorgen mitreißend optimistisch. Das jedoch war lange vorbei. Schön war sie noch immer, ja vielleicht gerade in letzter Zeit auf merkwürdig beunruhigende Weise attraktiver denn je. Aber sie kam ihm hart und abweisend vor, wie eine zu straff gespannte Sehne, ständig unter innerem Druck. Manchmal hatte er das sichere Gefühl, daß sie auf der Flucht war. Vor ihm. Sogar vor den Kindern. Vor allem aber vor einem Leben, das sie früher geliebt hatte, jetzt aber auf einmal nur noch mit zusammengebissenen Zähnen zu ertragen schien.

Dabei ging es ihm ganz ähnlich. Wenngleich auch aus sicherlich unterschiedlichen Gründen. Sein Herz wurde schwer, wenn er an die Lügenlast dachte, unter der er seit Monaten ächzte. Die Schlinge zog sich langsam zu, wurde unbarmherzig enger und enger. Aus Langeweile, Dummheit, Gier und schon fast unverzeihlicher Naivität war er in eine Falle getappt. Die Frage war nur, wann sie endgültig zuschnappte.

Lange jedenfalls, das wußte Christoph genau, würde es nicht mehr dauern.

Was hätte er darum gegeben, Evelyn sein Mißgeschick zu erzählen, ihre vernünftige, warme Stimme zu hören, die ihn mehr als alles andere beruhigte. Oder ihr ansteckendes Lachen, das auch die schwierigsten Probleme lösbar erscheinen ließ! Hatten sie nicht in der Vergangenheit auch immer alles gemeinsam bewältigt? Wieso nur besaß er jetzt nicht den Mut, reinen Tisch zu machen?

Seine Miene verdüsterte sich. Fakt war, er konnte es nicht. Nicht nach allem, was schon passiert war. Dabei stand ihm das Wasser bis zum Hals. Ein unvorsichtiger Schritt, eine einzige falsche Bewegung, und er würde rettungslos ertrinken.

Er wußte keine Lösung. Er mußte versuchen, sich auf winzig kleine Teilziele zu konzentrieren. Einen Tag überleben. Den nächsten. Und den darauf.

Seufzend stellte er seine Tasse zur Seite und machte sich an die Arbeit.

Als eine halbe Stunde später die Tür aufging, und die alte Glocke leicht rostig anschlug, schielte er von seiner Leiter nach unten. Ein mittelgroßer Mann stand im Laden, schmal, so mager, daß er auf den ersten Blick fast unterernährt wirkte. Seine Haltung war tadellos. Er trug eine blaue Leinenjacke, eine elegante weiße Hose.

Ein auffallender, nicht unbedingt sympathischer Typ. Hellblonde, beinahe weißliche Haare. Adlernase. Breites Lächeln. Und ein Gletscherblick, der es Lügen strafte.

»Hallo, Hirsch«, sagte er gedehnt. »Man hört ja gar nichts mehr von dir in letzter Zeit.« Christophs Kehle wurde eng. Er hielt sich am Regal fest. »Da dachte ich, schau doch mal wieder bei ihm vorbei. Der Berg und der Prophet – aber wem sag' ich das, einem gebildeten Menschen wie dir!« Seine Augen verengten sich. »Weitergekommen mit deinem Problem?«

Christoph schüttelte den Kopf. »Ich brauche noch ein bißchen Zeit«, sagte er leise.

»Dachte ich mir schon! Deshalb hab ich ganz zufällig eine tolle Idee mitgebracht. Wirst sehen, du bist aus dem Schneider, Hirsch – eins, zwei, drei!«

Christophs Schwindelgefühl verstärkte sich. Er versuchte, so stur wie möglich geradeaus zu schauen. Sich nur nichts anmerken lassen!

Aber in seinem Inneren purzelte alles in wildem Aufruhr durcheinander. Denn Gregor von Hatting, der üblere seiner beiden Peiniger, rüstete sich soeben grinsend zur nächsten Attacke.

Es war heiß in der Küche, fast schon drückend, obwohl die Terrassentür weit offen stand, und bis auf das aufgeregte Brummen des Wespenschwarms im verwaisten Nachbarhaus sehr still. Nach ein paar bemühten Anfangsfloskeln hatte jede der beiden Frauen die entsprechenden Konsequenzen gezogen. Seitdem beschränkten sie sich auf knappe Sachfragen und -antworten, und schwiegen den Rest der Zeit. Maxie Malkowitch saß am Tisch, schnitt Käse in kleine Stückchen, schwitzte und war schlechter Laune. An der Spüle werkelte Christophs Mutter vor sich hin. Ein paar graumelierte Strähnen hatten sich aus ihrer Hochfrisur gelöst. Ab und an tasteten ihre zierlichen, perfekt manikürten Hände irritiert danach, bis sie sich schließlich mit einem resignierten Seufzer in das scheinbar Unvermeidliche schickte.

Nägel wie makellose Perlmuttmuscheln. Alles andere als für harte Arbeit geeignet.

Maxie hatte Ilona Hirsch noch nie besonders leiden können. In ihren Augen war sie eine Aufschneiderin, die nach außen auf damenhaft und kapriziös machte, sich in Wahrheit jedoch ausschließlich auf Kosten anderer durchs Leben gemogelt hatte. Christoph, ihren einzigen Sohn, nahm sie bis heute hemmungslos in Beschlag. *La grande dame,* die lieber Befehle erteilte, statt sich selbst die Finger schmutzig zu machen! Dieses Bild vervollkommneten fast schon perfekt die affigen Kostümchen, die sie meistens trug, ihre Hutkreationen, die jeweils passenden Lederhandschuhe, vor allem jedoch die Pumps, in denen Maxie, die gern große Schritte machte, keinen Meter weit gekommen wäre. Ilonas Alter war ein wohlgehütetes Geheimnis, aber obwohl sie mindestens Ende sechzig sein mußte, konnte man sie noch immer für eine sehr viel jüngere Frau halten. Von hinten allemal!

Ihre Taille war nach wie vor biegsam, die langen Beine gut geformt, und sie hatte eine teils laszive, teils dezente Art, beim Gehen Becken und Po zu bewegen, die mehr als einen Mann dazu brachte, sich noch immer nach ihr umzudrehen. Vielleicht war es gerade das, was Maxie so auf die Palme brachte, dieses freche, ungenierte Weibchengetue!

Sie warf ihrer zwangsweise zugeteilten Küchenhilfe einen mißmutigen Blick zu. Ilona sortierte gerade mit spitzen Fingern Salatblätter, als handle es sich um etwas Ansteckendes, und sah dabei immer wieder elegisch aus dem Fenster. Damit wollte sie wohl unmißverständlich zum Ausdruck bringen, daß sie wahrlich nicht der Typ war, der in eine Küche paßte! Wäre Ilona nicht Christophs Mutter gewesen, hätte sie mit ein paar saftigen Bemerkungen rechnen können, begleitet von Maxies herzhaftem Kutscherlachen, das schon mehr als einen aus der Fassung gebracht hatte. So aber beließ sie es bei ihren unfreundlichen Gedanken und fuhr damit fort, mit geschickten Handgriffen die Kanapees zu arrangieren. Zwischendrin sah sie immer mal wieder nach dem Sorbet im Kühlfach, das planmäßig vor sich hin fror.

Kurz vor zwölf und noch immer keine Spur von Evelyn!

Ob sie die kranke Katze nur als Vorwand genommen und die günstige Gelegenheit genutzt hatte, um ein Spontan-Rendezvous mit ihrem Geliebten einzuschieben? Keine Ahnung, was Evelyn an diesem Schreiner fand, der zwar ganz knackig war, dafür aber kaum den Mund aufbekam! Jedenfalls schien sie ganz vernarrt in ihren Franz Maria Beez. Genug jedenfalls, um Christoph wie ein abgelegtes Paar Socken zu behandeln.

Was Maxie niemals übers Herz gebracht hätte. Schon gar nicht bei einem Mann wie Christoph Hirsch.

Sie schwärmte heimlich für ihn, seitdem sie ihn das erste Mal gesehen hatte. Seinen schmalen Kopf mit den rotblonden Haaren, die fast unsichtbar ergrauten, fand sie anziehend und sensibel; sie war verrückt nach seinen verträumten Augen, den langen, feingliedrigen Händen. Maxie mochte, wie er sich bewegte, wie er lachte, sogar, daß er viel zu umständlich ausholte, wenn er etwas genau erklären wollte. Und es wurde leider von Jahr zu Jahr schlimmer! Früher hatte sie es manchmal noch geschafft, ihn einfach zu vergessen, aber in letzter Zeit hatte sich der Mann ihrer besten Freundin immer stärker in ihr System gedrängt.

Längst schon hatte sie damit begonnen, dumme Sachen zu machen, immer dann, wenn sie zu intensiv an ihn dachte. Sie vergaß den Herd auszuschalten. Oder ließ das Waschbecken überlaufen. Ein anderes Mal kam sie ganz zufällig mit dem Ballen in die Brotmaschine oder glitt plötzlich mit dem Dosenöffner ab und schnitt sich tief in den Finger. Es konnte auch vorkommen, daß Maxie über den Saum eines ihrer fließenden Gewänder stolperte, mit dem sie ihren Körper vor sich selbst und den anderen versteckte, stürzte und sich das ganze Schienbein aufschürfte. Die größte Krise allerdings überfiel sie, als sie beim Autofahren auf einmal seine tiefe, ruhige Stimme im Ohr hatte und unvermittelt bremsen mußte.

Prompt saß ihr hinten einer drauf!

Anschließend mußte sie sich wochenlang mit einer lästigen Halskrause abquälen, die ihre Bewegungsfreiheit einschränkte und zudem ihr Doppelkinn unvorteilhaft betonte. Zahlreiche Narben an ihren Händen und Beinen waren Zeugnisse dieser sehnsuchtsvollen Ausrutscher, und Maxie trug sie mit Stolz und heimlicher Genugtuung. Und selbst wenn sie sich tagsüber noch relativ gut im Griff hatte – nachts, wenn die Sterne viel zu hell schienen und das Mondlicht den Alltag wegleuchtete, dann schwand auch ihre Standhaftigkeit, mit der sie die ganze Welt zum Narren hielt.

Sie schlief schlecht. Flüsterte seinen Namen wieder und immer wieder und schämte sich, daß ihre Stimme so bedürftig klang. Wie viele Nächte war sie so schon allein in ihrem Bett gelegen, wach von zuviel Kaffee, unerfüllten Wünschen und hitzigen Träumen, die ja doch niemals Wirklichkeit werden würden! Wenn sie sich nicht gerade Christophs leidenschaftliche Küsse vorstellte oder an die Wärme dachte, die von seiner Haut ausging, dann grübelte sie über die rätselhafte Geologie der menschlichen Seele nach und über die Loyalität, die sie mit Evelyn verband. Gleichzeitig wußte sie, daß sie alles dafür tun würde, um mit ihm ins Bett zu gehen.

Und wenn es nur ein einziges Mal wäre.

Christoph ahnte nichts von dem, was in ihr vorging. Da war sich Maxie ganz sicher. Freundlich war er ihr gegenüber, oft ein bißchen abwesend, so wie man sich entfernteren Verwandten gegenüber verhält oder Gegenständen, die so vertraut sind, daß man sie kaum mehr wahrnimmt. Für ihn war sie alles andere als eine attraktive Frau. Sondern ein unkomplizierter Kumpel, die nette, dicke, patente Freundin seiner Frau und Nenntante seiner Tochter, der es nichts ausmachte, mit vierzig noch bei Mama Romy zu leben und als jährlichen Höhepunkt mit ihr zum Kuren nach Bad Pyrmont zu reisen. Und wie blendend verstand sie es, über ihre überflüssigen Kilos fröhlich wegzulachen!

Wütender Heißhunger überfiel Maxie, wenn sie nur daran dachte. Nichts, rein gar nichts, das wußte sie, konnte ihn stillen. Trotzdem schob sie sich ein großes Stück Käse in den Mund. Beinahe trotzig.

»Man kriegt irgendwie gar nichts mehr runter, wenn man ständig mit diesem Eßzeug hantieren muß.« Typisch Ilona! »Wie haltet ihr jungen Frauen das bloß aus? Kein Wunder, daß Evelyn in letzter Zeit so abgenommen hat. Ich glaube, wenn ich das hier täglich machen müßte, würde ich auch ziemlich bald meinen Appetit verlieren.«

Maxie brummte etwas Unverständliches. Und probierte sofort den eigenhändig gebeizten Lachs. Ein Stück Parmaschinken gleich hinterher – tat gut! Jetzt hätte sie unentwegt weiteressen können. Inständig hoffte sie, daß Ilona so bald wie möglich zu einer ihrer geheimnisvollen Verabredungen entschweben würde, mit denen sie sich ständig so wichtig machte. Vielleicht kam ja wenigstens Christoph überraschend zum Mittagessen nach Hause. Früher hatte er das oft getan, in letzter Zeit leider kaum noch. Für alle Fälle hatte sie schon mal eine deftige Minestrone vorbereitet, eines seiner Lieblingsgerichte. Sie wußte genau, wie sie für ihn sorgen würde – wenn sie nur gedurft hätte!

Sie hörte, wie der Schlüssel ging und setzte sich unwillkürlich in Position. Aber es war nur Evelyn. Mit einem ernsten, sehr traurigen Gesicht.

»Was hat der Tierarzt gesagt?« fragte Maxie sofort. Wie immer, wenn sie gerade zu viel an Christoph gedacht hatte, fühlte sie sich zu ganz besonderer Fürsorge ihrer Freundin gegenüber verpflichtet. »Es gibt doch nicht etwa schlechte Neuigkeiten?«

»Weißt du, was? ›Geben Sie sie am besten gleich zurück‹ – als ob Moon ein Hemd wäre, das beim Waschen eingelaufen und daher unbrauchbar geworden ist!« Evelyn klang aufgebracht wie selten. »Natürlich habe ich ihm nicht auf die Nase gebunden, wo ich sie her habe. Was würde das auch schon bringen? Das verletzte Ohr ist wohl das kleinste Problem, sagt der Doktor. Wunden wie diese heilen meistens ziemlich schnell. In der Hinterpfote steckte eine große Scherbe, die konnte er zum Glück gleich entfernen und den Ballen anschließend desinfizieren. Außerdem hat sie jede Menge Würmer. Ihr Mäulchen ist voll von eitrigen Geschwüren, der Hals entzündet, und an Schnupfen leidet sie noch dazu. Nicht eine einzige Impfung. Natürlich vollkommen unterernährt. Könnte sein, daß sie eine ganze Zeit irgendwo eingesperrt war und kaum etwas zu fressen hatte. Aber das sind natürlich alles nur Vermutungen.«

»Klingt ja scheußlich!« Maxies Stimme war voller Anteilnahme, wenngleich sie sich im stillen wunderte, wieviel Aufmerksamkeit ihre Freundin ausgerechnet diesem Tier schenkte. »Was kann man dagegen tun?«

»Antibiotika. Vitamine. Gutes Fressen. Absolute

Ruhe. Vor allem aber Liebe, Liebe und noch mal Liebe. Und das wird meine Mondkatze bekommen, das schwöre ich euch!«

»Wo steckt sie denn jetzt? Noch im Wagen?«

»Nein, in der Praxis. Ich mußte sie ihm erst einmal dalassen. Zur Anti-Flohbehandlung und zum Auspinseln des Rachens. Das will er nun unter Narkose machen. Beim ersten Versuch hat Moon ihm nämlich einen Kratzer versetzt, ist abgehauen und hat sich dann in den Medikamentenschrank geflüchtet. Wilde Katzenhatz quer durch alle Räume und dann nichts wie mitten rein in die Flaschen und Schachteln! Beinahe eine halbe Stunde mußte ich rufen und locken, bis sie endlich wieder rauskam. Aber ich glaube fast, sie ist schon dabei, sich an mich zu gewöhnen.« Evelyn lächelte versonnen.

»Meine kranke Kleine hat vielleicht Temperament – wie Chili und Paprika zusammen! Du hättest mal sehen sollen, wie sie schon auf der Hinfahrt mit der Kralle den Reißverschluß der Einkaufstasche von innen aufgezogen hat und auf den Vordersitz geklettert ist – trotz ihres schlechten Zustands! Die weiß, was sie will. Von der können wir alle noch etwas lernen.« Sie kam mit der Hand versehentlich an die Schramme auf ihrem Dekolleté und zuckte leicht zusammen.

»Gute Güte, daß sie dich auch gleich so zurichten mußte! Da solltest du unbedingt was dagegen unternehmen, Evelyn, und zwar schnell!« schaltete sich Ilona nun ein. »Sonst kannst du deinen hübschen

Ausschnitt ein für alle Mal vergessen. Manche dieser halbwilden Katzen gewöhnen sich niemals mehr so richtig an Zweibeiner, wenn sie zu lange allein gelebt haben, fernab menschlicher Zivilisation. Wissenschaftlich bewiesen! Das hab' ich erst neulich irgendwo in einem Magazin gelesen. Und denk doch nur mal daran, was passieren könnte, wenn sie eines Tages einfach so über die Kinder herfällt!«

»Ach, das!« sagte Evelyn wegwerfend. »Eine Lappalie, nichts weiter. Es gibt wahrlich Wichtigeres im Leben als kleine Kratzer. Sag mal, du bist tatsächlich noch da? Kaum zu glauben! Wo du doch sonst immer etwas vorhast! Danke übrigens für deinen Beitrag. Ich wußte, ich konnte mich darauf verlassen, daß du etwas Aufmunterndes absonderst.«

»Ja, aber ich hab's schon sehr eilig und bin deshalb fast auf dem Weg!« Sichtlich erleichtert band sich Ilona Hirsch das Küchenhandtuch ab, das sie zur provisorischen Schürze umfunktioniert hatte, strich ihr Schößchen glatt und griff nach der kleinen weißen Basttasche. »Wahrscheinlich sehe ich schrecklich aus. Ich muß mich unbedingt noch ein bißchen frisch machen, bevor ich ...«

»Und was ist es denn diesmal? Laß mich raten! Bridge bei Herrn Lauenstein? Gemütlicher Lunch mit deinem alten Verehrer Peter Stelzenberg? Oder vielleicht eher etwas Karitatives? Kinderfest mit Sackhüpfen und Eierlaufen für rumänische Aussiedler? Ratespiele für Hörbehinderte? Wo es doch, wie du immer so schön zu sagen pflegst, überall irgend etwas Dringendes zu helfen gibt, wenn man nur die Augen offen hält – nur nicht hier, bei deiner eigenen Familie?«

Ilona kniff die Lippen zusammen und erinnerte Maxie auf einmal sehr an Christoph, der eine ähnliche Miene aufsetzte, wenn er getroffen war, es aber partout nicht zeigen wollte. »Ich denke, ich bin alt genug, um tun und lassen zu können, was ich möchte«, sagte sie steif.

»Das tust du ja auch. Eigentlich fast wie immer. Deshalb wundere ich mich ja«, gab Evelyn zurück.

Die beiden funkelten sich an.

»Es fällt mir leichter, so zu tun, als wäre ich nicht da, wenn ich wirklich nicht hier bin. In der Zwischenzeit könnt ihr euch in aller Ruhe die Augen auskratzen.«

Maxie stand auf und ging nach oben, ins Kinderbadezimmer. Dort ließ sie sich eine ganze Zeit kaltes Wasser über die Innenseite ihrer Unterarme laufen. Dabei kam sie nicht umhin, sich mit ihrem Spiegelbild zu konfrontieren. Das Gesicht war noch das Beste an ihr, wenngleich sie die Lücke zwischen den vorderen Schneidezähnen nicht leiden konnte. Die Haut rosig und glatt, die Augen leicht schräg geschnitten. Sie hatte volle Lippen, eine kurze, gerade Nase. Und so gut wie keine Falten. Das waren die Pluspunkte, die sie sich immer wieder wie ein Mantra vorsagte.

Als ihr Blick allerdings weiter nach unten wanderte, zum runden Kinn, das konturlos in den kurzen, kräftigen Hals überging, zu den fleischigen Schultern, den weichen, viel zu fraulichen Oberarmen, die selbst Flügelärmel nur unzulässig kaschierten, erstarb ihr Lächeln schnell. Jetzt war sie doch in die Falle getappt, die sie Tag für Tag geflissentlich zu umschiffen versuchte.

Ein Busen wie reife Melonen! Sie mußte nicht einmal ihren Bauch ansehen, die prallen Oberschenkel, die plumpen Waden. Dagegen halfen auch keine Milch-Rosen-Bäder à la Kaiserin Poppeia, die angeblich samtweiche Haut garantierten, ebenso wenig wie die straffenden Körpermasken, wie sie der Sage nach schon Kleopatra aufgelegt hatte! Die Tatsachen sprachen für sich. Eine mehr als eindeutige Sprache.

Ja, das war Maximiliane Theodora Malkowitch, wie sie leibte und lebte, äußerst treffend zu Maxie verkürzt, als ob Romy ihr künftiges Erscheinungsbild schon bei der Geburt vorausgeahnt hätte! Die nimmermüde Ulknudel, die gute, zuverlässige Freundin und brave, angepaßte Tochter – aber sicherlich keine Frau zum Verrücktwerden. Und schon gar kein sinnliches Weib mit einem aufregenden Körper, der bei einem Ästheten wie Christoph Lust und wilde Leidenschaften hervorrief!

Wieso nur war sie nicht zart, geschmeidig und fragil wie Millionen anderer Frauen auch? Ein anschmiegsames, verschmustes Kätzchen, das unwillkürlich männliche Beschützerinstinkte wecken mußte? Weshalb war jeder Versuch, sich dieser ungeliebten Fülle zu entledigen, schon nach kurzem unweigerlich zum Scheitern verurteilt, auch wenn sie sich Tag für Tag mit ihrer Schwere quälte? Wieso konnte Christoph sie nicht lieben?

Oder konnte er es vielleicht doch? Und wußte es bloß noch nicht?

Eine Träne löste sich aus dem Augenwinkel. Einen Augenblick lang sah sie unendlich traurig aus. Wie ein kleines, dickes, zutiefst unglückliches Mädchen.

Schließlich straffte sich Maxie und schob die Schultern energisch zurück. Sie würde nicht aufgeben. Sie durfte es nicht, wenn sie sich selbst noch in die Augen sehen wollte. Und schließlich war morgen auch noch ein Tag.

Nach ein paar halbherzigen Versuchen brachte sie wieder ihr gewohnt heiteres Alltagsgesicht zustande. Dann ging sie mit resoluten Schritten nach unten, wo Evelyn bestimmt schon ungeduldig auf ihre Geschäftspartnerin und Freundin wartete.

Die anderen waren sicherlich schon unter der Dusche. Und für sie wurde es ebenfalls höchste Zeit. Schwärme von Mücken tanzten um Tilman Hirsch und Oliver Jantsch, die nach dem Übungsmatch viel zu lange auf dem Spielfeld herumgetrödelt hatten. Drüben, auf der Aschenbahn, drehte ein einsamer Läufer seine Runden, Tobias Neufert, der bienenfleißige, leicht verschrobene Abiturient, der unbedingt Marathonläufer werden wollte und trainierte, wann immer er konnte.

Heute morgen war der Rasen gemäht worden. Es roch nach frischem Heu, nach verblühten Margeriten, nach Sommer. Sie liefen langsam zu den Kabinen zurück. Manchmal berührten sich ihre schlenkernden Arme dabei, dann rückten sie ein winziges Stück voneinander ab. Aber schon bald verfielen sie wieder in ihren vertrauten Rhythmus, der sie wie von selbst weitertrug. Und das seit Jahren. Sie kannten sich lange genug. Fast vom Sandkasten her. Til und Ollie, die beiden Freunde, mußten nicht unbedingt reden, um sich einander nah zu fühlen.

»Nächsten Donnerstag kommt übrigens die Mann

wieder. Hundertpro!« sagte Ollie, als sie in dem niedrigen, immer leicht muffigen Raum angekommen waren. Überall auf dem Boden Knäuel von Jeans, T-Shirts, Socken, Turnschuhen. Sogar die Farben bewegten sich innerhalb eines bestimmten Spektrums. Blau, Lila, Rot, ein bißchen Weiß und Schwarz. Die meisten Jungs, die in ihrer Freizeit regelmäßig hierher zum Fußballspielen kamen, waren uniform gekleidet, beinahe, als ob sie alle aus ein- und derselben Familie stammten. Die jugendlichen Riten waren streng. Man mußte mit Spott rechnen. Wenn nicht mit Ablehnung oder gar Verachtung, wenn man anders war. So gut wie keiner hatte den Mut, abzuweichen. Wieso auch? Die einheitliche Kluft machte sicher. Und zugehörig. Es kostete Mut, auszuscheren, auch wenn es nur Hemden mit bauschigen Ärmeln, Opawesten und lange Locken waren.

Geschweige denn, sich an delikater Stelle ein Rosentattoo zuzulegen.

»Woher weißt du das denn?« Tilman zog erleichtert sein schweißnasses Hemd aus. Mit der kurzen Hose ließ er sich vorsichtshalber noch ein bißchen Zeit.

»Von Sven. Seine Mutter hat sie gestern mittag in der Stadt getroffen. Außerdem hat es Dr. Straßburger auch gesagt. Sie soll noch ein bißchen hinken, aber es geht ihr inzwischen erstaunlich gut. Und sie unterrichtet uns wieder. Mensch, bin ich froh, daß wir diesen Langweiler von Dannheimer endlich loswerden! Ich dachte schon, der blüht uns für den Rest aller Zeiten!«

Oliver Jantsch konnte so gut wie nie über Lore Mann sprechen, ohne rot zu werden. Er bückte sich, nestelte scheinbar hochkonzentriert an seinen Schnürsenkeln herum. Til war sein bester Freund, aber auch er mußte nicht alles wissen. Und er kam ja nicht einmal selbst richtig damit klar. Wieso hatte sich eine Frau in seine Träume geschlichen, die mindestens doppelt so alt wie er war und seine Musiklehrerin noch dazu? Aber es hatte ihn ohne Vorwarnung erwischt, kaum daß sie die Klasse betreten hatte. Dabei war sie nicht einmal schön. Nicht besonders groß und ein bißchen rund. Aber verdammt attraktiv. Der freche dunkelrote Kurzhaarschnitt, das spitzbübische Lächeln, bei dem die mal grauen, dann wieder grünen Katzenaugen aufblitzten – Oliver konnte sich einfach nicht sattsehen an ihr.

Und erst diese Stimme! Als er zum ersten Mal ihren erotischen Alt gehört hatte, war er ihr endgültig verfallen. Seitdem hatte er heimlich jedem Musikunterricht entgegengefiebert und lebhaft bedauert, daß es nicht mehr als zwei Stunden pro Woche waren. Vor lauter Verzückung war er prompt in den Chor eingetreten, eine Entscheidung, die er allerdings schon bald wieder bereute. Jungs waren hier Mangelware, und das Singen mit den ganzen unreifen, ständig kichernden Ziegen seines Alters gestaltete sich mehr als nervig.

Aber dann aus heiterem Himmel Lore Manns schwerer Motorradunfall!

Über drei Monate war sie krank gewesen, laborierte an den Folgen eines komplizierten Bein- und Beckenbruchs, und es hatte schon so ausgesehen, als wären sie bis zum Ende des Schuljahrs dazu verdammt, den säuerlichen, stets unterschwellig gereizten Walter Dannheimer als äußerst unzureichenden Ersatz zu ertragen. Doch schon in wenigen Tagen würde es anders sein – kaum auszudenken!

»Bist du endlich soweit?« Ollie wurde langsam ungeduldig. Er wollte nach Hause, seine Cola trinken und in Ruhe von Lore Mann weiterträumen.

»Gleich.« Til steckte noch immer in der Unterhose. »Geh schon mal vor. Ich muß noch nach meinem Shampoo suchen.«

Ollie verschwand wortlos, und nun zog auch Til sich endlich aus.

Inzwischen kamen die ersten schon aus dem Duschraum zurück, albernd, naß und nackt. Wortführer war wie immer Ekki, stark und untersetzt wie ein junger Bulle, und stets zum Flachsen aufgelegt. Kein übler Kerl, aber mit einem großen Mundwerk gesegnet, das so gut wie niemals Pause machte. Und ausgerechnet an ihm mußte Til nun vorbei!

Es passierte, was passieren mußte. Ekki riß ihm das Handtuch runter. Til versuchte, es ihm aus der Hand zu winden, hatte jedoch keine Chance.

»Ey, ich glaub, ich spinn!« rief Ekki, der sich trotz seiner Fülle schnell und geschmeidig bewegen konnte. Er hatte ihn am Arm gepackt, hielt ihn wie in einer Klammer fest. »Schaut mal alle her! Unser kleiner Süßer hat plötzlich 'ne tätowierte Rose auf'm Arsch!« Er gab ein Mittelding zwischen Stöhnen und Schnauben von sich und paßte eine Sekunde nicht richtig auf.

Lang genug jedenfalls für Til, um sich sein Handtuch zurückzuerobern. Er preßte es wieder auf sein Hinterteil, aber es war bereits zu spät. Die anderen begannen loszugrölen.

»Wenn du dich noch länger über mich lustig machst, greift morgen deine Zahnbürste ins Leere.« Es war nur ein Versuch. Halbherzig und ziemlich unglaubwürdig, wie Til selbst am besten wußte.

»Huch, bist du aber mutig! Sag mal, Kleiner, hat das nicht schrecklich weh getan?« Sebastian und Jonas, drahtig der eine, mager, aber riesengroß der andere, bauten sich vor ihm auf. Zu zweit fühlten sie sich offenbar unbesiegbar. »Und du hast wirklich nicht geweint? Komm, schon, raus damit! Nicht einmal ein kleines bißchen?«

»Ist doch bloß so ein blödes Aufklebebild«, stammelte Til. »Nichts weiter. Wäscht sich wieder ab. Nach ein paar Wochen sieht man nichts mehr davon.«

»Und weshalb dann der ganze Aufwand? Etwa für deine liebe Mami? Damit sie vor Rührung feuchte Augen bekommt, wenn sie ihr Bi-Ba-Butze-Baby badet?«

»Get lost! Ich glaub, deine Synapsen sind vollkommen falsch vernetzt!« Aber Tils Mundwinkel begannen bereits zu beben. Er spürte es, und er haßte sich dafür. Nur die Starken kommen durch. Das wußte er. Schon seit langem. Egal, was Christoph ihm einzureden versuchte. Und er wollte unbedingt einer von ihnen werden. Rauh. Sicher. Unangreifbar, egal, wer oder was da kommen mochte. Aber wie?

Er hatte keinen blassen Schimmer, wie man das anstellte.

»Oder willst du jemand bestimmten damit anmachen?« frotzelte der hübsche, schwarzhaarige Mario, der auch im Unterricht so gut wie keine Gelegenheit ausließ, um dümmliche Schwulenwitze zu reißen. »Etwa deinen heißgeliebten Ollie? Ist doch gar nicht mehr notwendig! Der liegt dir ohnehin zu Füßen.«

»Ihr habt doch alle 'ne Riesenmeise!« Die sollten Ollie bloß da raushalten! Til spannte die Bauchmuskeln an und versuchte, mit Gewalt durch die Sperre zu kommen. Aber die beiden wichen nicht. Endlich verschwand seine Angst. Und er wurde richtig sauer. »Außerdem geht euch das nix an. Ist schließlich mein Arsch, oder?«

»Aber wie lange noch?« säuselte Ekki, der seine schauspielerische Ader liebend gern zur Geltung brachte. Vor allem auf Kosten anderer. Er verdrehte die leicht hervorstehenden Augen und faßte sich übertrieben affektiert an die Stirn. »Wenn du so weiter machst, Tilly-Mäuschen, kann ich für nichts mehr garantieren. Und Gefahren lauern bekanntlich überall! Wann nur wird diese zarte Blüte gepflückt?« sang er lauthals. »Sagt an, liebe Freunde, wann?«

»Und von wem, Tilly?« brüllten die anderen im Chor. »Nur von wem?«

Zum Glück hatte Til sich durchgeboxt und endlich die rettende Dusche erreicht. Ollie, wie immer hinten, unter dem großen Kippfenster, war von Kopf bis Fuß eingeschäumt und stand leicht entrückt unter dem prasselnden Wasser. Er konnte nichts von dem Stuß gehört haben, den diese Idioten da draußen von sich gegeben hatten! Schon gar nicht dieses verdammte »Tilly«, das er mehr als alles andere auf der Welt haßte und fürchtete.

Til seifte sich wütend ein. Am liebsten wäre er hier drin geblieben, bis auch der letzte von der Bande da draußen verschwunden war, aber das konnte dauern! Deshalb versuchte er, sich erst einmal ganz auf die Alltäglichkeiten zu konzentrieren. Die Haare naß machen. Bloß kein Shampoo in die Augen kriegen. Alles gründlich wieder rauswaschen. Und vor allem nicht nach links und rechts schauen.

»Du weißt schon, was das bedeutet? Ich meine, daß die Mann wieder da ist?«

Ollie war fertig und stand plötzlich ganz nah neben ihm. Er war ein paar Zentimeter größer als Til und weiter entwickelt. Sie hätten gegensätzlicher nicht sein können. Tils helle Haut, auf der sich Sommersprossen wie eine rostige Milchstraße verteilten, wirkte auf einmal wie aus Marmor. Die Adern auf seiner Brust waren so blau, daß man sie pulsieren sehen konnte. Ollies muskulöser Körper dagegen war gebräunt wie der eines jugendlichen Sonnengottes und von dichten, hellblonden Härchen bedeckt, die im Sommer fast weiß wurden.

Jetzt, halbnaß und deshalb eine Spur dunkler als sonst, erinnerten sie Til an ein seidiges, mattgoldenes Fell. Er hätte seine Hand ausstrecken mögen, um es zu berühren, aber er tat es natürlich nicht. Stattdessen bekam er wieder diesen widerlichen, trockenen Kloß im Hals. Dabei schaute er nicht einmal auf Ollies durstigen, leicht gekräuselten Mund.

Und erst recht nicht zwischen seine Beine.

»Was meinst du damit?« Sogar seine Stimme war auf einmal ganz flach und piepsig. Als ob er kein cooler, fünfzehnjähriger Typ war, der bei den meisten Sachen voll durchblickte, sondern ein schüchternes Pipimädchen ohne die geringste Ahnung!

»Na, das Musical zum Schuljahresende findet jetzt doch statt! Wetten, daß sie ohne Umschweife damit rauskommt? Ihr Plan steht sicher längst. Was sich die Mann einmal vorgenommen hat, das führt sie auch durch. Und wir beide sind dabei, ist doch klaro?«

Til nickte zerstreut und hielt sich nach wie vor an der Wand fest. Ollie duftete fast schon aufdringlich nach Seife und frischer Haut. Nur eine winzige Bewegung mehr, und er könnte ihn auf seinen Lippen schmecken. Es zog in seinen Lenden. Wurde er jetzt etwa hart? Vorsichtig schielte er nach unten. Bleib bloß, wo du bist! flehte er stumm. Und blamier mich jetzt nicht! Schon gar nicht hier, vor meinem allerbesten Freund.

Er atmete ganz flach und wagte kaum noch, sich zu bewegen.

»He, was ist los mit dir, Alter? Bist du auf einmal hohl, oder was? Das läßt dich ganz kalt? Ich denke, du warst noch vor nicht allzu langer Zeit unheimlich scharf drauf, eine Hauptrolle zu kriegen?«

Jetzt war Ollie zum Glück ein paar skeptische Schritte von ihm abgerückt. Til entspannte sich leicht. Plötzlich mußte er an die kranke Katze von heute morgen denken. Moon, so hatte Evelyn sie genannt. Cooler Name, fast schon galaktisch, auch, wenn er sich erst mal nichts hatte anmerken lassen. Die jedenfalls wußte genau, was sie brauchte, das stand fest! Konnte sich einfach gehen lassen, alle Viere von sich strecken und mußte keine Angst haben, zum Gespött der anderen zu werden, wegen scheinbar seltsamer Neigungen, die sie sich selbst nicht erklären konnte. Sollte er Ollie davon erzählen? Aber würde er ihn nicht für kindisch oder – noch schlimmer – *weibisch* halten, wenn ihm ein zugelaufenes Kätzchen dauernd im Kopf herumging? Außerdem hatte er ganz andere Probleme.

Ja, was war eigentlich los mit ihm in letzter Zeit? Wieso bekam er dieses Flattern im Bauch, wenn er Ollie nur ansah? Und weshalb fühlte er sich in seiner Nähe auf einmal so verkorkst und verklemmt?

Es war auf jeden Fall noch beunruhigender, als unter der Bettdecke die nackten Jungs in *Playgirl* zu betrachten, die Hefte, die er eines Tages ganz zufällig bei Ilona in einer Kiste im Flur entdeckt hatte und sich von dort seitdem immer wieder ungefragt auslieh. Sie war eindeutig auf Zack. Er konnte mit den aktuellsten Ausgaben rechnen. Natürlich hatte er Angst, daß sie dahinter kommen könnte. Aber wieso hortete andererseits eine Großmutter superheiße Aktfotos junger Männer?

Am liebsten hätte er sie danach gefragt. Das jedoch konnte er nicht, ohne selbst sein Geheimnis preiszugeben.

»Ich weiß nicht«, sagte er und wußte im gleichen Augenblick, wie schwach es klang, »ist doch ohnehin alles schon viel zu spät. Wie sollen wir das in nicht einmal sechs Wochen einigermaßen hinkriegen? Ohne uns vor der ganzen Schule zu blamieren? Da reicht ein bißchen nettes Gehopse nicht! An so einer Aufführung hängt eine Menge: Band, Bühnenbild, Choreographie, Regie und so weiter! Das geht nicht im Handumdrehen, nur weil sich das ein Pauker – pardon, eine Paukerin – in den Kopf gesetzt hat. Außerdem find ich, ehrlich gesagt, die ganze Singerei und Tanzerei inzwischen ziemlich bescheuert. Ist doch eigentlich nichts für Männer. Sondern eher was für diese kindischen, albernen Kichertussis.«

Eine glatte Lüge, natürlich. Aber sie kam ihm leicht und ohne jede Anstrengung über die Lippen.

»Ach, auf einmal? Du bist mir vielleicht ein komischer Heini!« Ollie knuffte ihn freundschaftlich.

»Erst gerätst du halb in Ekstase über die angebliche Spitzenmusik, die schon deine Alten vom Hocker gerissen hat, und dann machst du einen Rückzieher, wenn es endlich ernst wird. Also, ich find sie nach wie vor megageil, die Rocky Horror Show, und ich mach natürlich mit, wenn die Sache steigt! Straßburger ist nämlich auch mit von der Partie, das weiß ich direkt von ihm. Vielleicht fallen dann sogar ein paar Englischstunden aus. Zugunsten Textproben und so.« Sein Blick bekam etwas Schwärmerisches. »Vorausgesetzt natürlich, die Mann gibt mir eine Rolle.«

»Wird sie. Wird sie bestimmt!« Til spürte erleichtert, wie seine Sicherheit langsam zurückkam. Inzwischen hatte er sich das Handtuch um die Hüften geschlungen. Bevor Ollie noch die Rose hatte sehen können. Mit dem dicken Frottee zwischen sich und dem muskulösen Körper seines Freundes fühlte er sich entschieden wohler. »Wo du doch ihr Liebling bist!«

»Bin ich nicht!«

»Na klar! Und das weißt du haargenau. Selbst einem Blinden würde das auffallen. Die hat einen echten Narren an dir gefressen.«

»Du spinnst!« Ollie lächelte versonnen dabei.

»Selber spinnst!«

Ollies Augen funkelten angriffslustig. Rauferei lag in der Luft. Aber die Zeit der harmlosen Freundschaftskämpfe war endgültig vorbei. Zumindest für Tilman. Allein die Vorstellung, im Clinch mit seinem nackten Freund zu liegen, war mehr, als er ertragen konnte.

Wieder lugte er unauffällig nach unten. Zum Glück blieb unter dem schützenden Lendenschurz alles still.

Da, dort hinten! Links. Die allerletzte Kiste.« Die Stimme der Tierarzthelferin war freundlich, aber geschäftsmäßig. »Wir haben sie extra als eine der ersten drangenommen. Ich denke, sie müßte jeden Moment aufwachen.«

Evelyn beugte sich über den kleinen Plastikkäfig, bei dem das obere Teil abgeschnitten worden war.

Das war nicht ihre Katze!

Auf ein paar blutbespritzten Zeitungsschnipseln lag ein mattes, sterbenselendes Etwas, das sich kaum bewegte. Ganz kurz öffneten sich die Augen, und sie begegnete einem stumpfen Blick, dann fielen die Lider kraftlos wieder zu. Die morgendliche Flucht in den Medikamentenschrank schien eine Ewigkeit zurückzuliegen. Vermutlich würde Ilona recht behalten. Moon sah aus, als ob sie die nächsten Stunden kaum überleben würde.

Evelyn spürte, wie heißer Zorn in ihr aufstieg. Welches Spiel wurde hier eigentlich gespielt? Erst heute morgen hatte sie Moon voller Zuversicht hier in der Praxis abgeliefert – zur Heilung allerdings und nicht, um sie restlos fertigzumachen!

»Was um Himmels willen habt ihr denn mit ihr angestellt?«

»Och, bloß das Übliche«, erwiderte das Mädchen munter. »Entwurmt. Geimpft. Die Ohren tätowiert, noch immer die beste Prävention gegen gewissenlose Tierfänger. Sie wissen schon, diese Labors, die immer und ewig auf Nachschub für ihre scheußlichen Tests aus sind. Und natürlich sterilisiert. War übrigens allerhöchste Zeit. Denn sie war schon ein paar Tage trächtig. Und eine Schwangerschaft hätte sie in ihrem Zustand nur schwerlich überlebt, hat der Doktor gesagt.« Sie deutete auf eine beachtliche Reihe von Fläschchen und Tablettenschachteln. »Sie muß allerdings weiterbehandelt werden. Exakt nach Vorschrift.«

Die dünnen Flanken zitterten bei jedem Atemzug. Jetzt erst bemerkte Evelyn die große, kahlrasierte Stelle auf dem Bauch. Graue, schutzlose Haut. Mit einem blauen Faden und ein paar Stichen roh zusammengenäht.

Tränen schossen in ihre Augen. Aber sie bemühte sich um Fassung. »Von Sterilisation ist nie die Rede gewesen«, sagte sie und steckte die Medikamente blindlings in ihre Tasche. »Schon gar nicht so!«

Ein Reizwort für Evelyn! Damals, als sie mit Fanny schwanger und so verzweifelt gewesen war, hatte Christoph dieses Thema eines Abends ohne lange Umschweife zur Sprache gebracht. Als beste Möglichkeit, um künftigen Fehlplanungen entgegenzuwirken, ähnlich prosaisch hatte er sich ausgedrückt. Allerdings hatte er, wie sich im Lauf der Unterhaltung alsbald herausstellte, seine Sterilisation niemals auch nur erwogen. Sondern selbstredend von ihrer gesprochen. Nach einem fast schon handgreiflichen Streit war es bei dem Vorschlag geblieben.

»Ach, nein?« Die junge Frau im weißen Kittel reckte angriffslustig ihr Kinn und lief zur Höchstform auf. »Dreimal im Jahr drei bis sechs Kätzchen? Ist es das, was Sie wollten? Die ihrerseits nach maximal neun Monaten wieder mit der Produktion neuer Babys beginnen? Und so weiter und so fort? Haben Sie mal überschlagen, wie viele das schon binnen Jahresfrist sein können? Eine komplette Menagerie! Sie sollten nur mal den Doktor zu diesem Thema hören! Der könnte Ihnen vielleicht eine Menge dazu erzählen.«

»Und wo ist der Doktor jetzt?« Evelyn wirkte äußerlich ganz beherrscht. Nur ihre Stimme zitterte gefährlich. »Ich will ihn auf der Stelle sprechen!«

»Tja, das geht leider frühestens in drei Tagen«, kam die schnippische Antwort. »Dann kommt er nämlich von seinem internationalen Kongreß aus Zürich zurück. Falls es jedoch in der Zwischenzeit irgendwelche Komplikationen geben sollte, dann können Sie sich natürlich jederzeit an unsere Vertretung wenden, Herrn Doktor ...«

»Vergessen Sie es!« Evelyn bückte sich, hob den lädierten Käfig hoch und ging langsam mit ihm zur Tür. »Schicken Sie mir die Rechnung per Post, falls

Sie das für diese Metzelei verantworten können. Ich allerdings nehme mir die Freiheit, für das Wohl meiner Katze einen anderen Tierarzt zu suchen – ein menschliches Wesen mit einer ganzen Portion mehr Herz und Gefühl, wenn Sie überhaupt verstehen, was ich damit meine.«

Sie war schon fast draußen.

»Halt!« rief ihr die Helferin irritiert nach. »Unser Transportkorb! Den können Sie nicht so einfach mitnehmen!«

»Und ob ich kann! Mein Sohn bringt ihn morgen zurück. Mindestens so unversehrt wie unsere Katze nach Ihrer Behandlung, darauf haben Sie mein Wort!«

Ihre Hände zitterten so sehr, daß sie kaum das Schloß der Autotür aufbekam. Schließlich gelang es. Sie stellte die Plastikschüssel samt Katze so behutsam wie möglich auf den Hintersitz. »Nur noch ein Weilchen, meine arme Kleine«, murmelte sie besänftigend dabei. »Ein bißchen Geduld! Dann sind wir zu Hause. Sicher und warm. Und alles wird gut.«

Aber Moon haßte Autofahren. Mochte sie so krank und elend sein, wie sie wollte, ein Rest Willen war ihr geblieben. Und den brachte sie unmißverständlich zum Ausdruck. Rauskrabbeln aus ihrem Gefängnis konnte sie nicht. Dafür war sie zu schwach. Aber sie konnte schreien. Und das tat sie!

Sie begann loszuwimmern, hoch und kläglich. Der durchdringende Ton erinnerte Evelyn an das gnadenlose Gebrüll von Til und insbesondere Fanny, als sie noch Babys gewesen waren, und sie Nacht für Nacht verzweifelt versucht hatte, die Kinder mit jedem nur denkbaren Trick zum Einschlafen zu bringen. Vor allem jedoch löste er verblüffend ähnliches bei ihr aus. Schuldgefühle. Panik. Und den unbedingten Wunsch nach Ruhe.

Sie drehte an ihrem altmodischen Kassettengerät herum und versuchte es erst mit Sting, dann mit Kitaro, schließlich mit Mozart. Fehlanzeige! Die Katze quäkte weiter zum Gotterbarmen.

Sie redete liebevoll auf sie ein. Ebenfalls sinnlos. Schließlich begann sie in ihrer Verzweiflung leise vor sich hin zu singen. Moon setzte ihr nervenzermürbendes Protestgezetere unbeeindruckt fort.

Sie änderte die Strecke. Aber es half nichts. Nach ein paar Metern war sie so angespannt, daß sie beinahe selbst zu weinen begonnen hätte. Und es war noch immer so heiß! Evelyn hatte den Wagen vor der Tierarztpraxis eine ganze Weile in der prallen Sonne parken müssen und spürte nun die angestaute Hitze wie ein unerträgliches Gewicht. Ihr Kleid klebte am Körper; den Gürtel hatte sie längst abgenommen. Schweißnaß manövrierte sie sich auf geradezu abenteuerliche Weise durch den Berufsverkehr und stieß ein stummes Stoßgebet aus, als sie endlich vor dem heimatlichen Garagentor anhalten konnte.

Kaum verstummte der Motor, war es auch mit Moons Geplärre vorbei. Evelyn blieb einfach sitzen, beide Hände auf dem Lenkrad, und atmete tief aus.

Nur ein paar Augenblicke später bog Til mit seinem froschgrünen Mountainbike um die Ecke. Seine Locken wehten im Fahrtwind wie ein glänzender, kupferner Fächer. Ein knappes, leicht verlegenes Lächeln, als er sie sah, obwohl ihm, wie sie auf den ersten Blick erkannte, eigentlich nicht danach zumute war.

»Kannst mir gleich beim Reintragen helfen«, sagte Evelyn und verkniff sich vorerst weitere Kommentare. »Die Kleine hier ist ganz schön fertig. Das war kein Tierarzt, sag ich dir, sondern eher ein verhinderter Metzger!«

Gemeinsam manövrierten sie den Korb durch die Haustür.

»Und wohin mit ihr? Wieder in die Speisekammer? Damit sie schon mal gleich eine prima Auswahl in allen Delikatessen hat?« Sein Scherz mißglückte. Sie spürten es beide.

Evelyn warf ihm einen überraschten Blick zu. Ihr Großer hatte wieder dieses blasse, verletzte Gesicht, das sie in letzter Zeit nur zu gut kannte. Etwas quälte ihn, keine Frage, aber es machte wenig Sinn, nachzubohren. Sie wußte, er würde es wie meist für sich behalten. Auf einmal spürte sie die neue Fremdheit zwischen ihnen beinahe körperlich. Wo nur waren all die Jahre geblieben? Manchmal konnte sie es kaum glauben, daß sie beinahe vierzig war und zwei Kinder hatte, von denen eines sie schon um mehr als einen Kopf überragte!

Aber es *war* wirklich, obwohl sie diese Art von Wirklichkeit beileibe nicht immer mochte. Til war schon lange nicht mehr der verspielte kleine Junge, der auf ihren Schoß geklettert war, um Schutz oder Trost zu suchen, wenn ihn etwas ängstigte. Und der verschlossene junge Mann, zu dem er scheinbar ohne ihr Zutun heranwuchs, flößte ihr Respekt ein, manchmal fast schon Angst. Es ging in diesem merkwürdig unausweichlichem Eltern-Kind-Krieg nicht nur um Peanuts wie lange Haare, dehnbare Ausgehzeiten, heimliche Pin-ups oder das Rosentattoo auf seinem Hintern, das anzusprechen, ihr bisher nicht gelungen war.

Nein, es ging um so vieles mehr! Seine Freiräume. Seine Grenzen. Seine Träume. Was dachte Til? Wovor fürchtete er sich? Und was begehrte er am meisten?

Wieso nur fehlten ihr ausgerechnet für diese wichtigen Fragen die passenden Worte und der nötige Abstand, sie im richtigen Moment zu äußern?

»Lieber rüber mit ihr ins Wohnzimmer«, sagte sie und versuchte, trotz allem so gelassen und souverän wie möglich zu klingen. Zumindest strengte sie sich an, den Dialog mit ihm lebendig zu halten. Alles immer noch besser als dieses versteinerte Verstummen zwischen Vater und Sohn, unter dem die ganze Familie litt! »Ich könnte mir vorstellen, daß Moon ganz gern ein bißchen Gesellschaft hat. Vielleicht fühlt sie sich dann aufgehobener.«

»In diesem versifften Ding da?« Til konnte Worte ausspucken wie faulige Früchte!

»Natürlich nicht. Deine Schwester und dich hab'

ich ja schließlich auch nicht tagelang in vollgekotzten Nachthemden rumliegen lassen, wenn ihr krank wart.« Es tat richtig gut, ausfällig zu werden!

Til verzog sich auf sein Zimmer, und Evelyn ging hinunter in den Keller. Nach einigem Herumkruschen kam sie schließlich mit dem alten Zeitungskorb zurück. Alles nur Übergangslösungen, aber immerhin! Sie stopfte ihn liebevoll aus, mit einem dicken, ausrangierten Badehandtuch und ein paar löchrigen Windeln, und bildete eine Art Schutzhöhle. Dann hob sie Moon vorsichtig hoch, um sie umzubetten. Ein fieberndes Geschöpf, federleicht, scheinbar ohne Muskeln. Sie rollte sich zusammen wie ein Katzenbaby, das die Wärme des Wurfs schmerzlich vermißt.

Evelyn streichelte sie zart, aber das Tier schien sie gar nicht richtig wahrzunehmen.

Sie wird mir nicht wegsterben, sagte Evelyn sich vor, als sie wenig später die frühere Meerschweinchenkiste mit frischem Sand füllte und ziemlich nah neben das Krankenbett stellte. Christoph würde sich über dieses merkwürdige Arrangement in seinem geliebten Salon beschweren, das war so sicher wie das Amen in der Kirche. Egal. Damit hatte er jetzt eben fertig zu werden! Das Karussell in ihrem Kopf drehte sich weiter. Aber konnte Moon dort aus eigener Kraft überhaupt hineinkommen? Dann mußte man sie eben von Zeit zu Zeit reinheben, zumindest, bis sie stark genug war, sie selbständig zu erklimmen.

Sie wird stark und gesund werden, dachte Evelyn,

und das schon bald, während sie frischen Fleischextrakt bereitete – rohes, fein geschabtes Rindfleisch, das sie mit kochendem Wasser übergoß und mit einer Prise Kräuter würzte.

Moon öffnete das Mäulchen nicht einmal, als sie ihr die Kraftbrühe vorsetzte. Evelyn hatte im Gegenteil den Eindruck, daß sie die Zähne vor dem Löffel absichtlich zusammenbiß. Sogar der Trick mit Fannys umfunktioniertem Liebesperlenfläschchen mißlang. Die Schälchen mit Räucherfisch und Geflügelleber, die sie ihr anschließend als Alternative vorsetzte, ignorierte sie. Ebenso wie das Schüsselchen mit frischem Wasser. Das einzige, was unaufhörlich floß, nachdem es Evelyn endlich gelungen war, ihr mittels Pipette zumindest ein paar Tropfen Medizin einzuflößen, war leicht grünlich verfärbter Speichel – allerdings in verkehrter Richtung.

Sie konnte von den traurigen Augen ablesen, wie schlecht es um Moon stand.

»Du *wirst* überleben, ich weiß es«, flüsterte Evelyn. »Du mußt einfach. Bitte. Mir zuliebe. Bitte, Moon, streng dich doch bloß ein bißchen an!«

Aus dem Körbchen kam keine Antwort. Dort lagen nicht viel mehr als zwei Handvoll rot-schwarz gestromtes Fell, die viel zu hektisch atmeten.

Christoph war abgespannt und besonders mürrisch aus dem Antiquariat nach Hause gekommen und hatte den ganzen Abend den Blick noch kaum von seiner demonstrativ aufgeschlagenen *Zeit* gehoben; Til und Evelyn saßen schon eine ganze Weile stumm vor dem Fernseher, wo ein mäßig spannender Krimi lief. Fanny lag frisch gebadet längst oben in ihrem Bettchen.

Ausnahmsweise ohne Abendessen. Sie hatte zunächst eine haarsträubende Geschichte über ihren Ranzen erzählt, der ihr erst von einem bösen Jungen weggenommen und schließlich versehentlich vom Hausmeister in der Turnhalle eingeschlossen worden war, dann ansatzlos über Bauchweh und Magenkrämpfe geklagt und zu guter Letzt sogar Maxies Lasagne verschmäht, von der sie normalerweise gute drei Portionen verdrücken konnte. Und natürlich hatte es wieder Zoff gegeben. Weil Fanny beim nervösen Herumgerenne aus Versehen ein Tablett mit Pias schönen, geschliffenen Sherrygläsern vom Tisch gefegt hatte.

Millionen feinster Splitter. Und Fanny, die sich einen blutigen Daumen geholt und voller Panik losgekreischt hatte.

Immer, wenn Evelyn ihre Tochter anschrie, wurde es eng in ihrem Hals, und sie konnte die Hände trotz aller Anstrengung nicht mehr ruhig halten. Sie wurde trotzdem viel zu oft laut mit ihr, beinahe wie unter Zwang. Sie konnte nicht anders. Sonst hätte sie ebenfalls laut heulen müssen. Denn Fannys Tolpatschigkeit machte sie wütend und hilflos zugleich.

Natürlich hatten sie sich anschließend schnell

wieder versöhnt. Aber sie täuschte sich nicht, etwas war doch zwischen ihnen zurückgeblieben. Evelyn war nach wie vor gereizt, Fanny fahrig und merkwürdig abwesend. Nicht einmal der Zustand der Katze hatte sie besonders interessiert, wo sie sonst doch bei jedem kranken Lebewesen vor Mitgefühl halb zerfloß!

»Die wird schon wieder«, war ihr lapidarer Kommentar nach einem kurzen Blick in den Korb gewesen. »Dauert nicht mehr lange.«

»Und woher willst du das wissen?«

»Weil ihre Leuchtfäden wieder zu sehen sind, Mami. Heute früh war alles grau. Aber jetzt glimmen sie, schwach, aber immerhin ein bißchen.«

Woher das Kind dieses Zeug nur hatte! Natürlich bekam sie eine Menge vorgelesen, schon, um ihre miserablen schulischen Leistungen zu verbessern, aber das meiste reimte sie sich doch selbst zusammen, in den vielen Stunden, die sie oben allein in ihrem Zimmer spielte, anstatt sich einmal richtig hinter die Hausaufgaben zu klemmen oder mit anderen Kindern ihres Alters im Freien rumzutoben. Und wieso hatte sie noch immer keine richtige Freundin gefunden, jetzt, wo das zweite Schuljahr schon beinahe zu Ende ging?

»Willst du niemanden aus deiner Klasse einladen?« Wie oft hatten sie diese Diskussion schon geführt! Heute abend hatte es sich nur um die aberdutzendste Wiederholung gehandelt, nicht viel mehr als ein schwacher Versuch, um gegen Evelyns Schuldgefühle anzukämpfen. »Ich könnte zum Beispiel Erdbeertorte für euch machen. Oder kalten Hund. Auf jeden Fall aber Kinderpunsch! Und heiße Würstchen mit Ketchup und Majo, was meinst du? Ihr verkleidet euch mit den Sachen aus der Faschingskiste. Oder spielt alle zusammen im Garten. Du mußt mir nur sagen, wann! Vielleicht schon nächste Woche?«

»Keine Lust! Die sind doch alle blöd. Und gemein dazu.« Fanny klappte den Mund beleidigt zu wie früher Pia, wenn ihr etwas nicht gepaßt hatte, und schien nicht bereit, auch nur einen einzigen Millimeter nachzugeben.

»Aber doch nicht alle, Fanny! Das gibt es einfach nicht. Schon rein statistisch nicht.«

»Oh, doch, und wie! Du hast ja keine Ahnung, Mami!«

»Die Mädchen auch?«

»Die erst recht!«

»Auch gut. Dann halt die Buben. Du sagst mir, wer die nettesten sind, und mit denen gehen wir ins Schwimmbad.« Heute abend war Evelyn einfach nicht nach Aufgeben zumute! Sie mußte an die kranke Katze denken, die unten im Körbchen lag. Es lohnte sich einfach durchzuhalten, das wußte sie. »Kann ich mir schon lebhaft vorstellen, Fanny, ihr als Wasserballmannschaft, die im Nichtschwimmerbecken zum spannenden Match antritt! Anschließend schnorchelt ihr eine Runde. Oder springt ganz frech vom Rand rein und spritzt alle Leute naß. Das wird vielleicht ein Spaß!«

»Überhaupt kein Spaß!« Jetzt war Fanny wieder in diese unnatürlich hohe Babysprache verfallen, mit der sie ihre Mutter schneller als mit allem anderem in Rage treiben konnte. »Es wird mir nicht gefallen. Ich hasse Schwimmen! Und die Buben hasse ich auch!«

»Alte Spielverderberin«, brachte Evelyn noch bemüht freundlich heraus, aber eigentlich war sie bereits wieder sauer. »Dir mache ich noch mal einen Vorschlag!«

Sie wollte sie zum Abschied küssen, aber das Mädchen drehte schnell das Gesicht weg. Sehr nachdenklich ging sie wieder nach unten. Hätte sie Fanny erlauben sollen, in ihr Bett zu kriechen? Christoph mochte es nicht, wenn es zu oft vorkam, sie selbst hatte in letzter Zeit nichts dagegen. Der wohl wirksamste Schutz gegen Ansprüche von seiner Seite. Sie war ehrlich genug, um sich das einzugestehen. Meistens jedenfalls. Denn manchmal, wenn sich der heiße, weiche, kleine Körper an ihren großen, viel härteren kuschelte, war sich Evelyn alles andere als sicher, wer hier eigentlich wen tröstete.

Sie hätte längst Franz anrufen wollen, heute, wo seine Flora in ihrem Yogakurs war und sie endlich mal ohne Streß miteinander telefonieren konnten! Seitdem sich auch noch Floras jüngere Schwester Charlotte mit ihrem Baby bei Franz einquartiert hatte, war es noch komplizierter geworden, mit ihm zu kommunizieren. Sie schielte auf die Armbanduhr. Wahrscheinlich hatte er schon aufgegeben, noch länger auf sie zu warten und war inzwischen mit einem Freund in die Kneipe gegangen.

Oder mit einer anderen Frau?

Ein kurzer, scharfer Stich. Und dann ein wohlig sehnsüchtiges Ziehen in Herznähe, seit ein paar verrückten Monaten nur allzu bekannt, nur allzu vertraut...

Evelyn stand langsam auf, ging hinaus in die Diele, wo ihr neuerworbenes Handy in der Jackentasche steckte, und wählte. Sie zog die nächste Tür hinter sich zu. Von Anfang an hatte sie sich angewöhnt, immer in der Gästetoilette mit ihrem Geliebten zu telefonieren. Schon seltsam, sich heiße Liebesworte zuzuflüstern, während ihre Hand über die kühlen Kacheln glitt, die auf Fannys Wunsch hin am Rand mit einer ziemlich kitschigen Elefantenbordüre eingefaßt waren. Die echte Gleichzeitigkeit des Ungleichzeitigen: Aber so war nun mal ihr Leben – mal tragisch, dann wieder zum Piepen komisch.

»Franz Maria Beez. Guten Abend.«

Seine Stimme hören und auf der Stelle weiche Knie bekommen, war noch immer eins für sie.

»Ich bin's. Hallo. Tut mir leid, daß ich mich nicht früher gemeldet habe. Aber hier war wieder einmal die Hölle los. Wie geht's dir?«

»Ich will dich endlich sehen«, sagte er rauh. »Morgen, bei dir? Wie immer gegen zehn?«

»Morgen? Ausgeschlossen!« sagte sie schnell. Dabei vermißte sie ihn so sehr!

»Dann übermorgen?« Sein Ton wurde dringlicher.

»Übermorgen? Tja, möglich, aber ich weiß noch nicht ganz genau …«

»Evelina!« Es war wie ein Aufschrei. So nannte er sie sonst nur, wenn sie sich gerade geliebt hatten. »Willst du mich umbringen? Du willst mich umbringen!«

Wie wunderbar sie seine theatralische Art fand! Was sie bei sich nicht aushalten konnte, zog sie bei ihm geradezu magisch an. Noch nie zuvor hatte sie einen Mann gekannt, der seine Gefühle derart expressiv auslebte.

»Natürlich nicht«, sagte sie weich. »So ein Unsinn, und das weißt du genau. Schon aus purem Egoismus nicht. Schließlich hätte ich dann ja nichts mehr von dir. Und ich habe noch eine Menge mit dir vor.«

»Zum Beispiel?« Franz brachte es fertig, auch die belanglosesten Worte anzüglich klingen zu lassen. »Ich warte!« Er gab ein anregendes Stöhnen von sich. Ihr stellten sich alle Härchen auf. »Wonach riechst du gerade, Süße? Komm schon, sag mir's!«

Die Wohnzimmertür war aufgegangen. Gewohnheitsmäßig zuckte sie zusammen.

»Evelyn?« Christophs Stimme hatte einen seltsamen Unterton. »Kommst du mal eben? Wo steckst du denn überhaupt?«

»Gleich!« schrie sie zurück. »Also gut«, hauchte sie ins Telefon. »Überzeugt! Alles weitere mündlich, ja? Aber ruf mich vorsichtshalber morgen noch mal an. Tagsüber, wenn die ganze Meute außer Haus ist!«

»Mama! Das mußt du einfach sehen!« Das war jetzt Til. »Beeil dich!«

»Ich muß aufhören«, sagte sie zu Franz. »Du hörst ja. Es scheint wieder einmal nicht ohne mich zu gehen.«

»Ich küsse dich«, raunte ihr Geliebter zum Abschied. »Überall! Jetzt notgedrungen leider nur durchs Telefon. Aber spätestens übermorgen wirst du von deinem hübschen Kopf bis zu deinen maßlos aufregenden Füßen schon erfahren, was ich wirklich damit meine!«

Sie war tatsächlich errötet! Leicht erhitzt kam Evelyn ins Wohnzimmer zurück.

»Und? Wo ist das Wunder?«

Und dann sah sie es selbst. Moon hatte sich schließlich doch aus ihrem Körbchen erhoben und stakste mit zittrigen Beinen durch das Zimmer. Ab und zu taumelte sie, als sei die Wirkung der Narkose noch nicht ganz vorbei, und wäre beinahe umgefallen. Sie hinkte leicht. Aber sie machte eindeutige Fortschritte. Mit jedem Aufsetzen der Pfoten schien sie an Stabilität und Sicherheit zu gewinnen.

Das Schnäuzchen gesenkt, um das fremde Terrain genau zu erkunden, die Ohrmuscheln aufmerksam nach vorn gedreht. Der dünne Schwanz stand auf Halbmast. Vibrierend vor Aufregung oder Neugierde. Von ihrem mageren, geschorenen Bauch hing ein Stück des blauen Nylonfadens nach unten. Was Evelyn unwillkürlich an aufgetautes Geflügel erinnerte, das man vor dem Braten aufgeschnitten, gefüllt und anschließend nicht gerade fachgerecht wieder zugenäht hatte.

Vor dem Sofa hielt Moon kurz inne. Schaute skeptisch zu dem großen Hindernis auf. Dann machte sie einen leichtfüßigen Satz – trotz Wunde. Ließ sich mitten auf Pias schönstem, eigenhändig bestickten Gobelinkissen nieder, so majestätisch und selbstverständlich, als habe sie ihr ganzes Leben schon dort geruht.

Anmutig brachte sie sich in die richtige Position. Und begann, ohne die staunenden Menschen ringsherum auch nur eines Blickes zu würdigen, sorgfältig und hingebungsvoll ihre übel malträtierte Unterseite zu lecken.

In jener Nacht spazierte Moon zum erstenmal durch ihr neues Zuhause. Sie setzte die Pfoten langsam und bedächtig; das lästige Hinken war beinahe verschwunden. Zuerst nahm sie sich die Küche vor. Die Tür zur Terrasse war gekippt und damit der Ausgang ins Freie versperrt, nichts allerdings, was sie ernsthaft irritiert hätte. Denn zunächst gab es hier genug zu entdecken.

Sie schaute nur kurz durch die Glasscheibe hinaus in den dunklen Garten. Die Bäume bewegten sich leise im Wind. Über ihnen stand am leicht bewölkten Himmel ein schmaler Mond, hell und hart geschliffen wie ein Stück Metall, und es war noch immer sehr warm.

Drinnen auch.

Aber Moon liebte die Wärme. Sie nahm sich ausgiebig Zeit, ihren Duft an jedem der Stühle zu hinterlassen, indem sie die Drüsen seitlich ihres Mäulchens daran rieb. Anschließend konzentrierte sie sich auf das kleine Loch, das eine vorwitzige Mäusesippe schon vor Jahr und Tag in die Wand zur Speisekammer genagt hatte.

Durchaus verheißungsvoll!

Schließlich drehte sie ab und stieg die Stufen zum ersten Stock hinauf. Die meisten Türen waren geschlossen; sie schnupperte nur kurz an den Schwellen, bis sie zur hintersten kam.

Sie zögerte einen Moment, dann stolzierte sie hinein, bis zum Bett. Es roch warm und süß und ganz schwach salzig darunter, nach vergossenen Tränen, und es schien ihr verlockend, hineinzuspringen und sich in den dunklen Haaren des kleinen Mädchens wie in einem Nest zurechtzukuscheln. Aber dafür war auch später noch Zeit. So leise, wie sie gekommen war, verließ sie Fannys Zimmer wieder.

Die Treppe, die hinauf in die Mansarde führte, war enger und wesentlich aufregender. Moon blieb immer wieder stehen und flehmte. Das waren Düfte – Insekten, Vögel, Ratten, Fledermäuse! Alt und von vielfachen andersartigen menschlichen Ausdünstungen überlagert, aber durch und durch elektrisierend. Ihre Ohrmuscheln drehten sich leicht nach außen. Der Schwanz begann zu peitschen. Jetzt sah sie aus wie ein Wüstentier auf Beutezug.

Langsam pirschte sie weiter.

Es genügte, die schmale Tür dort oben mit der Schnauze leicht anzustupsen. Der Raum war klein, hatte schräge Wände und war von einem breiten Bett beinahe ausgefüllt. Durch das Dachfenster fiel ein Streifen Mondlicht und enthüllte an der eben noch dunklen Wand die Gestalt eines bärtigen, lachenden Fauns, der mit seiner Rohrflöte eine Nymphenschar anführte. Tanzend. Und nackt.

Sie beschnüffelte zunächst die gedrechselten Bettpfosten. Dann sprang sie leichtfüßig hinauf und machte es sich auf dem gewebten Überwurf bequem. Später beschloß sie, darunter zu kriechen und all die Kissen und Decken genauestens zu inspizieren.

Mehr als zufriedenstellend! Eine warme, sichere, dunkle Höhle. Der ideale Lieblingsplatz, um endlich die lästigen, blauen Fäden loszuwerden, die sie schon die ganze Zeit über störten.

Sie schlief nach überstandener Anstrengung eine lange, erquickende Runde, bis die Nacht sich schon neigte und das erste Licht zögernd erwachte. Schließlich reckte und streckte sie sich ausgiebig. Auf dem Weg nach unten machte sie noch einmal kurz Halt. Strich lange und mißtrauisch um den Kleiderschrank herum. Moon begann leise zu fauchen und fuhr die Krallen aus, obwohl die Tür fest verschlossen war und keine Sterbensseele sich draußen zeigte.

Dann verlor sie das Interesse an unsichtbaren Nachtwesen und ging weiter zum Bett. Setzte zum Sprung an, bis ihre Schnurrhaare die Haut des kleinen Mädchens kitzelten. Sie schnüffelte, einmal links, dann rechts. Ließ sich kurz auf beiden Seiten nieder. Dabei berührte ihre Pfote ein paar Momente lang die weiche, feuchte Kinderwange.

Schließlich suchte sie sich ein bequemes Plätzchen am Fußende, rollte sich ein und begann zu schnurren. Ein paar Minuten, nicht länger.

Bei Sonnenaufgang verschwand sie ohne einen Laut nach unten.

Das Glück ist wie eine schnurrende Katze, schoß Fanny durch den Kopf, gerade, als sie aufgewacht war. Der morgendliche Kontrollblick, aber der Schrank war geschlossen. Kein Ritter, kein Gespenst, nicht einmal die Andeutung frecher Sirenenlieder. Wenigstens etwas!

Sie blieb liegen, starrte blicklos zur Decke. Ganz schwach erinnerte sie sich an eine fellzarte Berührung, ein sanftes, leises Zwitschern zur Begrüßung, eine Art ansteigender Triller und schließlich an ein seltsam beruhigendes Geräusch, das komischerweise prasselndem Kaminfeuer geähnelt hatte.

Natürlich nur ein Traum, da war sie sich ganz sicher.

Denn die Moon-Katze gehörte ja Mami und war zudem noch immer nicht ganz gesund.

Sie schloß noch einmal die Lider. Der Tag würde furchtbar werden, das wußte sie jetzt schon. Der Ranzen! Die Unterschrift! Und vor allem die Rückgabe des Diktats!

Am liebsten wäre sie überhaupt nicht mehr aufgestanden. Nie wieder! Sie versuchte es mit ihrer Lieblingsphantasie, die sie eigentlich immer tröstete, wenn es ganz besonders arg kam. Ein kleiner, gläserner Sarg. Schlicht und wunderschön. In der Art, wie ihn Schneewittchen gehabt hatte, nur vielleicht ein bißchen moderner. Um ihn herum Mami, Papa, Til und Großmama, alle schluchzend. Und Sera. In größerem Abstand dann Frau Hofmann und der Rest der Klasse. Viele Blumen, feierliche Musik. Ein Meer von Tränen. Allen, allen tat es unendlich leid, daß die liebe, die gute, die kluge Fanny gestorben war...

Sie setzte sich auf. Es klappte nicht! Überhaupt nicht sogar. Das Bild war verwaschen, unscharf und verschwand schneller als ein Schatten. Eigentlich war sie gar nicht so verzweifelt, obwohl sie wirklich jeden Grund dazu gehabt hätte. Aber sie fühlte überraschenderweise Hoffnung in sich aufsteigen. Und fast so etwas wie Übermut.

Außerdem gab es etwas in ihr, das ihr keine Ruhe ließ. Als sie aus dem Bett stieg, mußte sie sich noch einmal umschauen. In der Mitte des Kissens zeichnete sich noch immer ganz deutlich die kleine Mulde ab, die ihr Kopf hinterlassen hatte. Erst, als sie ganz genau hinschaute, sah sie es: kurze Katzenhaare, büschelweise sehr schwarz auf dem weißen Bezug.

Und sehr, sehr rot.

Nichts interessiert die Menschen mehr, als jene Dinge, die sie im Grund nichts angehen. Gewisse Heiratsurkunden. Das süße Geheimnis der Schwiegertochter. Was der Ex-Liebhaber verdient. Warum der Enkel sich ausgerechnet für nackte Kerle interessiert. Und welchen seltsamen Aktivitäten der Sohn in seiner Freizeit wirklich nachgeht. Wieso mußte Ilona Hirsch ausgerechnet jetzt daran denken? Sie war auch nicht anders als der Rest der Menschheit, selbst wenn sie es am liebsten so gesehen hätte!

Grüblerisch saß sie in der nahezu leeren Straßenbahn, auf dem Weg von den Grünwalder Filmstudios zurück zu ihrer Wohnung in Bogenhausen. Dreimal umsteigen, dann noch ein Fußweg, eine lange, anstrengende Strecke, die sie mehrmals pro Woche zurücklegen mußte. Mußte? Falls sie Glück hatte und überhaupt genommen wurde! Trotzdem hatte sie bis vorgestern niemals ernstlich erwogen, umzuziehen. Sie liebte die vornehme Gegend rund um den Kufsteiner Platz, wo sie mittlerweile schon seit mehr als vierzig Jahren in einer Dreizimmerwohnung mit Balkon lebte, genoß das viele Grün ringsherum, die zwitschernden Vögel, die bevorzugte Lage. Die Isarauen nur ein paar Gehminuten entfernt, der Englische Garten ganz nah, bis zu ihrem Lieblingsbad nicht mehr als eine kurze Fahrradtour. Alle Hirschs waren blaß, die schwarzhaarigen wie die rotblonden, lebende Anachronismen in einer Zeit, in der knackige Bräune als Garant für Gesundheit und Wohlstand galt. Die einzige Ausnahme bildete Ilona, die schon bei den ersten Sonnenstrahlen eine aufmüpfige Ockertönung annahm, was sich ohne die geringste Schwierigkeit bis zu nussigem Tiefbraun steigern ließ. So ungefähr der einzige Luxus, dem sie seit Jugendtagen frönte, jetzt allerdings mit mehr Bedacht als früher, um den unvermeidlichen Alterungsprozeß nicht unnötig zu beschleunigen. Gutes Aussehen war ihr einziges Kapital.

Zum Glück war ihr Haar lang, dicht und unkompliziert zu handhaben; die weißen Fäden in dem dunklen Braun machten es eher noch interessanter. Außerdem galten graumelierte Damen als seriös und wurden, besonders in der Werbung, von bestimmten Produzenten bevorzugt eingesetzt. Ein paar Lach- und Knitterfältchen um Mund und Augen, selbstredend. Aber alles in allem hatte sie eine noch immer straffe, dankbare Haut und mußte wenig Geld in kostspielige Kosmetika investieren. Und was ihre Kleidung betraf, so lüftete, bürstete und wendete sie alles mit Hingabe, damit noch einigermaßen tragbar aussah, was eigentlich schon seit Jahren aus der

Mode war. Um ihr winziges Budget zu entlasten, hatte sie längst schon aufgehört, in den teuren Feinkostläden der Gegend einzukaufen. Statt dessen studierte sie intensiv alle Sonderangebote in den Zeitungen, hatte sich auf Schnäppchenjagd verlegt und trug ihre bescheidenen Lebensmittel aus allen Winkeln der Stadt wie Trophäen nach Hause. Allerdings schamhaft verborgen vor fremden, neugierigen Augen in leicht abgewetzten Jutesäckchen, die die Werbung eines großen Verlagshauses schmückten.

Denn Ilona Hirsch war stolz. Und legte großen Wert auf Haltung.

Damit hatte sie Christoph als alleinerziehende Mutter in der Nachkriegszeit groß bekommen, damit hatte sie bis zum heutigen Tage alle indiskreten Fragen nach ihrer kurzen Ehe und der Identität seines Erzeugers geschickt umschifft. Darauf schließlich war ihre gesamte Existenz gegründet, die allerdings an einem seidenen Faden hing, wenn sie die geforderte Mieterhöhung tatsächlich bezahlen mußte. Die Witwenrente, von der Christoph und Evelyn ausgingen, existierte nur in Ilonas Phantasie. Sie hatte sich die Geschichten über ihren verstorbenen Bertram so lange zurechtgeschneidert, bis sie schließlich so gut saßen wie handgearbeitete Schuhe. Inzwischen war so viel Zeit vergangen, daß sie realer geworden waren, als vieles, was sie tatsächlich erlebt hatte. Es passierte immer öfter, daß Ilona selbst nicht mehr unterscheiden konnte, was wirklich geschehen war, und was sie dazu erfunden hatte.

Aber es gab ein paar leidige Fakten, die sich trotz aller Phantasie nicht beschönigen ließen. Sie hatte kaum genug zum Überleben – wären da nicht die schlecht bezahlten Statistenjobs bei Film und Fernsehen gewesen, mit denen sie sich seit Jahren über Wasser hielt. Mehr schlecht als recht, und passieren durfte nicht das geringste, aber immerhin! Den Kindern hatte sie eine nebulöse Geschichte über Langeweile, belebte Sozialkontakte und ein paar angeblich ach so anregende Bekanntschaften erzählt, die allein ihrer Kreativität entsprungen waren, und seltsamerweise schienen Christoph und Evelyn gar nicht besonders erpicht darauf, genauer nachzufragen. Ihr Sohn zog sie zwar ab und zu mit all den erfundenen Bridgepartien, Samstagsausflügen, Teegesellschaften und Museumsbesuchen auf und schien erfreut, daß sie nicht allein war. Ihre Schwiegertochter jedoch zeigte sich eher ärgerlich darüber. Meistens konnte Ilona Hirsch sie sogar ganz gut verstehen.

Evelyn hatte eine Menge am Hals – mit den Kindern, dem Haus, dem Partyservice, und jetzt auch noch der, wie sie allerdings fand, ganz und gar unnötigen Pflege einer zugelaufenen Katze. Vor allem jedoch mit einem nicht übermäßig lebenstüchtigen Ehemann, der lieber in andere Welten abschwirrte, anstatt sich mit der Realität und ihren anstehenden Problemen zu konfrontieren.

Wahrscheinlich alles meine Schuld, dachte sie zerknirscht, während sie an der glutheißen Haltestelle die Straßenbahn verließ, um hinab in die kühle, muffige U-Bahn zu steigen. Schließlich habe ich ihn von klein auf mit Geschichten gefüttert, anstatt mit selbstgebackenen Keksen. Immer wieder nahm sie sich vor, diese und andere Versäumnisse zumindest heute wieder gutzumachen: daß der Junge nie einen Vater gehabt hatte; daß das fehlende Geld ein Dauerthema gewesen war, das seine Kindheit vergiftet hatte; daß er trotz allem Betteln kein Haustier hatte halten dürfen, weil sie Angst davor gehabt hatte, noch angebundener zu sein; vor allem jedoch, daß sie lieber Romane gelesen, Ausstellungen besucht und sich mit charmanten Männern zum Tanztee verabredet hatte, als daheim zu kochen, waschen und bügeln. Aber irgendwie waren all diese Versuche mühsam und trotz aller Anstrengungen immer wieder zum Scheitern verurteilt. Was die Kluft zwischen ihr und Evelyn nur noch tiefer machte.

Und nun diese Mieterhöhung!

Damit konnte sie den Kindern nicht kommen, damit mußte sie selbst fertig werden – egal, wie. Im Geist ging sie die Liste der wenigen Wertsachen durch, die sie noch besaß, eine mittlerweile bedauerlich kurze Liste. Pelze? Mottenzerfressen. Das Klavier? Nur über ihre Leiche! Notfalls konnte sie den Perser im Wohnzimmer verkaufen, aber auch der war deutlich abgewohnt. Und dann hatte sie ja noch immer Luises Perlen. Aber die Vorstellung, das Erbe ihrer einzigen Schwester zu Geld zu machen, schreckte sie. Luise war seit mehr als zehn Jahren tot; Kollier, Ohrringe und Armband die einzig materielle Erinnerung an sie, die ihr geblieben war.

Nein, so weit war sie lange noch nicht!

Ilona Hirsch straffte sich und zeigte die Spur eines Lächelns. Früher war sie mit wehenden Haaren in offenen Cabrios gefahren, hatte mit ihrem Charme ganze Tischgesellschaften bezaubert und bei dämmrigen Kellerpartys durch ihr bloßes Auftauchen allen anwesenden Ehefrauen den Angstschweiß auf die Stirn getrieben. Eigentlich gar nicht so lange her, wenn man es recht bedachte!

Sie hatte ihr Leben bisher auf ungewöhnliche Weise gemeistert, und sie würde es auch weiterhin tun. Immerhin existierte eine reelle Chance. Wenn sie die kleine Sprechrolle als schrullige Klavierlehrerin Daisy Baumeister in der Vorabendserie bekam, sah alles schon ganz anders aus. Mindestens hundert Drehtage im Jahr. Kaum auszudenken! Allerdings gab es eine ernsthafte Konkurrentin. Gute sieben Jahre jünger als sie.

Und wenn schon! Ilona Hirsch stieg gleich bei der nächsten Haltestelle aus und nahm die U-Bahn Richtung Marienplatz. In der Musikalienhandlung hinter dem Dom erstand sie ein paar neue Noten. Zum Glück war der Vorspieltermin erst übermorgen. Sie würde ein bißchen üben, auf dem Balkon Tee trinken und sich vor dem Schlafengehen das Restchen Gesichtsmaske auflegen, das noch in der Tube war.

Die sollten bloß alle mit ihr rechnen!

Die beiden fielen übereinander her, kaum, daß sich die Mansardentür hinter ihnen geschlossen hatte, und berührten sich zunächst sanft, beinahe ungläubig. Aber das Wiedererkennen ging schnell und jubelnd. Und die Sehnsucht war so groß.

»Evelyn!« flüsterte er. »Süße Evelina – endlich!«

Sie gab sofort nach und sank zurück, er gleich hinterher. Miteinander beschäftigt. Ineinander verschlungen. Keiner von ihnen bemerkte den schwarzen Kugelblitz, der gerade noch rechtzeitig aus der schützenden Höhle schoß und sofort unter dem Bett verschwunden war. Wie übermütige, maßlose Kinder balgten sie sich auf der Überdecke. Schlicht, wie der Rest des Zimmers, und alles andere als neu, aber hübsch. Und zweckmäßig dazu. Außerdem gab es Dinge, die einfach nicht gingen. Das mit dem viel bequemeren Schlafzimmer ein Stockwerk darunter brachte sie nicht übers Herz. Konnte sie beim besten Willen nicht! Als eine Art Ausgleich hatte sie immerhin seinen spanischen Lieblingssekt kaltgestellt und ein paar der thailändischen Häppchen vorbereitet, nach denen er ganz verrückt war.

Schließlich hielt Franz es nicht länger aus. Er schob seine kräftigen, heißen Hände unter ihr Kleid und lachte erfreut, als er entdeckte, daß sie nackt darunter war. Sein Mund an ihrem Hals. Auf ihren Brüsten. Überall. Er küßte ihre Haut, den Nacken, der unter der Last der dunklen Haare ganz feucht geworden war. Und schließlich die Schramme auf ihrem Dekolleté.

»Wer hat dir denn weh getan, mein feuriger Engel?« fragte er zärtlich. »So ein Scheusal! Den erwürge ich auf der Stelle – mit diesen starken Händen.«

Sie lachte giggelnd und versank in seinem Mund.

Die frühe Sonne, die durch das schräge Dachfenster hereinfiel, war schon warm und machte Evelyn immer träger, fast willenlos. Eigentlich hätte sie jetzt bei einem neuen Kunden vorsprechen, frisches Gemüse kaufen, sich um makellose Scampis auf dem Großmarkt kümmern sollen. Statt dessen lag sie hier, halb entblößt, voller Erwartung, vom Kopf bis zu den Zehenspitzen.

Sie wollte ihn. Und sie wollte ihn auf der Stelle!

Nie zuvor gekannte Leidenschaft war über Evelyn hereingebrochen wie ein tropischer Sturm. Unerwartet. Manchmal beinahe beängstigend. Jetzt aber genoß sie sie in vollen Zügen. All die zeitraubende Heimlichtuerei machte sie eher noch kostbarer, aufregender jedoch ganz bestimmt.

»Ich hab mich so nach dir gesehnt«, flüsterte er. »Fast schon zum Verrücktwerden!«

»Nur fast? Hast du mich so wenig vermißt?«

»Wenig? Sehr!«

»Wie sehr?« Es machte ihr ungeheuer Spaß, frivol zu sein und nicht locker zu lassen. »Komm schon, sag's mir!«

»Du kannst vielleicht Fragen stellen!« stöhnte er und drehte sie behutsam zur Seite. Ihre Haut glühte. »Sehr. Sehr sehr. Und noch mal sehr dazu!«

Das Licht war an diesem Morgen weich. Und es lohnte sich, daß sie endlich hier oben aufgeräumt hatte. Alles wirkte gemütlich und anheimelnd, das perfekte Liebesnest! Sogar der Faun und seine Nymphenschar wirkten wie überpudert. Weshalb war Evelyn noch nie zuvor die Ähnlichkeit zwischen ihm und Franz aufgefallen? Ein behaartes Gesicht würde gut zu ihrem Geliebten passen. Kein ganz neuer Gedanke. Denn schon in den alten Karl-May-Filmen hatte sie die schwarzbärtigen Schurken insgeheim am anziehendsten gefunden.

»Wieso läßt du dir eigentlich keinen Bart wachsen?« Sie biß zart in seine makellose Ohrmuschel. »Könnte heiß aussehen!«

Zerzaust tauchte er zwischen ihren Röcken auf und sah sie so verständnislos an, daß sie wie ein Schulmädchen losprusten mußte.

»Ich dachte, du magst mich so, wie ich bin.« Er klang leicht gekränkt.

»Tu ich doch auch«, beschwichtigte sie ihn. »War nur so eine spontane Idee, nichts weiter.«

Er robbte zurück in seine Ausgangsposition, und

küßte sich quälend langsam ihre Schenkel entlang, während sie kleine, entzückte Schreie dabei ausstieß. Plötzlich erlahmte sein Streicheln, und sie spürte seine weichen Lippen nicht mehr auf ihrem erhitzten Fleisch. Dafür gab er einen seltsamen, halb erstickten Laut von sich.

Jetzt war es an Evelyn, irritiert zu sein.

»Was ist mit dir, Franz?« fragte sie und schob ihn ein Stück weg. »Was hast du denn auf einmal?«

Inzwischen kniete er auf dem Überwurf und streckte schweigend seinen Finger aus. In der äußersten Mansardenecke kauerte ein schwarzes Fellbündel und blinzelte leicht verlegen gegen das helle Licht.

»Das? Darf ich eben mal kurz vorstellen? Meine Überraschung!« sagte Evelyn lächelnd. »Vor ein paar Tagen in einer Mondnacht zugelaufen. In ganz miesem Zustand, halbtot. Zum Glück hab ich sie so ziemlich wieder hingekriegt. Jetzt hat sie ordentlichen Appetit und gehört für immer mir. Wollt ich dir eigentlich schon die ganze Zeit erzählen. Aber wir kommen ja zu rein gar nichts, bei dem bißchen Zusammensein, das uns immer nur bleibt.«

»Doch nicht etwa eine Katze?« Sein Ton war kläglich und empört zugleich.

»Sieht ganz so aus«, erwiderte sie leicht spöttisch. Ihre Erregung war verflogen, seine ganz offenbar auch, und irgendwie gab sie ihm die Schuld dafür. Eine ganze Woche Pause – und dann das!

»Das ist nicht dein Ernst! Weißt du denn nicht,

was das für mich heißt? Und erst für uns?« Er sprach undeutlich, und plötzlich fiel ihr auf, wie anders er auf einmal aussah. Der Hals gerötet, das ganze Gesicht angeschwollen. Die Augen klein und schwiemelig. Außerdem keuchte er, als ob er kaum noch Luft bekäme, und faßte sich immer wieder dabei an den Hals. Ausnahmsweise fand sie heute seine Theatralik alles andere als sexy.

»Was ist los?« fragte sie streng, in dem Ton, den sie immer anschlug, wenn sie dabei war, den Kindern eine Standpauke zu halten.

»Katzenallergie!« war alles, was er herausbrachte. Er sprang auf, lief die paar Schritte zum Fenster und riß es auf. Dann sog er die Luft gierig in sich hinein. Als sie zu ihm trat und zärtlich seinen Arm berührte, schüttelte er sie ärgerlich ab. »Willst du mich umbringen?« Er ächzte. Und keuchte zum Gotterbarmen.

Das hatte er vor ein paar Tagen am Telefon auch schon gefragt, allerdings mit anderer Betonung und in vollkommen anderem Zusammenhang. Jetzt war nicht nur Evelyns Lust verflogen, sondern auch ihre gute Laune. Mußte er sich wegen einer Kleinigkeit wirklich so anstellen?

»Und woher soll ich bitte schön ahnen, daß dich ein paar lächerliche Katzenhaare halb zum Ausflippen bringen?«

Er schien sich langsam zu beruhigen, aber sein Gesicht war noch immer rot und aufgequollen.

»Das Vieh muß weg«, krächzte er. »Und zwar subito.«

»Das Vieh ist eine Katze und heißt Moon«, verbesserte sie. »Und natürlich bleibt sie. Wieso hätte ich sie denn sonst dem Tod entreißen sollen?« Nicht nur er konnte melodramatisch werden, wenn es darauf ankam, sondern auch sie!

Ungläubig starrte er sie an. Aus der Nähe entdeckte sie ein paar erste weiße Fäden im dunklen Lockenbraun. Und einen harten Zug um seinen Mund, den sie gar nicht mochte.

»Dann setze ich keinen Fuß mehr in dieses Haus.«

»So ein Unsinn! Du wirst dich ganz einfach daran gewöhnen.«

Moon hatte sich währenddessen zusammengerollt und wirkte total entspannt. Sollte Evelyn sie wirklich aus dem Zimmer scheuchen? Einen Moment wurde sie beinahe schwankend, dann aber regte sich ihr Widerspruchsgeist. Trotzdem hob sie die Katze hoch, die leise maunzend protestierte und trug sie vor die Tür. Ein paar Mal wurde noch an das Holz gekratzt, dann blieb es draußen ruhig.

»Schon besser so!« seufzte Franz. »Die Allergie hab ich nämlich schon seit Kindertagen. Wird immer schlimmer irgendwie. Und eine Katzenphobie dazu. Ich kann diese Biester nun mal auf den Tod nicht ab.«

»Und ich liebe sie«, beharrte Evelyn. »Löwen, Panther, Stubentiger, alles, was nur entfernt nach Katze aussieht. Immer schon, aber meine Moon natürlich erst recht.« Sie wurde versöhnlicher. Menschen waren eben sehr verschieden! »Wir können uns sicherlich arrangieren. Wer sagt denn, daß sie ausgerechnet hier heraufkommen muß? Schon gar nicht, wenn du da bist.«

»Spielt doch keine Rolle! Der Geruch, vor allem aber die Haare, einfach überall! Nein, sie oder ich – du wirst dich entscheiden müssen.«

Wie zwei Ringer standen sie sich plötzlich gegenüber. Evelyn zog langsam ihr Kleid zurecht. Plötzlich fielen ihr all die versäumten Termine wieder ein, und sie begann unwillkürlich, sich die passenden Ausreden dafür zurechtzulegen.

»Hast du nicht gehört, was ich gesagt habe?« nölte Franz.

Sie sah Linien in seinem Gesicht. Und sogar etwas, das ansatzweise an beginnende Tränensäcke erinnerte. Ein wehleidiger, launischer Mann in den Dreißigern. Mit einem ausgewachsenen Tick. Nicht mehr ganz so der strahlende, übermütige Jüngling, in den sie sich ohne Vorwarnung verliebt hatte.

»Nun«, sagte sie und dehnte jedes Wort, »es gibt schließlich noch Hotels, oder? Wenn wir uns schon nicht bei dir treffen können. Auf Dauer ist es hier ja auch nicht gerade ideal. Soll ich meine Familie vielleicht mit Schlafmitteln sedieren, damit wir ungestört der Lust frönen können?« Etwas gärte in ihr, bereits seit Wochen, und auf einmal wußte sie auch, was es war. Alles hatte er bequem auf sie abgeladen – die Ausreden, die mühsamen Arrangements, das Zittern, sobald auch nur das Telefon ging oder eines der Kinder überraschend Freistunde hatte und früher nach Hause kam! Franz dagegen lebte sein gemütliches, bequemes Leben an Floras Seite ungehindert weiter. »Wir hätten eigentlich schon längst daran denken können.«

Franz klammerte sich noch immer am Fenster fest und mied demonstrativ ihren Blick.

»Du kennst doch meine Finanzlage«, sagte er belegt. »Ich habe nie ein Hehl daraus gemacht, daß ich nicht gerade flüssig bin. Und seitdem jetzt auch noch Charlotte und ihr Kleiner bei mir im Haus wohnen und natürlich nicht eine müde Mark für Essen und Unterkunft bezahlen …«

»Aber ich habe Geld.«

Sie sagte es, bevor sie noch hatte richtig überlegen können, und bereute es fast im gleichen Augenblick. Außerdem war es nicht ganz wahr, wo sie beinahe für den gesamten Haushalt aufkam und gegen Ende des Monats oftmals kaum wußte, womit sie das Budget noch strecken sollte. Aber es war bereits zu spät. Jetzt hätte sie es nur noch zurücknehmen können. Und dazu fehlte ihr dann doch der Mut. Zudem haßte sie würdelose Situationen. Und diese hier konnte sehr leicht ins Würdelose abgleiten.

»Du meinst, du würdest?!«

»Klar, würde ich! Du suchst ein tolles Hotel aus und arrangierst alles Nötige, und ich übernehme die Rechnung. Ist doch nichts weiter dabei, oder?« Stimmte. Zumindest theoretisch. Wieso fühlte sie sich dann so elend?

Er schüttelte den Kopf. Überredet, aber nicht gerade sehr überzeugt. »Sitzt dieses Miststück etwa noch draußen?« fragte er gereizt. »Dann geht nämlich alles gleich wieder von vorn los.«

»Ich kann gern nachsehen und dir den Weg freimachen.« Sie spürte, wie ärgerlich *sie* inzwischen war. »Damit du einen garantiert katzenfreien Abzug hast.«

Er versuchte sie küssen, aber sie drehte den Kopf weg.

»Und ruf nicht wieder abends an, wenn alle zu Hause sind, ja?« rief sie ihm hinterher, als er wortlos die Treppe runterstapfte. »Wozu habe ich eigentlich ein Handy angeschafft? Sonst kannst du unser Abenteuer im Hotel auf der Stelle abschreiben.«

»Wann dann?« schrie er zurück. »Irgendwie paßt es ja nie.«

Vermutlich würde im nächsten Moment die gesamte Nachbarschaft an den Fenstern kleben!

»Sei einfach ein bißchen kreativ«, gab sie nicht minder scharf zurück. Sie packte den Sektkühler und den Teller mit den verschmähten Delikatessen, um sie in die Küche zu bringen. Alle Vorbereitungen umsonst – welch unnötige Verschwendung! Keinen Bissen würde sie jetzt davon runterbekommen. »Schließlich bist du doch der Kunsthandwerker.«

Fanny wartete vorsichtshalber noch ab, bis Mamis Wagen vor dem Haus ansprang. Der Auspuff war schon lange kaputt. Sie kannte diesen scheppernden Sound inzwischen fast im Schlaf. Dann erst kletterte sie von der Dachluke die schmale Leiter nach unten und sah ihr beim Wegfahren nach. Ein roter Käfer scherte aus der Lücke gleich dahinter aus und folgte dem alten, grünen Ford.

Auf einmal kam es Fanny so vor, als ob sie ihn nicht zum ersten Mal in der Nähe des Hauses gesehen hätte, aber wer wie sie nicht einmal in der Lage war, richtig zu addieren und subtrahieren, geschweige denn, einfache Worte fehlerfrei zu schreiben, konnte sich natürlich ebenso in anderen Dingen täuschen. Dem breiten Bett in der Mansarde gönnte sie nur einen kurzen, unfreundlichen Blick. Früher war sie manchmal zum Träumen hier raufgekommen, oder wenn sie ganz ungestört sein wollte, aber das war längst vorbei. Jetzt war ihr dazu nur noch das unbequeme Lukenloch geblieben, das nach oben in den heißen Dachspitz führte.

Sie ging lieber gleich hinunter in die Küche und goß sich zur Beruhigung ein großes Glas eisgekühlte Cola ein. Sollte sie sich an den scharfen Häppchen vergreifen? Lieber nicht. Vielleicht hatte der Lockenmann sie doch angefaßt. Für die schlaue Moon-Katze zog sie nach einiger Überlegung ein schönes, dünnes Stück Schinken aus dem beschichteten Papier.

Sie lag im Wohnzimmer, im Katzenkorb, und schien zu schlafen. Fanny legte den Schinken direkt davor auf das Parkett.

»Nicht schlecht gemacht, alle Achtung«, sagte sie leise. »Dem Lockenmann ganz elegant eins einzuwischen! Hätte ich dir gar nicht zugetraut. Laß uns mal überlegen: Außer Haus gejagt haben wir ihn schon mal. Nun muß er nur noch lernen, die Finger von Mami zu lassen.«

Moon öffnete die Augen und begann durchaus interessiert zu schnuppern.

»Gefällt dir wohl? Kann ich mir vorstellen. Ist nämlich Tils Lieblingsschinken. Und Papas auch. Daran siehst du, wie einverstanden ich mit dir bin. Außerdem wird dein Fell wieder schön. Man sieht es schon.«

Moon erhob sich anmutig, machte einen Katzenbuckel, dann bog sie ihr Rückgrat in der Gegenrichtung durch. Nach all dem Recken und Strecken beschnüffelte sie ausführlich den Schinken. Schließlich fraß sie ihn bis zum letzten Fitzelchen auf und schleckte hinterher noch das Holz sauber, auf dem er gerade noch gelegen hatte.

Fanny sah ihr nachdenklich dabei zu. Wenn sie sich beeilte, konnte sie gerade noch rechtzeitig zur vorletzten Stunde kommen. Werken, das ging in Ordnung. Und eine prima Ausrede hatte sie auch schon bereit. Katzenallergie – wenn das nichts war, womit man Eindruck schinden konnte!

»Wir könnten vielleicht Freundinnen werden, du und ich«, schlug sie vor. »Was hältst du davon? Wo du doch schon neulich nachts bei mir zu Besuch warst. Natürlich habe ich das bemerkt. Zumindest hinterher. Ich bin nämlich längst nicht so dumm, wie alle Welt glaubt.«

Moon sah sie eine ganze Weile aufmerksam an. Dann kam sie langsam näher, hob dabei ihren Schwanz senkrecht hoch und gab ein leises Gurren von sich.

»Soll das etwa ja bedeuten?« fragte Fanny vorsichtshalber noch einmal nach. »Oder heißt das, daß du einfach noch ein zweites Stückchen Schinken möchtest?«

Ein kurzes Maunzen. Freundlich, aber durchaus unverbindlich. Sie war wirklich ziemlich clever!

»Weißt du was, Moon-Katze? Ich hab sie, die absolute Überidee! Wir werden uns beide einen kleinen Imbiß gönnen. Und ihn teilen. So etwas machen Freundinnen nämlich. Vor allem, wenn sie sich richtig gut verstehen.«

Moon stupste sie ganz leicht mit der Pfote an und legte das Köpfchen dabei schief.

Und Fanny lächelte.

Sie war doch ohnehin schon total meschugge. Maxie hatte es mehrfach gesagt, und eigentlich wußte sie es selbst am allerbesten. Weshalb sollte sie dann nicht noch viel verrückter werden? Und weiteren Unsinn anstellen? Entgegen allem Unken hatte Moon überlebt, war genesen, vergnügt und hatte heute sogar einen starken Mann wie Franz mutig in die Flucht geschlagen. Plötzlich hatte Evelyn alle Halbheiten und Provisorien gründlich satt. Und gegönnt hatte sie sich ohnehin schon viel zu lange nichts mehr.

Wenn schon, denn schon – jetzt sollte ihre wunderschöne Mondkatze erst einmal mit den Produkten aus der sündteuren Katzenboutique nach Strich und Faden verwöhnt werden!

Auf leicht kriminelle Weise bemächtigte sie sich einer Parklücke, frischte zunächst ihr Lippenrot auf und rief anschließend mit zuckersüßer Stimme den Kunden an, den sie gerade eben so schmählich versetzt hatte. Ein paar Extrazulagen weiblichen Charmes – und er schmolz am anderen Ende der Leitung wie Butter in der Sonne. Natürlich konnte sie auch *nach* achtzehn Uhr vorbeikommen, kein Problem! Er würde sich dann – nervöses Hüsteln – allerdings erlauben, gewissermaßen zum Tagesausklang etwas nettes Sprudelndes kaltzustellen, um die junge Geschäftsbeziehung gleich gebührend zu begießen.

Sie erinnerte sich an seine gierigen Blicke auf ihren nackten Beinen und säuselte unverschämt zurück. Und ob sie sich darauf freute! Anschließend überlegte sie kurz, ob sie statt ihrer Maxie vorbeischicken sollte, verwarf diesen Plan aber wieder. Die Freundin mußte ohnehin schon für die anderen Termine einspringen, die sie ebenfalls hatte platzen lassen – und wofür, bitte schön?

Für einen Lover, der rot anlief, zu keuchen begann und sich unverrichteter Dinge aus dem Staub machte, nur weil sie gewagt hatte, sich endlich einen Herzenswunsch zu erfüllen!

Zum Glück war Maxie so gut wie niemals kompliziert. Freundlich und ruhig hörte sie sich an, was Evelyn in den Hörer sprudelte und war damit einverstanden, sich um die Beschaffung von Gemüse und Fisch zu kümmern. »Was schenkst du eigentlich Christoph? Und hast du schon etwas für seinen Geburtstag vorbereitet?« fragte sie, als Evelyn schon auflegen und ungeduldig weiterbrausen wollte. »Ist zwar noch ein Weilchen hin. Aber du weißt ja, wie es immer so geht. Plötzlich wird es doch eng.«

»Heiliger Bimbam, natürlich nicht. Keine Ahnung! Am besten wohl einen Feldstecher, damit ihm endlich die Tomaten von den Augen fallen und er mitbekommt, was für ein Luder mit ihm lebt. Und eine Feier? Ich weiß nicht so recht. Bißchen komisch in unserer momentanen Lage, meinst du nicht? Oder soll ich vielleicht Franz dazu einladen?«

»Sei nicht zynisch, Evelyn, das steht dir nicht! Was hältst du von einer kleinen Überraschungsparty?« Maxie klang, als ob sie alles schon bis ins Detail durchgeplant hätte. »Nichts Großes, nur die Familie, ein paar Freunde und zum Essen und Trinken die Sachen, die er am liebsten mag.«

»Weil er so spontan ist, ja?« Evelyn lachte schrill.

»Nein, gerade weil er so schlecht aus seiner Haut kann. Und besonders verwöhnt wird er im Augenblick ja wohl nicht, oder? Ich würde das meiste davon übernehmen. Als mein Geschenk. Wir müßten uns nur vorher absprechen.«

Plötzlich schämte sich Evelyn. Sie trieb sich mit einem anderen Mann herum, und die Freundin deckte sie nicht nur, sondern war auch noch so fürsorglich, sich um ihre Beziehungsangelegenheiten zu kümmern! Vielleicht tat sie Christoph ja wirklich Unrecht. Aber in letzter Zeit war es ihr nicht gerade gelungen, ihn auch nur einigermaßen objektiv zu sehen.

»Bist ein echter Schatz, Maxie, weißt du das?« sagte sie impulsiv. »Was täte ich nur ohne dich?« Am anderen Ende war es auf einmal still. »Bist du noch dran?«

»Ja.« Es klang verlegen. »Sollen wir heute abend darüber reden?«

»Galaktisch!« Manchmal liebte es Evelyn, mit den Ausdrücken ihrer Kinder um sich zu werfen. »Dann bin ich nach dem Kunden bei dir. Oder hast du schon etwas anders vor?«

»Ich?« Schon wieder diese erstickte Stimme! »Natürlich nicht. Komm einfach vorbei. Ich bin da.«

Charlotte Werner hielt das Porzellanschälchen mit dem eingebrannten Katzenkopf hoch und betrachtete es scheinbar interessiert. In Wirklichkeit hätte sie schreien können vor Ungeduld. Wie lange mochte sich denn diese Evelyn Hirsch noch mit der Auswahl eines Katzenbaumes aufhalten? Eingekauft wie eine Besessene hatte sie bereits. Katzenklo, Katzenstreu, plastiktütenweise Katzennahrung, sorgsam aufgeteilt in Naß- und Trockenfutter. Geld mußte die haben wie Heu!

Sie setzte das Schälchen hart auf das Regal zurück und kam unauffällig näher. Wenn schon, dann wollte sie Flora wenigstens mit Hand und Fuß berichten können, was sie ausspioniert hatte! Den jungen, pickeligen Verkäufer, der sie mit seinen Diensten belästigen wollte, hatte sie bereits zuvor durch unwirsches Antworten in die Flucht getrieben. Seitdem beschränkte er sich darauf, ihr ab und zu vom Tresen aus verstohlene Blicke zuzuwerfen. Nichts Neues für sie. Vor allem wenn sie wie jetzt knappsitzende Shorts und eine durchsichtige Bluse trug.

Seitdem sie Mutter geworden war und Fabian stillte, gab es kaum einen Kerl, der nicht sehnsüchtig auf ihre Hüften und den beeindruckenden Busen gestarrt hätte, von dem sie manchmal selbst befürchtete, er könne im nächsten Augenblick alle Knöpfe sprengen. Inzwischen hatte sie sich an diese neue Dimension der Körperlichkeit einigermaßen gewöhnt. Denn das war beileibe nicht immer so gewesen. Früher, vor ihrer Schwangerschaft, war sie stets mager und blaß, eine dünne, unauffällige Bohnenstange, die immer und überall übersehen wurde. Jetzt dagegen war sie ein fleischgewordener Männertraum in Gold und Rosa.

Aber was nützte ihr das schon?

Schnelle Abenteuer? Typen für eine Nacht? Hätte sie in jeder beliebigen Menge haben können! Darauf jedoch hatte es Charlotte im Augenblick nicht angelegt. Was Fabian und sie am dringendsten brauchten, war ein grundanständiger, solventer Ernährer. Etwas Solides für die Zukunft. Und solange der noch nicht in Sicht war, mußte eben Franz Maria Beez weiterhin in die Bresche springen.

Schlecht sah sie wirklich nicht aus, diese schwarze Hexe, die den Lebensgefährten ihrer Schwester Flora halb um den Verstand gebracht hatte! Die Figur okay, auch wenn sie nicht mehr die Allerjüngste war und schon ordentlich Augenfältchen hatte, der Gang beschwingt. Die Stimme tief und vibrierend. Fast wie die einer Jazzsängerin.

»Vierhundert Mark?« sagte sie jetzt mit ihrem rauchigem Timbre und lachte dabei. »Für dieses potthäßliche Ding da? Sie machen einen Scherz! Meine süße Moon kriegt doch Ausschlag, wenn sie das hier zu Gesicht bekommt.«

Die zaundürre Verkäuferin beeilte sich zu versichern, daß es sich keinesfalls um einen Scherz handle. Sie pries die kuscheligen Schlafmulden, die die allersüßeste Moon gar nicht mehr verlassen würde und erging sich im Aufzählen der Vorzüge der robusten Sisalware der drei Säulen, die jeden anderweitigen Kratzversuch schon im Keim ersticken würde.

»Das ist echte Topqualität, gnädige Frau!« versicherte sie treuherzig. »1a-Ware. Praktisch unverwüstlich. Wenn man schon ja zur Katze sagt, dann kommt man an dieser Anschaffung einfach nicht vorbei.« Ihre dünnen Lider mit den zu Tode getuschten Fliegenbeinwimpern flatterten hektisch dabei.

Evelyn Hirsch lachte wieder, und es sah aus, als ob sie zumindest überredet sei. Sie entschied sich für eine Scheußlichkeit in Beige und Lila, ließ sich die Anleitung zum Zusammenbauen und das passende Werkzeug einpacken und ging zur Kasse. Dort jedoch nahm ihr Kaufrausch erst richtige Ausmaße an. Katzenminze, Fellmäuschen, Quietschbälle, Näpfchen, Vitamintabletten, Gummispielzeug – es gab nichts, was sie nicht gewollt hätte!

Die Endsumme belief sich schließlich auf neunhundertvierundvierzig Mark. Charlotte schluckte, als sie sah, wie leichthändig die schwarze Hexe einen

Scheck in dieser Höhe ausschrieb. Und das alles für ein popeliges Katzentier namens Moon! Fabi und sie mußten viel zu lange schon mit leider erheblich weniger im Monat auskommen. Und Besserung dieses mißlichen Zustandes war nicht in Sicht. Vielleicht war ja Kohle das Motiv, das Franz zu dieser älteren Frau getrieben hatte und das ihn weiterhin in ihren Fängen hielt! Dann mußte man sie vermutlich mit ihren eigenen Waffen schlagen.

»Natürlich dürfen Sie mir helfen, die Sachen zum Wagen zu tragen! Gern sogar!« Jetzt stand Evelyn Hirsch keinen Armbreit vor ihr, strahlend, außer Atem, wie ein Kind, das soeben eine Meisterleistung vollbracht oder etwas herrlich Verbotenes angestellt hatte. Unwillig mußte Charlotte ihre Einschätzung von eben revidieren. Nein, das Geld war es bestimmt nicht. Es hatte keinen Sinn, sich das einzureden. Die Frau mochte zickig sein, aber sie sah umwerfend aus! Die Lippen sanft geschwungen und sehr rot, die grauen Augen sprühend vor Lebensfreude. Und dazu diese Grübchen, die beim Lachen ihre Wangen kerbten!

Als sie schließlich hinausging, aufrecht, fröhlich, links und rechts mit Tüten beladen, mit dem Pickeligen flirtend, der alle anderen Lasten brav hinterhertrug, drängte sich Charlotte unwillkürlich Floras Bild im Vergleich auf. Keine sehr berückende Vorstellung, wenn sie ehrlich war, auch, wenn sie ihrer Schwester dankbar war und ihr durchaus echte Zuneigung entgegenbrachte!

Blecherne, unzufriedene Stimme. Tagein, tagaus vorwurfsvolle Miene. Langweilige, aschblonde Haare. Beine, die unrasiert und viel zu plump für eine junge Frau waren. Vor allem jedoch die labberigen, angeblich so praktischen Reformhauskleider in ausgelaufenen Farben, die sie am liebsten trug. Franz zog nur die Brauen hoch, wenn sie ihm schon wieder darin unter die Nase kam.

Eines jedenfalls war Charlotte sonnenklar: So würde Flora niemals das Ziel erreichen, das sie am heißesten begehrte – ein eigenes Kind und Franz Maria als Ehemann und treusorgenden Vater dazu.

Sie mußte eingreifen. Und plötzlich wußte sie auch, wie. Charlotte machte sich eine weitere Notiz auf ihrer inneren Liste und beschloß, sie sofort im Wagen in ihr schwarzes Notizbuch zu übertragen. Das hatte ihr schon beste Dienste geleistet, seitdem sie sich entschlossen hatte, als Detektivin für Flora zu arbeiten. Sie machte ihre Sache professionell, wie sie mit einigem Stolz sich selbst gegenüber einräumen mußte. Denn herausgefunden hatte sie schon eine ganze Menge. Nichts allerdings, was sie auch nur ansatzweise hätte beruhigen können.

Im Gegenteil. Alle Zeichen standen jetzt erst recht auf Alarm. Denn ging Floras Beziehung zu Franz Maria wegen diesem wilden, schwarzen Weib in die Brüche, mußten Fabi und sie ebenfalls nach einem neuen Nest Ausschau halten. Umgehend!

Und dazu durfte es nicht kommen. Um keinen Preis der Welt.

Seit Wochen war es schon viel zu heiß zum Arbeiten. Eigentlich sogar fast zu heiß zum Denken. Die qualvolle Tretmühle in seinem Kopf jedoch ließ sich einfach nicht abstellen. Wie sehr sehnte er sich danach, wenigstens einen Vormittag lang alles zu vergessen! Aber es gelang ihm nicht. Trotz aller Anstrengungen, die er unternahm. Gedankenverloren radelte Christoph Hirsch in Schwabing umher. Die Straßen waren voll von sommerlich gekleideten Menschen, von denen jeder einem Ziel zuzustreben schien. Er dagegen hatte keine Ahnung, wohin er mit sich sollte, ließ sich treiben, bog irgendwann mal rechts ab, dann wieder links. Oder fuhr einfach ein ganzes Stück weiter stur geradeaus.

Seinen Laden hatte er wieder einmal geschlossen beziehungsweise erst gar nicht aufgemacht. Ganze fünf Kunden waren vorgestern gekommen, drei waren es gestern, und bei dem strahlenden Sonnenschein seit Tagesbeginn schien es nicht weiter schwierig, sich die heutige Prognose zu erstellen. Außerdem brauchte er Zeit. Und beinahe so etwas wie eine göttliche Eingebung, wenn er das Unheil noch einmal von sich abwenden wollte. Selbst wenn es sich nur um ein paar Wochen Aufschub handelte.

Denn die Gebrüder Hatting waren nachdrücklich geworden. Sie gingen inzwischen davon aus, daß er das Geld, das er ihnen schuldete, nicht hatte. Und es in absehbarer Zeit auch nicht aufbringen würde. Richtig? *Richtig!* Damit waren sie nun – leider – gezwungen, zu anderen, drastischeren Maßnahmen zu greifen. Gregor von Hatting hatte sich bei seinem letzten Besuch so angelegentlich nach Christophs Familie erkundigt, daß es wenig Zweifel gab, was er damit andeuten wollte. Genug jedenfalls, um Christoph Hirsch in Angst und Schrecken zu versetzen. Wenn sie Evelyn etwas antun würden, oder den Kindern …

Er wagte kaum, weiterzudenken.

Es sei denn, Hirsch würde endlich vernünftig, wie sich der Jüngere von Hatting ausgedrückt hatte. Aber sein Vorschlag war mindestens so riskant wie inakzeptabel. Seit Tagen grübelte Christoph schon darüber nach. Und sah dennoch keine Möglichkeit, ihn umzusetzen. Nicht jedenfalls, wenn er nicht noch mehr, ja alles verlieren wollte. Seine Reputation. Und das letzte bißchen Selbstachtung, das ihm geblieben war.

Auf der anderen Straßenseite sah er ein junges Paar mit einem Buggy, in dem ein lachendes, blondes Kind strampelte, und fühlte sich plötzlich noch elender. So hatten Evelyn und er auch einmal angefangen – voller Idealismus, Hoffnungen und großer Pläne.

Und was davon war heute noch übrig geblieben? Ausflüchte, Enttäuschungen und eine Bitterkeit, die ihn alt und mürbe machte.

Er brauchte einen Grappa. Und zwar auf der Stelle. So weit war es schon mit ihm gekommen! Egal. Eine Art wilder Galgenhumor machte sich in ihm breit. Es gab eben Zeiten, in denen man zu härteren Mitteln greifen mußte, und diese hier gehörte zweifelsfrei dazu.

Selbst zu der frühen Stunde war das Venezia schon gut besucht, während im gegenüberliegenden Roxy noch die meisten Schattenplätze frei waren. Die üblichen Eiscafé-Gigolos saßen hier unter grünen Sonnenschirmen herum, eine erstaunlich homogene Gruppe inzwischen nicht mehr ganz so junger, vorwiegend schwarzgelockter Männer, die Jahr für Jahr mit den ersten warmen Strahlen an ihren Stammtisch zurückkehrten. Marken-T-Shirts, Goldketten, stolz zur Schau gestellte Brustbehaarung. Sie waren mindestens ebenso uniform zurechtgemacht wie Tils jugendliche Kumpane. Wenn auch ungleich betuchter. Welchen geheimnisvollen Beschäftigungen sie auch immer nachgingen, offenbar konnten sie es sich leisten, stundenlang mit ihren Handys im Freien herumzutelefonieren, ein Getränk nach dem anderen zu bestellen, vor allem jedoch den nackten Mädchenbeinen nachzustieren, die langsam vorbeiflanierten.

Allerdings nur die Ouvertüre zur eigentlichen Inszenierung, wie Christoph aus langjähriger Beobachtung wußte. Denn die wirklichen Schönheiten hielten erst am späten Nachmittag Einzug in die Arena, immer dann, wenn die Schatten länger wurden, die Luft zwischen den Häusern stand, und Münchens biedere Leopoldstraße den verzweifelten Versuch unternahm, sich zum Boulevard aufzuschwingen. Spätestens dann wurden anstelle von Milchkaffee protzige Lagen metallisch schmeckenden Proseccos oder winzige, maßlos überteuerte Camparis an die runden Minitische gebracht.

Um die Form zu wahren, nahm er einen Espresso zum Grappa, lehnte sich zurück und versuchte, sich zu entspannen. Gleich nebenan, in einem Hausflur, hatte sich der alte russische Bettler mit dem weißen Krauskopf häuslich eingerichtet, der seit mindestens einem Jahrzehnt im ganzen Viertel sein offenes Bein zur Schau stellte. Er trank ebenfalls, klaren Fusel aus einer halbvollen Flasche, und lächelte ihm aufgekratzt zu, als sein Blick sich mit Christophs kreuzte. Ob er auch einmal ähnlich enden würde?

Schnell schaute er weg, peinlich und schmerzlich zugleich berührt, und versuchte, sich in die mitgebrachte Zeitung zu vertiefen. Aber die Buchstaben tanzten vor seinen Augen, machten sich klein, schienen ihn Zeile für Zeile zu verhöhnen. Die Lesebrille lag irgendwo im Laden; ohne sie fiel es ihm schwer, auch nur einen vernünftigen Satz aufzunehmen. Nicht einmal hier gelang ihm also die Lektüre, von zu Hause ganz zu schweigen!

Dort nämlich nahm ihn Evelyns seltsame Katze

aufs Korn, sobald er nur Anstalten machten, sich irgendwo zum Lesen hinzusetzen. Mochte es seine Haltung sein oder das Rascheln der Blätter, was sie womöglich als Spielaufforderung betrachtete – seitdem dieses Biest wieder gesund war, zog er sie offenbar an, wie ein Magnet. Sie lief sofort auf ihn zu, kaum, daß er den Raum betreten hatte, mit hochgestelltem Schwanz, und versuchte, ihm so nah wie möglich zu kommen. Am schönsten fand sie es, sich jedesmal ausgerechnet auf den Seiten auszustrecken, die er sich gerade vorgenommen hatte. Und das, obwohl er die ganze Zeit über konsequent blieb und sie keines Blickes würdigte!

Er lächelte dünn. Offenbar stand sie auf Zurückweisung. Vermutlich gar kein so schlechter Ansatz. Vielleicht würde es helfen, Evelyn ähnlich zu behandeln. Konnte es sein, daß Katzen und Frauen auf demonstratives Desinteresse erst recht mit verstärkter Zuwendung reagierten?

Glas und Tasse waren leer. Sollte er noch eine Runde nachbestellen? Und eine weitere gleich hinterher? Wieso eigentlich nicht – er spürte den ungewohnt starken Alkohol bereits. Konnte also nur besser werden. Irgendwann mußte selbst ein schüchterner Typ wie er sich lockerer fühlen. Christoph Hirsch hob schon die Hand, um den schlurfenden Kellner heranzuwinken, der am Nebentisch mit einem nicht ganz sauberen Lappen hantierte, als er mitten in der Bewegung erstarrte.

An der Straßenverkaufsstelle stand als einzige

Kundin ein kleines Mädchen mit einem dicken schwarzen Pferdeschwanz. Ganz in Rosa. Hemdchen, Rock, Socken, Erdbeersandalen. Rundlich und süß. Sie zählte gerade konzentriert Geldstücke auf die Chromtheke und bekam als Gegenleistung ein riesiges Tüteneis mit mindestens sechs Kugeln in allen nur denkbaren Rottönen. Erstaunlich geschickt balancierte sie das monströse Gebilde in der Hand. Und kaum minder geschickt begann ihre rosige Zunge die oberste Schicht emsig abzutragen.

Ein rascher, nervöser Blick zur Uhr.

Für einen Augenblick war er sprachlos. Wieso war sie nicht in der Schule? Und was zum Teufel hatte seine Tochter Franziska Stella Leonie um halb elf Uhr morgens im Eiscafé Venezia verloren?

Wie in Trance erhob er sich, um ihr nachzugehen.

In diesem Augenblick fuhr eine harte Hand auf seine Schulter. Er zuckte zusammen.

Wolf von Hatting war größer als sein Bruder, schwerer, beinahe weißhaarig. Ebensogut gekleidet. Und kaum minder hinterhältig. Er lächelte breit. »Hirsch, du hier? So eine Überraschung aber auch! Da kann ich mir den Weg in deinen Laden ja sparen. Außerdem war doch erst neulich der Kleine bei dir, nicht? Dann weißt du ja bereits Bescheid.«

Fanny hatte bereits die nächste Straßenecke erreicht. Ihr roter Ranzen hüpfte auf dem Rücken. Das Eis in ihrer Hand war schon kleiner geworden. Gehetzt schaute Christoph von ihr zu von Hatting. Aber im Moment erschien es ihm nicht gerade opportun, in dessen Gegenwart seine Tochter zu erwähnen. Er beschloß, sie notgedrungen gehen zu lassen und sank auf seinen Stuhl zurück.

Der andere nahm ungefragt gegenüber Platz.

»Ist doch 'ne prima Idee, die unser Gregor da ausgekocht hat! Ganz schön clever, was? Damit ist uns geholfen und dir auch. Wo du doch zudem vom Fach bist.« Er winkte dem Kellner und bestellte sich einen trockenen Martini.

»Ich weiß nicht«, sagte Christoph vage. »Ihr stellt euch die ganze Sache vermutlich ein bißchen zu einfach vor. Schließlich sind wir nicht allein auf der Welt. Und die anderen schlafen auch nicht. Könnte Probleme geben, wenn meine Mitbewerber und Kollegen erst einmal dahinter kommen, was da läuft.«

»Du *hast* bereits massenhaft Probleme, Hirsch.« Von Hattings Stimme war schärfer geworden, und auf einmal fühlte sich Christoph wirklich wie ein in die Enge getriebenes Wild, dem der böse Wolf aufgelauert hat. Sogar die Physiognomie seines Gegenübers hatte sich verändert. Trübe Augen, die ihn gefährlich ansahen. Und gefletschte Lefzen, dachte er nervös. Mit denen könnte er mich schon im nächsten Moment verschlingen. Spätestens im übernächsten. »Außerdem sind Spielschulden Ehrenschulden. Und fünfzehn Riesen kein Pappenstiel. Vom Ende unserer Geduld ganz zu schweigen. Wir können auch anders. Aber ich glaube nicht, daß du das wirklich ausprobieren möchtest. Richtig? Also, was ist? Bist du nun dabei oder nicht?«

Christoph wagte einen erneuten Blick über die Schulter. Die kleine rosarote Gestalt war fast am U-Bahn-Eingang angelangt. Er steckte mitten im schlimmsten Schlamassel seines Lebens, aber noch war nicht alles verloren. Da geht die Zukunft, dachte er, die ganze Zukunft der Welt, die durch dich in Gestalt deiner Tochter wirkt. Beinahe so etwas wie Unsterblichkeit. Bei diesen Gedanken überfluteten ihn Liebe, Beschützerinstinkt und ein nahezu übermächtiges Gefühl der Beruhigung, als er Fanny langsam nach unten verschwinden sah. Und dann war sie endlich ganz weg! Fast so, als sei Rotkäppchen durch eine List dem bösen, hungrigen Wolf noch einmal entwischt.

Er war erleichtert. Jetzt ging es immerhin nur noch um ihn. Die Kleine würde er sich später vorknöpfen. In der sicheren Wärme ihres gemeinsamen Zuhauses.

»Erst einmal müßten wir noch einmal in aller Ruhe darüber sprechen«, sagte er, »wie das überhaupt zu handhaben wäre. Und um von Anfang an so wenig Fehler wie möglich zu machen. Ich könnte mir eventuell vorstellen, daß ...«

»Dann los. Wer sagt's denn! Ich wußte, daß du doch noch zur Vernunft kommst.« Wolf von Hatting war so ungestüm aufgestanden, daß Tassen und Gläser umfielen. Er drückte dem Kellner einen zerknitterten Geldschein in die Hand. »Stimmt so. Der Herr hier ist mein Gast.« Wieder dieses breite, widerliche Grinsen, das sein Bruder bis ins Detail abgekupfert hatte. »Und mein guter alter Freund, nicht wahr, Hirsch?«

Christoph nickte unglücklich. »Wohin gehen wir?« fragte er, obwohl er die Antwort eigentlich schon kannte.

»Na, zu mir! Oder willst du unser hübsches, kleines Geschäft überall hier draußen herumposaunen? Nimm also deinen ollen Drahtesel und komm. Zeit ist bekanntlicherweise Geld. Und wer könnte sich schon leisten, Geld zu verschwenden?«

Gebückt, wie ein alter Mann, ging Christoph zu seinem Fahrrad und schloß es auf. Dann blieb ihm nichts anderes übrig, als hinter Wolf von Hatting hinterherzutrotten.

Zu seiner üblen Bude in der Occamstraße.

Das rechte Bein zog sie noch immer leicht nach. Und in den Augen lag ein neuer, leicht melancholischer Ausdruck, der ihren Reiz allerdings betonte. Wie eine Katze sah sie aus. Zurückgekehrt von strapaziösen, nächtlichen Streifgängen. Sonst jedoch schien Lore Mann in Topform, mit frisch gerötetem Schopf, leuchtend wie reife Sommerkirschen, schwarzem, engtaillierten Seidenoverall, der eher in die Disco, als in die Schule gepaßt hätte, und einem aufregenden Kupfer-Feder-Gehänge am linken Ohrläppchen, auf das viele ihrer Schülerinnen neidvoll starrten.

Ausnahmsweise war sie nicht allein in den Unterricht gekommen. Dr. Straßburger, ein großer, kräftig gebauter Mann mit lockigem Haar, graumeliertem Schnauzer und einer Vorliebe für einen Hauch zu stramm sitzende Anzüge, stand neben ihr im Musiksaal und ließ sie noch kleiner wirken.

»Wie ihr wißt, haben wir keine Zeit zu verlieren, wenn wir bis zu den großen Ferien noch etwas Anständiges auf die Beine stellen wollen«, verkündete sie. »Denn eine Blamage kommt ja wohl nicht in

Frage. Weder für mich und erst recht nicht für meine Lieblingsklasse.« Die ersten feixten. »Ich hatte, wie ihr wißt, in den vergangenen Monaten eine ganze Menge Gelegenheit, um über alles in Ruhe nachzudenken. Trotzdem bin ich nach wie vor der Überzeugung, wir sollten bei unserer Ursprungsidee bleiben. Ist, wie die Erfahrung zeigt, fast immer das Beste. Das Konzept steht. Wir können anfangen. Und was meint ihr dazu?«

Vereinzeltes Nicken. Erhobene Finger. Einige redeten einfach drauflos.

»Moment, Moment, etwas demokratischer, Damen und Herren, wenn ich bitten darf! Also Rocky Horror Show, wie beschlossen? Wenn ja, dann gebt mir bitte ein ordentliches Zeichen!«

Die Klasse begann wie wild auf die Bänke zu trommeln. Ein paar besonders Vorwitzige verstärkten ihren Applaus mit intensiver Beinarbeit. Allen voran Ollie, der seine Begeisterung kaum noch zu zügeln wußte.

»Was hab ich dir gesagt?« flüsterte er Til strahlend zu. »Ein echtes Teufelsweib! Das macht ihr in diesem müden Schuppen hier niemand so schnell nach.«

»Danke, danke, fürs erste reicht es«, brachte Lore Mann die Schüler allmählich wieder zur Ruhe. »Also okay. Wir treten allerdings unter erschwerten Bedingungen an, denn gute fünf Wochen sind verdammt knapp. Selbst wenn wir uns alle die Hacken ausreißen. Es heißt also proben, proben und noch mal proben! Aber ich bin überzeugt, die ganze Angelegenheit lohnt sich. Und wir bekommen zudem Unterstützung. Nicht nur von Frau Guhl, unserer Direktorin, die, wie sie mir soeben noch einmal versichert hat, diesem Unterfangen sehr positiv gegenübersteht. Kollege Straßburger hat sich erboten, bei den Textproben mitzuwirken. Außerdem ist er damit einverstanden, daß ein Teil der Rollen im Englischunterricht erarbeitet wird. Ich finde, das ist doch noch einmal einen donnernden Extraapplaus wert.«

Sie wußte wirklich, wie man es anstellte! Der Beifall fiel kräftig aus wie erwünscht. Sogar der Teacher, wie alle Schüler ihn nannten, mehr denn je dem jüngeren Tom Jones ähnlich, wirkte ungewohnt gutgelaunt. Was durchaus nicht die Regel war. Er konnte ziemlich launisch sein, bei mangelnder Disziplin schnell in Wut geraten und hatte schon mehr als einmal Kreidestückchen, im Bedarfsfall aber auch wesentlich härtere Gegenstände einem schwatzhaften Schülerkopf hinterhergeworfen.

»Das heißt allerdings nicht, daß auf das gewohnte Pensum verzichtet wird, Herrschaften«, drohte er jetzt scherzhaft. »Ich erwarte im Gegenteil eher mehr als bisher von euch. Wir müssen alle einen Gang zulegen. Frau Mann. Ich. Und ihr natürlich ebenso. Aber ich muß sagen, daß ich mich trotzdem über das Projekt freue. Könnte tatsächlich toll werden.«

»Es *wird* toll«, versicherte die rothaarige Lehrerin überzeugend, »keine Frage! Ich bin ganz sicher, unsere Musicalaufführung geht in die Annalen der Schule ein.«

Der Teacher verabschiedete sich, um die Parallelklasse mit einer unangesagten Ex zu beglücken. Die Art von Spaß, die Dr. Straßburger eindeutig lag. Ebenso wie die leidige Angewohnheit, Schulaufgaben ohne Noten auszuteilen und die Schüler erst einmal ein bißchen herumraten zu lassen, was es diesmal denn geworden sein könnte.

Lore Mann war inzwischen ziemlich blaß und angelte unauffällig nach ihrem Stuhl. Erst, als sie hinter dem Pult saß, wirkte sie wieder etwas munterer. Für ein paar Augenblicke schien sie ganz in ihre Skripten vertieft. Unwillkürlich schwoll der Geräuschpegel in der Klasse mehr und mehr an.

»Siehst du, wie tapfer sie ist?« raunte Ollie. »Selbst unter Schmerzen ist sie bereit, mit uns zu arbeiten. Megacool, findest du nicht?«

»Mir kommen gleich die Tränen«, zischte Tilman zurück und ärgerte sich im gleichen Moment, daß er sich über Ollies Besorgnis überhaupt so ärgerte. »Wahrscheinlich ist ihr zu Hause einfach die Decke auf'n Kopp gefallen. Oder sie hat einen Alten, der den ganzen Tag nichts als Zoff macht. Dann doch lieber zurück in die olle Penne zu solch doofen, bis zum Tod treuergebenen Fans wie dir.«

»Altes Ekelpaket!«

»Get lost!«

Stumm und schweigend starrten sie nach vorn.

»Das Original ist natürlich nach wie vor unerreicht«, sagte Lore Mann gerade und streifte die beiden mit einem kurzen, ungewohnt strengen Blick. »Ein Kultfilm. Der seit Jahren überall auf dem Globus läuft. Rasend erfolgreich. Und Fangenerationen ohne Ende wachsen nach. Gerade deshalb sollten wir uns ihn als Maßstab nehmen. Denn weshalb sich mit Mittelmäßigem zufrieden geben, wenn es ebenso gut auch Spitzenqualität werden könnte?«

Spätestens jetzt hatte sie alle in ihrem Bann. Kein Kichern, kein Tuscheln. Kein Rempeln. Sogar Putzi, die kein Mensch je Marlene nannte, ließ den Zirkel sinken, mit dem sie sich sonst stundenlang voller Hingabe die getuschten Wimpern entwirrte, und Leslie schlug ihr Tagebuch zu, in dem sie fortwährend kritzelte. Frau Mann lachte vergnügt und zeigte dabei viel von ihren hübschen, weißen Schneidezähnen.

Ollie stierte sie an wie hypnotisiert. Til wurde es leicht mulmig dabei. Sollte der nur ruhig schwach werden, ihn würde die nicht rumkriegen. Jedenfalls nicht so leicht!

»Das sollte unser Motto für die kommende gemeinsame Arbeit sein!« fuhr sie fort. »Oder, wie es im Vorspann zum Film so schön heißt: ›Don't dream it – be it!‹ Deshalb lade ich euch alle ins Kino ein, in die Museums-Lichtspiele am Gasteig, wo der Streifen schon von Anfang an gezeigt wird. Ein Skandal war das damals, als er anlief, etwas wirklich Unerhörtes – Transvestiten in Strapsen, Außerirdische, und dann auch noch Meatloaf, ein Punkrocker, frisch aus dem

Eis! Alle haben wir ihn uns auf der Stelle reingezogen, einmal, zweimal, zehnmal und mehr, verrückt, ausgeflippt und blutjung, wie wir waren. Kaum älter als ihr. Die meisten von euch waren zu dieser Zeit noch nicht einmal geboren. Na ja, alles kommt eben wieder. Oder nützt sich erst gar nicht ab. Allerdings nur, wenn es Qualität besitzt und damit ein Stückchen Ewigkeitsanspruch.«

War sie jetzt etwa gerührt? Wenn ja, dann faßte sie sich erstaunlich schnell wieder. Ihre Stimme jedenfalls klang munter und leicht provokant, als sie weitersprach.

»Vielleicht fragt ihr gelegentlich mal bei euren Eltern nach. Wenn es gerade ins Programm paßt.« Sie zwinkerte verschwörerisch. »Ich könnte mir durchaus vorstellen, daß der eine oder andere von ihnen ausgesprochen lebhafte Erinnerungen daran hat.« Ihr Lächeln bekam etwas Genießerisches.

Ollie schmolz schier dahin, Tilman dagegen wurde immer widerborstiger. Natürlich waren Evelyn und Christoph damals dort gewesen, mehrmals sogar – aber was bitte sehr war schon dabei? Wäre ja noch schöner, wenn ausgerechnet *seine* Erzeuger am Nabel der Zeit vorbeigeschrabbt wären. Doch wohl das mindeste, was man von ihnen erwarten konnte!

»Und dann?« Er hatte sich eigentlich gar nicht melden wollen, aber sein Finger war trotzdem nach oben geschnellt. »Wie geht es anschließend bei uns weiter?«

»Danke für deine fürsorgliche Nachfrage, Til.« So

hatte er es natürlich nicht gemeint, und er hatte den dringenden Eindruck, daß sie es durchaus mitbekommen hatte. Trotzdem antwortete sie sicher und ruhig. Ob sie es auch getan hätte, wenn sie gewußt hätte, daß sich einer ihrer sechzehnjährigen Schüler glühend nach ihr verzehrte? »Der Film ist quasi die Vorspeise, nein, besser noch, das *amuse geule,* wie die Franzosen sagen. Und gleichzeitig die hohe Meßlatte, an der wir unsere Arbeit orientieren wollen. Schon in der nächsten Musikstunde findet das Casting statt. Und dann gibt es nur noch eines.«

Sie formte mit ihrer rechten Hand einen Trichter und horchte in die Klasse hinein. Und sie wurde nicht enttäuscht.

»Proben, proben und noch einmal proben«, schallte es aus beinahe allen Kehlen unisono zurück.

Nur Tilman Hirsch preßte seine vollen Lippen zusammen. Damit ihm nur ja kein unvorsichtiger Laut entschlüpfte.

Zoff lag in der Luft, den ganzen Nachmittag schon. Evelyn und Maxie arbeiteten wortkarg nebeneinander in der Küche, wo sie gerade das Büffet für eine Ladeneinweihung vorbereiteten. Was Moon aufregend zu finden schien. Jedenfalls verließ sie ihren Fensterplatz schon seit Stunden nicht mehr, offenbar in der berechtigten Hoffnung, etwas würde auch für sie abfallen. Als Evelyn ihr schließlich ein Stückchen Schinken anbot, kam sie sofort an, drückte das Gesicht gegen ihre Hand und gab ein leises Meckern von sich. Nachdem sie gefressen hatte, wollte sie auch noch ausführlich gekrault werden. Genießerisch begann sie mit den Pfoten in die Luft zu treten und schnurrte laut dabei.

»Mein Seidentier!« flüsterte Evelyn zärtlich. »Meine Schönste und Allersüßeste!« Es war so leicht und unkompliziert, sie zu lieben! Ganz ohne Ansprüche. Ohne Verpflichtungen und Vorwürfe. Vielleicht würde sie nur noch mit Tieren zusammenleben, wenn sie erst einmal alt war, in einem Haus im Süden, von dem sie schon lange träumte, umgeben von ihrem Garten, in dem Zitronenmelisse gedieh,

Salbei und Avocados. Und ein paar Granatapfelbäume, zwischen denen nachts der runde, blanke Mond hing.

»Sollten wir eigentlich gar nicht mehr annehmen, diese schrecklichen Bestellungen in letzter Minute.« Es war nicht das erste Mal, daß Maxie so etwas sagte. Aber diesmal klang es wirklich ernst. Sie maulte halblaut weiter und schaute ausgesprochen verdrossen drein.

Einfach nur schlechte Laune? Oder war sie wegen übertriebener Katzenminne eifersüchtig geworden?

Evelyn war längst wieder an den Küchentisch zurückgekehrt und nahm sich jetzt die Spinatfüllung vor. Allerdings hatte ihr das Intermezzo viel Spaß gemacht. Sie genoß es, wenn Moon ihr wie ein kleiner Hund hinterherlief und sie zum Schmusen aufforderte, und legte keinerlei Wert drauf, daß sie ständig auf ihrem Katzenbaum schlief, den Christoph unter wildem Protest sofort hinter den Kamin verbannt hatte.

»Und womit soll ich Fannys neue Schuhe bezahlen? Die Familie füttern? Oder unsere lädierte Regenrinne reparieren lassen? Von meiner Schrottkarre ganz zu schweigen. Du mit deinen Übersetzungen nebenbei kannst es dir vielleicht leisten, auf dem hohen Roß zu sitzen. Ich leider nicht. Außerdem habe *ich* unglücklicherweise keine Mutter mehr, die im Notfall etwas beisteuert.«

»Immerhin hat deine Großmutter dir ein Haus vererbt.«

Maxie verkniff sich weitere Bemerkungen über mehr als sinnlose Ausgaben wie Fellmäuschen, Quietschbälle und Tierfutter vom Allerfeinsten. Manchmal konnte Evelyn ausgesprochen giftig reagieren, wenn sie sich ertappt fühlte. Außerdem war ihr schon den ganzen Tag über so seltsam zumute. Sie hatte wieder von Christoph geträumt. Die ganze, verdammte Nacht lang! Verrücktes, wirres, sehnsuchtsvolles Zeug. Sehr erotisch noch dazu. Ich, dachte Maxie, während sie die Szenen wieder und wieder vor dem inneren Auge ablaufen ließ, wieso eigentlich nicht endlich einmal ich? ICH!

»Ja, das hat sie. Ein Haus allerdings, das inzwischen langsam in seine Bestandteile zerfällt, wenn wir demnächst nicht endlich das Geld für eine umfassende Renovierung zusammenbringen. Und ich wüßte beim besten Willen nicht, wie wir das anstellen sollten. Mit dem Verkauf von Gemüsefrikadellen, Schinkenbroten und Lachs im portionsgerechten Krabbentöpfchen wohl kaum.«

Maxie ließ das große Fleischmesser sinken.

»Worüber beklagst du dich eigentlich?« Ihre Stimme klang flach. »Du hast doch alles, was das Herz begehrt. Ein gemütliches Heim. Deinen Christoph. Einen Geliebten noch dazu. Zwei süße Kinder. Keine Gewichtsprobleme. Und jetzt auch noch ein Tier, das verrückt nach dir ist.«

»Aber Maxie …«

Sie begann zu weinen. »Und ich? Wo bleibe ich? Was zum Teufel ist eigentlich mit mir?«

Es kam nicht oft vor, daß sie ihre Fassung verlor, und deshalb hatte Evelyn wenig Übung, wie sie damit umgehen sollte. Sie versuchte, die Freundin mit allen nur denkbaren Argumenten zu trösten, und wollte sie in den Arm nehmen, aber nichts fruchtete wirklich. Schließlich schenkte Maxie sich ein Glas Weißwein ein, trank es beherzt, schniefte und bekam bald schon hektische Flecken auf den Wangen. Wenigstens war ihr Weinen verstummt.

Schweigend arbeiteten sie weiter. Daran änderte sich auch nicht viel, als Fanny viel zu spät aus der Schule nach Hause kam, in den Butternudeln nur herumpickte und etwas von doofen Hausaufgaben murmelte. Gleich nach dem Essen verzog sie sich auf ihr Zimmer.

Ilona, die zwischendrin nur kurz einmal vorbeigeschaut hatte, hielt sich ebenfalls nicht länger als ein paar Augenblicke auf. Sie wirkte zerstreut, und irgend etwas schien sie zu bedrücken, aber zwischen Paprikasalat, Roastbeef und Schinken-Spinatrolle blieb wenig Zeit, um näher auf sie einzugehen. Plötzlich tat sie Evelyn beinahe leid. Heute war scheinbar der Tag der geknickten Seelchen, wohin man auch schaute!

Ilona mußte wirklich einsam sein, aber war sie zum größten Teil nicht selbst daran schuld? Wieso verplemperte sie ihre Tage auch mit lauter oberflächlichen Aktivitäten und Vergnügungen, anstatt sich einmal mit wirklich sinnvollen Dingen zu beschäftigen! Eigentlich erwartete sie gar nicht, daß Christophs Mutter mit im Haushalt anpackte. Sie wußte genau, daß Ilona alles haßte, was auch nur entfernt damit zu tun hatte. Außerdem konnte sie sich so umständlich bei den einfachsten Handgriffen anstellen, daß man sofort wünschte, man hätte sie niemals darum gebeten. Aber weshalb war sie nicht öfters mit Fanny zusammen?

Die Kleine liebte ihre Großmama, besonders, wenn sie ihr vorlas, mit ihr malte oder wenn so herrliche Ausflüge wie Marionettentheater, Museumsbesuche oder Kinderkino auf dem Programm standen. Dann hätte Ilonas Gesicht auch nicht diesen angespannten Ausdruck haben müssen, der sie müde und verbraucht wirken ließ. Die schmerzhafte Gewißheit einer alternden Frau, die gewohnt war, daß all ihre Handlungen und Gesten mit Zustimmung aufgenommen wurden, und die nun die bittere Erfahrung machen mußte, daß ihre Zeit unweigerlich vorbei ging.

Sie seufzte und hackte die italienischen Kräuter energisch weiter fein. Maxie seufzte ebenfalls.

Moon spürte, daß die Luft elektrisch geladen war, und verzog sich in die Mansarde. Sie war kräftiger geworden, und der kahlgeschorene Bauch schon wieder mit Flaum bedeckt. Keine Spur mehr von den häßlichen, blauen Fäden. Und die Wunde war gut verheilt. Die Tierärztin, von Evelyn ins Haus gerufen, um ihrer Katze und sich einen neuerlichen Transport zu ersparen, hatte dies festgestellt.

»Gar nicht so selten«, sagte sie, während sie

Moons Bauch sorgfältig untersuchte. Auch die anderen Blessuren waren auf dem eindeutigen Weg der Besserung. Und einen Appetit hatte sie inzwischen! »Alles Störende beißen sie einfach weg. Kommt bei Hündinnen sehr viel seltener vor. Aber Katzen lassen sich eben nicht vorschreiben, was zu tun oder zu lassen ist. Und weibliche schon gar nicht.«

Allerdings war Moon ein bißchen voreilig gewesen. Ein Gewebeknubbel hatte sich gebildet, den die Tierärztin glücklicherweise als harmlos einstufte. Man konnte ihn genau fühlen, wenn man über ihren Bauch strich. Wozu bisher außer Evelyn nur Fanny Gelegenheit gehabt hatte. Christoph verhielt sich der Katze gegenüber offen feindselig, und Tilman wahrte eine seltsame Distanz, die Moon jedoch zu respektieren schien. Ein paarmal hatte sie schon auf seiner Zimmerschwelle gewartet, war jedoch bisher niemals nähergekommen.

Noch war die Zeit dafür nicht reif. Aber vielleicht schon bald.

Es kam zur Entladung, als Christoph nach Hause zurückkehrte, und die anderen schon um den Abendbrottisch saßen. Mit Ausnahme von Maxie, die sich bei seinem Eintreffen nicht zum ersten Mal überraschend schnell aus dem Staub gemacht hatte.

Er gönnte den aufgetragenen Speisen kaum einen Blick und kam sofort zur Sache. Til hatte nicht einmal mehr Gelegenheit, das Thema Kinobesuch auch nur anzuschneiden.

»Du warst heute morgen nicht in der Schule, Fanny. Weshalb nicht?«

Das Mädchen starrte zu Boden. »Wir hatten früher frei«, murmelte sie.

»Nein, hattet ihr nicht! Ich hab mich nämlich bei deiner Lehrerin erkundigt. Und bei dieser Gelegenheit von Frau Hofmann eine Menge anderer sehr interessanter Dinge erfahren. Hast du uns nichts zu sagen?«

Fanny blieb stumm. Til sandte ihr einen mitfühlenden Blick. Ihr Gesicht war weiß und ernst.

»Nun, dann will ich deinem Gedächtnis mal kurz auf die Sprünge helfen, Tochter. Ich rede jetzt nicht von vergurkten Rechenproben, die wir trotz mehrfacher Aufforderung niemals zu Gesicht bekommen haben. Auch nicht von haarsträubenden Leistungen im Diktat. Ich spreche von ganz ordinärem Schuleschwänzen. Und deinen Ausreden, die du Frau Hofmann auftischst. Ganz ordentliches Repertoire, muß schon sagen! Verschlafen. Übelkeit. Kopfweh. Bauchschmerzen. Ohrensausen. Und jetzt auch noch Katzenallergie! Brauchst gar nicht die beleidigte Unschuld zu spielen. So klein und schon so raffiniert!«

Evelyn hätte sich beinahe an dem Stückchen Käse verschluckt, das sie sich eben in den Mund geschoben hatte. Hektisch trank sie einen Schluck Bier hinterher. Reiner Zufall? Oder wußte die Kleine von Franz und ihr? Das war ganz und gar unmöglich, beruhigte sie sich selbst. Wo sie doch immer so aufgepaßt hatte!

»Warum erzählst du solche Geschichten, Fanny? Deiner Lehrerin? Und uns, deinen Eltern?« Seine Stimme war leise, als ob er viel zu erschöpft sei, um laut loszuschimpfen. »Wir lügen dich doch auch nicht an.«

Fannys Augen waren traurig. Doch, dachte sie, plötzlich trotzig, tut ihr eben schon! Alle. Die ganze Zeit über. Aber sie sagte nichts.

»Offenbar gelingt es deiner Mutter wegen ihrer vielen anderweitigen Verpflichtungen nicht, dich in dem Maß zu beaufsichtigen, wie es eigentlich nötig wäre.« Er schielte schnell zu ihr herüber. »Kein Vorwurf, Evelyn, wirklich, nichts als nackte, simple Tatsachen, vor denen wir uns nicht länger drücken können.« Dann nahm er sich erneut das Mädchen vor. »Das wird sich ändern, Fanny, und zwar drastisch. Schon in deinem ureigensten Interesse.« Er pausierte. Holte tief Luft und sprach dann ruhiger weiter. »Ab sofort liefert Til dich jeden Morgen in der Schule ab. Und einer von uns erscheint dort jeden Mittag, um dich in Empfang zu nehmen und heil und sicher nach Hause zu geleiten.«

»Das kannst du echt nicht bringen«, protestierte Til, »ich als Babysitter! Soll ich mich vielleicht vor allen lächerlich machen?«

»Lächerlich wäre es nur, tatenlos mitanzusehen, wie deine kleine Schwester versackt. Willst du, daß sie auf die Sonderschule muß? Na also, damit wäre dieser Punkt abgehakt. Nachmittags erledigst du die Hausaufgaben dann künftig unter Aufsicht«, fuhr Christoph ungerührt fort. »Offenbar brauchst du Hilfe dabei, und die sollst du haben. Meinethalben auch bezahlt, wenn es denn in der zweiten Klasse Grundschule schon sein muß. Außerdem werden wir uns alle dabei abwechseln. Ein geschickter Plan, dann geht das ganz problemlos. Ich bitte Ilona, daß sie mit einspringt. Des weiteren: Bücher, so viele du willst, aber kein Fernsehen. Und keine Videos. Weder Kassetten noch Kinderbesuche. Zumindest für die nächsten drei Wochen. Sind die Noten dann besser, *erheblich* besser, wohlgemerkt, können wir uns noch einmal darüber unterhalten. Haben wir beide uns verstanden?«

Fannys Kinn zitterte, aber sie weinte nicht.

»Ja«, sagte sie belegt.

»Versprichst du, künftig die Wahrheit zu sagen? Und nicht mehr zu lügen, egal, was passiert?«

»Ich verspreche es.«

»Dann kannst du jetzt auf dein Zimmer gehen. Til bringt dir anschließend deinen Teller hinauf. Heute abend will ich dich nicht mehr hier unten sehen.« Er machte eine Pause. »Ich bin wirklich enttäuscht von dir, Fanny. Das muß ich schon sagen. Sehr enttäuscht.«

»Kommst du dir jetzt toll vor?« sagte Evelyn leise, nachdem sie draußen war. »Stark? Und männlich?«

»Und du dir klug und mütterlich, weil du seelenruhig zusiehst, wie dein Kind immer mehr abrutscht, während du für andere Leute Delikatessen brutzelst?« Christoph ging langsam auf sie los. Sie funkelte ihn zornig an. Tilman hatten sie vollständig vergessen. »Wach auf, Evelyn! Du fliehst vor der Realität! Darauf läuft es nämlich hinaus.«

Schwachsinn! Christoph hatte keine Ahnung. Sie war wach, wacher als je zuvor in ihrem Leben. Aber wenn er jetzt versuchte, sie zu verletzen, dann sollte er sich bloß vorsehen. Sie war bereit, zurückzuschlagen. Und sie kannte seine wunden Punkte wie kaum jemand anderer.

»Ach, und das kann ausgerechnet ein weltfremder Bücherwurm wie du am besten beurteilen, ja? Ist ja wirklich erstaunlich, Christoph! Worüber weißt du eigentlich noch Bescheid? Komm schon, raus damit! Bist du etwa gar Mr. Gott höchstpersönlich, der von seinem Wolkenkuckucksheim aus dirigiert?«

»Ihr solltet euch einmal reden hören – alle beide! Einfach nur noch ätzend!« Til sprang auf, lud ein paar Brote auf seinen Teller und packte die Wasserflasche. »Oder wollt ihr sie auch noch verdursten lassen?«

Evelyn erhob sich ebenfalls, ging zum offenen Fenster und zündete sich eine Zigarette an, um die Nerven zu beruhigen.

»Mach, daß du rauskommst«, sagte sie rauh. »Ich habe mit deinem Vater zu reden. Und zwar allein.«

Das hatte er schon eine Ewigkeit nicht mehr getan: in die Kneipe gehen, um sich gezielt einen anzutrinken. In der ersten Aufwallung wollte er zunächst bis in die Innenstadt fahren, zu einem möglichst anonymen Pilsstüberl, das ihm dafür geeignet erschien, dessen Lage er allerdings nur noch vage in Erinnerung hatte. Dann jedoch besann er sich eines Besseren. Bismarck 21, nicht gerade um die Ecke, aber doch nur ein paar Straßen von Zuhause entfernt.

Draußen waren bei dem schönen Sommerwetter natürlich alle Stühle besetzt, aber Christoph Hirsch zog es ohnehin nach drinnen, ins rauchige Dämmerlicht, wo nicht gleich jeder seinen Weltschmerz mitbekommen mußte. Wenigstens herrschte hier nicht die kühle Helle vor, die inzwischen so viele moderne Gaststätten bis in den letzten Winkel gnadenlos ausleuchtete. Ein paar Kerzen brannten und tauchten den Raum in schummriges Licht.

Er trank den ersten Grappa und einen zweiten gleich hinterher. Dann entschloß er sich, lieber auf Wein umzusteigen. Aber der Gram über Fanny saß tief. Und erst seine Wut auf Evelyn!

»Strafe erzeugt Furcht und Haß, aber weder Besserung noch Reue oder gar Einsicht.« Er wurde ihre beißende Stimme einfach nicht mehr los! »Außerdem macht sie alles nur noch schlimmer. Oder glaubst du vielleicht, Fanny geht ab jetzt leichten Herzens in die Schule und schreibt auf einmal Supernoten, nur weil du sie abgekanzelt hast? Dein eigenes Kind müßtest du eigentlich besser kennen!«

Er versuchte, sich auf Nebensächlichkeiten zu konzentrieren und an den heutigen Tag so wenig wie möglich zu denken. Bunte Wandleuchten. Die Flaschenbatterie am Tresen. Oder auf die Dunkelblonde zwei Tische weiter, von der er nur das hübsche Profil sehen konnte.

Plötzlich drehte sie sich zu ihm herum.

Er stutzte. Und begann breit zu lächeln. Schließlich prostete er ihr zu. »Dürfte ich mich vielleicht auf ein Glas zu Ihnen setzen, schöne Frau?«

»Mal eben halblang, Christoph«, sagte Maxie. »Was machst du denn hier?« Sie trug Blau, ein lässiges, knöchellanges Seidenkleid, das ihre Haut schimmern ließ. Und große, goldene Kreolen mit blauen Sternen, die leise klimperten, wenn sie sich bewegte.

Er kam an ihren Tisch und setzte sich so nah neben sie, daß ihr Haar ihn beinahe streifte, als sie es zurückwarf. Im unbestimmten Licht sah sie weich aus. Und irgendwie jünger als sonst. Plötzlich bekam Christoph Lust, zu albern und zu flirten.

Mit Maxie. *Ja, mit Maxie!*

Was war schon dabei? Schließlich kannten sie sich doch seit Urzeiten!

»Machst du das oft?« wollte er wissen. »Dich allein in irgendwelchen Kneipen rumtreiben?«

»Wahrscheinlich öfter als du«, erwiderte sie unverblümt. »Was gibt es denn für Alternativen? Verabredungen mit Freundinnen? Oder zu Hause rumhängen und darauf warten, daß ein Kerl anruft?«

Sie lachte ihr ansteckendes Kutscherlachen, das er

schon lange nicht mehr gehört hatte. Aber selbst das war anders als sonst. Tiefer. Vieldeutiger. Verlokkend weiblich.

»Und? Ruft er an?«

»Was meinst du damit?«

»Der Kerl.« Er räusperte sich. »Auf den du wartest. Hört sich an, als wäre es immer derselbe.«

»Nein.« Ihre Augen waren ganz blank geworden. »Niemals. Leider.«

»Dann ist er ein Vollidiot, Maxie! Und du solltest dir schleunigst einen anderen suchen.«

Es mußte wunderbar sein, sie in den Armen zu halten. Nichts Hartes, Spitziges, alles füllig und weich! Er begann leicht zu schwitzen, aber er fühlte sich ausgesprochen wohl. So gut wie schon lange nicht mehr. Im Hintergrund sangen die Stones *Angie,* ein Song, der ihn schon seit jeher sentimental gestimmt hatte. Er rückte noch ein Stück näher.

Jetzt berührten sich ihre Schultern.

Zarter Rosenduft umwehte sie. Ihre Lippen waren mädchenhaft und leicht geöffnet.

»Das ist nicht so einfach. Ich mag diesen Vollidioten nämlich. Sehr sogar. Viel zu sehr, um ehrlich zu sein.«

Christoph bestellte eine neue Runde. Rotwein für sich, eiskalten Weißwein für Maxie.

»Tja, wenn das so ist«, er ließ die Augen nicht von ihrem hellen, gelösten Gesicht, »dann hätte ich vielleicht noch eine andere Idee in petto. Wieso ergreifst nicht *du* die Initiative? Und machst den ersten

Schritt? Männer stehen ungeheuer darauf, das weiß ich aus eigener Erfahrung zufällig ganz genau.« Er lachte leicht verlegen. »Oder glaubst du, wir wären es allmählich nicht gründlich leid, uns euch gegenüber stets als die Rambos vom Dienst aufzuführen?«

Sie starrte in ihr Glas. Und schwieg.

Hatte er sie jetzt verletzt? Zu allem auch noch sie? Heute, wo wirklich nicht sein Tag zu sein schien?

»Maxie, tut mir leid, wenn ich etwas Falsches gesagt habe. Ich wollte wirklich nicht …«

Sie hatte den Kopf wieder erhoben. »Bist du wirklich so dumm, wie du jetzt tust, Christoph Hirsch? Kann ich eigentlich gar nicht glauben.«

Es durchzuckte ihn heiß. Schwindel überflutete ihn.

»Du willst doch damit nicht sagen, daß ich …«

»Halt jetzt deinen Mund, du alter Idiot.«

Und dann küßte sie ihn.

In jener Nacht schluchzte Fanny in ihr Kissen, bis es ganz naß geworden war. Dann stand sie auf, holte tief Atem und öffnete die Türen. Sie hoffte nur, die Schrankleute würden sie wenigstens heute ungeschoren lassen. Und sie hatte Glück. Das Gespenst machte sich dünn, als sie an ihm vorbei griff, und der dicke Ritter pfiff nur einmal kurz. Ganz hinten, bei den Winterpullis, steckte ihr kleiner, karierter Rucksack, für alle Fälle schon seit Wochen fix und fertig gepackt.

Sie löste die Kordel. Und breitete den ganzen Inhalt auf ihrem Bett aus. Glücklicherweise erinnerte sie sich noch genau an die Geschichte der beiden armen englischen Brüder und hatte daher also gewisse Anhaltspunkte, was man unbedingt brauchte, wenn man weglaufen wollte.

Das Familienfoto vom letzten Weihnachtsfest, wo alle drauf waren, sogar Maxie. Eine Packung Streichhölzer, heimlich in Tils Zimmer organisiert. Nicht einmal Mami wußte, daß er gelegentlich rauchte. Und Papas Taschenlampe, die er seit ein paar Wochen nirgendwo mehr finden konnte. Buntstifte und

Malblock. Zwei Schokoriegel, von denen sie einen allerdings auf der Stelle verspeisen mußte. Vier Äpfel, leider schon ein bißchen schrumpelig geworden.

Das größte Problem war das Brot. Das schimmelige Ding, grün und widerlich, das sie erst neulich eingepackt hatte, taugte wirklich nur noch zum Wegwerfen. Sie beschloß, etwas später aus der Küche neuen Vorrat zu holen. Vielleicht war es sogar besser, aus Haltbarkeitsgründen auf Knäcke auszuweichen, selbst, wenn sie es eigentlich haßte, weil es ja doch nie richtig satt machte, egal, wie viel man davon nahm.

Zwei Unterhosen. Eine warme Strickjacke. Zahnbürste, Seife und Shampoo. Schließlich durfte man sich auch unterwegs nicht verkommen lassen. Selbst wenn man vielleicht gar nicht unbedingt vorhatte, besonders weit fortzugehen. Und Kasimir! Ohne den konnte sie wirklich nicht abhauen.

Seufzend packte sie ihn zu den anderen Sachen.

Ein leises Knacksen. Sanftes Maunzen.

Moon war auf das Bett gesprungen und sah sie aus grünen Augen aufmerksam an. Schließlich kam sie näher und rieb ihr Köpfchen an Fannys Kopf.

»Ach, Mondkatze«, sagte Fanny, koste sie und begann schon wieder zu weinen, obwohl sie sich gerade noch vorgenommen hatte, tapfer und stark zu sein. »Ausgerechnet jetzt, wo wir gerade so gute Freundinnen geworden sind!«

Es war herrlich, sie zu streicheln, so warm, so lebendig und seidenweich! Besser als jedes Stofftier, besser sogar, als all die anderen tierischen Gefährten von früher. Schnurrend wälzte Moon sich auf dem Bett und bot Fanny ihren Bauch.

»Und dein Fell wächst ja wie der Teufel! Wirst sehen, bald bist du schöner als je zuvor. Und lieb bist du. So lieb!«

Allmählich versiegten die Tränen. Fanny beförderte den Rucksack mit einem gezielten Tritt unter das Bett und streckte sich erst einmal lang aus; Moon schmiegte sich seitlich an sie. Auf einmal kamen die Worte wie von selbst. Fanny erzählte von den Buchstaben, die bösen Schabernack mit ihr trieben, und den Zahlen, die sich nicht beherrschen lassen wollten. Moon hatte die Augen geschlossen und schien ganz genau zuzuhören.

»Meinst du, es macht Spaß, aufgerufen zu werden und fast nie die richtige Antwort zu wissen? Und wenn ich sie einmal weiß, dann nimmt mich Frau Hofmann unter Garantie nicht dran! Weißt du, was das Schlimmste daran ist? Sera blamiert sich so gut wie nie, egal, worum es geht. Die hat es vielleicht gut! Sag doch selbst, Mooni, so eine wie die wird doch niemals meine Freundin werden!«

Alles kam nach und zur Sprache, das widerliche Haltungsturnen, während dessen sie sich wie ein Mehlsack fühlte. Und die Angst, die sie eigentlich vor dem blonden Schwimmlehrer hatte, der nur auf nett machte und sie immer zum Reinspringen vom Beckenrand zwingen wollte, sobald Mami einmal nicht hinsah.

Moon legte ihr sanft die Pfote auf, und sie lagen da, Arm in Arm, wie Freundinnen.

»Und jetzt ist auch noch Papa böse mit mir! Dabei lüge ich nicht. Zumindest nicht richtig. Ich erzähle alles nur ein bißchen anders. So, wie es eigentlich viel besser wäre. Aber das versteht er nicht. Wahrscheinlich will er jetzt nicht einmal mehr, daß ich ihm etwas zum Geburtstag schenke.«

Irgend etwas kitzelte! Das war Moons rauhe Zunge, die rasch und tröstend über ihre Haut gefahren war.

»Du meinst, er würde sich trotzdem freuen? Und ich soll einfach später weglaufen? In mein Geheimversteck, du weißt schon?« Sie flüsterte es für alle Fälle noch einmal in Moons gespitzte Ohren. »Aber mein ganzes Taschengeld ist alle, wegen dem vielen Eis von neulich.«

Fanny schloß ebenfalls die Augen, um in Ruhe nachzudenken. Plötzlich schoß eine Idee durch ihren Kopf. Genau, das war es! Ein Wandbehang. Mit ihrem Lieblingsmärchen. Sie würde Schneewittchen Mamis Gesicht geben. Und die Zwerge ganz drollig aussehen lassen. Dann konnte Papa endlich mal sehen, was für eine tolle Tochter er hatte!

Jetzt mußte sie nur noch Kasimir herausholen. Den Rucksack konnte sie auch später aufräumen. Mami hatte ohnehin schon lange keine Zeit mehr, um auch noch unter dem Bett Staub zu saugen.

Ihr Atem wurde tiefer. Rosig und tränenerschöpft war sie eingeschlafen.

Im Dunkeln mußte er an Maxie denken. An die Sanftheit ihrer Haut. Und daran, wie frisch sie geschmeckt hatte. Einfach in der Kneipe rumzuknutschen wie frisch verliebte Teenies – herrlich und unmöglich zugleich!

Es war spät geworden; ausnahmsweise schlief Evelyn bereits, und er wollte sie nicht stören. Deshalb übernachtete er heute einfach in der Mansarde. Eigentlich gar keine so schlechte Idee, einen Raum für sich allein zu haben!

Er machte nicht einmal Licht an, dann mußte er Pias albernes altes Wandgemälde nicht ansehen. Ohnehin war es ihm lieber, noch ein Weilchen seinen Gedanken nachzuhängen. Und dem, was er ganz überraschend gefühlt hatte. Was hatte Maxie noch gesagt, kurz, nachdem sie aus dem Lokal gekommen waren?

»Mir ist ganz schön schwindelig! Aber weißt du, was, Chris? Eigentlich sollte man immer betrunken sein. Von Wein, von Poesie, von der Kraft, die sich anbietet. Vom Leben. Schön, nicht? Stammt von Francis Bacon, auch wenn ich den genauen Wortlaut nicht mehr ganz zusammenkriege.«

Recht hatte sie! Und er liebte es, wenn sie ihn Chris nannte, wie es früher Rudolf Auerbach auch getan hatte. Tolles Weib! War er denn die ganze Zeit über blind gewesen? Und wieso hatte er eigentlich nicht mehr gedrängt, mit ihr hinaufzukommen – in dieser Nacht, wo ohnehin schon alle Dinge auf einmal an einen anderen Platz gerückt waren?

Wenigstens hatte er ihr gesagt, wie schön sie sei.

»Wie lieb von dir. Auch wenn ich es dir nicht ganz glauben kann.«

»Aber du mußt, Maxie! Denn es ist wahr.« Um ein Haar wäre er auch noch vor ihr niedergekniet!

Ein kleines, schelmisches Lächeln. Was wollte sie nur immer mit ihrer Lücke? Sie hatte vermutlich die hübschesten Zähne der Welt.

»Na gut, dann glaube ich es dir ausnahmsweise. Aber jetzt mußt du gehen, Chris. Bitte. Ich bin hundemüde.«

Das war er nun plötzlich auch. Erschöpft, aber selig.

Christoph schlief so schnell ein, daß er nicht einmal mehr den schwarzen Schatten bemerkte, der sich geschmeidig durch den Türspalt schob. Moon blieb in respektvollem Abstand stehen und schnupperte.

Keine gute Idee, hier heraufzukommen, wenn ihr Lieblingsplatz bereits besetzt war!

Lautloser Abgang. So schnell wie möglich.

Die Bühne ist hell erleuchtet, der Zuschauerraum dunkel, aber bis zum letzten Platz besetzt. Publikum in Frack und großer Abendrobe. Vorwiegend ältere Leute. Er weiß es, obwohl sie nicht viel mehr als Schemen sind.

Die Band setzt ein, laut, fast schon unerträglich. Er

ist sehr aufgeregt. Sein Puls rast, die Hände zittern. Langsam geht er nach vorn, an die Rampe.

Kein Klatschen. Nicht eine Hand, die sich regt. Alles bleibt still. Totenstill.

Irritiert wirft er die Haare nach hinten und verschiebt seinen Einsatz bis zur nächsten Strophe. Aber er kann nicht singen. Sein Mund ist wie versiegelt.

Dann bricht das Lachen los. Häßlich. Schrill. Vernichtend.

Er erstarrt. Sieht an sich hinunter. Und plötzlich weiß er, weshalb sie feixen und sich brüllend auf die Schenkel schlagen.

Er trägt kein Kostüm. Er ist nackt.

Splitterfasernackt ...

Til schoß schweißnaß in die Höhe. Das Laken war zerwühlt und sah nach Kampf aus. Sein Herz schlug wild, mindestens ebenso heftig wie eben in diesem schrecklichsten aller denkbaren Alpträume. Er griff nach der Wasserflasche und trank sie leer, ohne abzusetzen. Stumm und reglos standen seine gewohnten Möbel im fremden Dunkel, wie Rätsel auf einmal, die man am Grund tiefer Gewässer erblickt. Fast so wie Fannys geheimnisvolle Schrankleute, von denen sie immer die seltsamsten Schauermärchen erzählte.

Er hätte heulen können. Oder rüber zu Fanny gehen, nur, um ihren warmen, lebendigen Körper zu spüren. Klein fühlte er sich. Unfähig. Schwach. Und allein.

Scheißmutterseelenallein.

Langsam lehnte er sich an sein hartes Kopfteil zurück. Sollte er jetzt eine rauchen? Oder sich heimlich etwas von Christophs Grappa genehmigen? Beides kam ihm komisch vor, aber verhielten sich echte Männer in Streßzeiten nicht so?

Zumindest hatte er es im Kino gesehen.

Schließlich machte er doch Licht. Die Dunkelheit war plötzlich mehr, als er ertragen konnte.

Er war gar nicht allein!

Am Fußende seines Bettes saß Moon mit gespitzten Ohren und wachsamen Augen. Das Fell leicht gesträubt. Halb verdutzt. Und alles andere als erfreut.

Als hätte er sie gerade bei etwas immens Wichtigem aufgeschreckt.

Natürlich konnte sie nicht schlafen. Vermutlich würde sie nie wieder schlafen können, nach diesem wunderbaren, diesem magischen, diesem ganz und gar verrückten Abend!

Maxie ließ Wasser in ihre Wanne mit den Löwenpfoten laufen, die vom Flohmarkt stammte, und die sie vor Jahren eines Nachts in einem Anfall leicht fehlgeleiteter Kreativität über und über mit Rosen bemalt hatte, gab das ganze Badesalz dazu und stieg hinein. Sie hüllte sich in einen schillernden Traumschleier und schwebte. Federleicht. Der ganzen Welt entrückt.

Er war es und kein anderer. Und sie hatte es die ganze Zeit über gewußt.

Was hatte Chris gesagt, bevor er das wunderschöne chinesische Gedicht für sie aufgeschrieben hatte?

»Ich glaube, ich muß mich vorsehen. Zwischen dir und mir könnte es ernst werden.«

»Und ich glaube, du bist ein wunderbarer Liebhaber. Von der ersten Sekunde an habe ich mir gewünscht, dir nah zu sein. Und mit dir zu schlafen.«

Hatte sie das wirklich gesagt? Zum Mann ihrer besten Freundin?

Sie lachte. Sie hatte Lust, aus voller Kehle loszusingen, selbst wenn Romy ein paar Zimmer weiter vor Schreck aus dem Bett fiel und das ganze spießige Haus aufwachen würde! Zum Glück hatte sie den Bierdeckel in letzter Sekunde doch noch eingesteckt. Aber eigentlich brauchte sie ihn gar nicht mehr. Sie konnte die Zeilen bereits auswendig. Halblaut begann sie zu rezitieren:

Ist es Wirklichkeit,
oder ist es Traum?
Das Spiegelbild des Mondes
in dem Wasser,
das ich in meinen Händen halte.

Ja, dachte sie, und ließ sich tiefer in das warme, duftende Naß gleiten, jetzt aber ich. Ich. ICH!

Das Haus, in dem Franz Maria Beez seit seiner Geburt wohnte, und nun auch arbeitete, lag in einem Prominentenviertel, war zweistöckig, unterkellert und von einem großzügigen, inzwischen allerdings verwilderten Garten umgeben. Das war beileibe nicht immer so gewesen. Zu Lebzeiten seiner Mutter Auguste war der englische Rasen tadellos, und die Rosenrabatten stets in Schuß. Sie beschränkte sich nicht auf die übliche Ausstattung, wie die Nachbarn ringsumher, Sonnenblumen, Dahlien, gewöhnliches Katalogzeug eben, sondern besaß den Ehrgeiz, sich ihr eigenes kleines, altmodisches Paradies zu schaffen. Mit Fliederbüschen, Goldrausch, tropfenden Herzen, cremeweißem und kardinalrotem Rhododendron, um den alle im Umkreis sie beneideten, mit Rittersporn, prallen Pfingstrosen, Fuchsien und duftendem Geißblatt, das sich am Spalier neben der Veranda entlangrankte.

Sogar der kleine Küchengarten konnte sich sehen lassen. Denn wer kultivierte Ende der sechziger Jahre in diesen Breiten schon so Exotisches wie Basilikum, Salbei, Pimpernell, Oregano und Thymian?

Er war der einzige Teil des ehemals gepflegten Anwesens, der auch heute noch halbwegs funktionierte. Flora erzählte überall herum, sie habe eine grüne Hand und sei deshalb ständig und voller Inbrunst am Säen, Düngen und Ernten. Angeblich peinlich genau auf den Mondzyklus abgestimmt, allerdings mit überraschend schwankendem Erfolg. Worüber Franz Maria sich schon mehr als einmal mokiert hatte. Aber natürlich würde Charlotte niemals verraten, daß die meisten der saftigen Kräuterbündel, mit denen Flora neuerdings ihre eher etwas farblose Vollkornküche aufpeppte, aus dem Gemüseladen am Herkomerplatz stammten.

Seitdem sie mit Franz Maria und ihrer Schwester unter einem Dach lebte, hatte sie ohnehin schon bald herausgefunden, daß vieles nicht ganz so war, wie Flora es darstellte. Charlotte, als die jüngere von beiden, schon seit Kindertagen an die Launen und Lügen ihrer Schwester gewohnt und in Vorsicht geübt, hütete sich, zu viel Aufhebens davon zu machen. Dafür war dieser Platz, wo sie nach all den Aufregungen und Schrecknissen des vergangenen Jahres nun endlich sicher und heil mit Fabi gelandet war, zu wertvoll.

Zumindest, bis etwas Besseres in Sicht war.

Intensiv hatte sie deshalb darüber nachgegrübelt, wann und vor allem wie sie Flora die erschreckenden Nachrichten über die schwarze Hexe, ihren Anhang und ihr seltsames Treiben zukommen lassen sollte. Als sie sie jedoch mit halbhohen Männergummistiefeln aus dem Garten stapfen sah, obwohl es seit Wochen keinen Tropfen geregnet hatte, in löchrigen, verwaschenen Shorts, ein feuchtes Tuch um den Kopf gewunden, beschloß sie, nicht länger zu warten. Außerdem traf es sich gut, daß Franz Maria den ganzen Tag mit einem auswärtigen Kunden unterwegs war und erst gegen Abend zurückkommen sollte.

Sie setzte Teewasser auf, nahm ein paar der strohigen Gemüseküchlein aus dem Fach, von denen ihre Schwester immer behauptete, sie seien köstlicher als die beste Sahnetorte, und deckte den Tisch. Fabian, in seinem Windelhöschen friedlich auf der Küchenbank eingeschlafen, sah aus wie ein kleiner Engel; sie konnte nur hoffen, daß dieser erfahrungsgemäß recht instabile Status so lange wie möglich andauern würde.

Innerlich war sie auf alles Mögliche gewappnet, während sie ihr schwarzes Notizbuch aufschlug und langsam und systematisch mit ihrem Report begann: auf Weinen, Schreien, Kreischen. Vorsorglich hatte sie sogar mit ein paar Handgriffen alles Zerbrechliche aus dem Weg geräumt. Aber nichts von all dem geschah. Flora blieb stumm und unbewegt. Keine Regung in ihrem breiten, sommersprossigen Gesicht, das mit nur ein bißchen kosmetischer Unterstützung hie und da sehr apart hätte wirken können.

»Bist du fertig?« fragte sie schließlich.

Charlotte nickte und warf ihr einen unsicheren

Blick zu. Wieso war sie so beherrscht und rastete nicht total aus?

»Ich kann natürlich weiter an der Sache dranbleiben, wenn du das wünscht«, schlug sie vor. »Allerdings nur, wenn du mir dein Auto leihst. Und ich müßte dich dann auch bitten, nach Fabi zu schauen. Sonst steckt er sich womöglich wieder eine Reißzwecke in den Mund wie neulich. Und du weißt, was passiert wäre, wenn wir nicht zufällig ein bißchen Spargel übrig gehabt hätten.«

»Kann ich«, sagte Flora abwesend. Ihr Mund war eine blasse Linie, die Augen beinahe farblos.

Charlotte begann, sich immer unbehaglicher zu fühlen. Hatte ihre Schwester überhaupt die Tragweite ihrer Enthüllungen begriffen?

Offenbar hatte sie.

»Das wäre dann also das Ende«, sagte Flora langsam. Klagend. Monoton. »Aus. Finito. Vorbei. Nach all der ganzen Zeit. Wo ich ihm meine Jugend geopfert habe. Meine allerbesten Jahre!«

Leicht übertrieben, wenn man bedachte, daß sie gerade mal achtundzwanzig war, aber bitte! Immer noch besser als dieses paralysierte Schweigen. Charlotte setzte sich in Positur. »Bist du denn von allen Geistern verlassen? Einfach so abtreten und der alten Kuh die Arena frei machen? Das tust du nicht, hörst du? Das lasse ich einfach nicht zu!«

»Aber was dann?« Flora klang wie eine Greisin. »Daß er so etwas überhaupt fertig bringt! Was er mir angetan hat! Und alles hinter meinem Rücken!«

Um Erlaubnis fragen konnte er dich wohl kaum, dachte Charlotte boshaft, lächelte aber gütig dabei. Sie goß ihr neuen Tee ein, besann sich dann jedoch anders und holte die Sektflasche aus dem Kühlschrank, die sie dort für ganz spezielle Anlässe deponiert hatte.

»Trink!« befahl sie. »Das macht rote Wangen und beruhigt die Nerven.«

»Du hast gut reden! Du hast ja wenigstens deinen süßen Fabi«, jammerte Flora. Aber sie trank. Immerhin. Charlotte schenkte sofort nach. »Und ich? Was soll ich jetzt anfangen? Wo ich alles verloren habe. Alles!« Sie begann haltlos zu weinen.

»Hör sofort zu heulen auf«, befahl Charlotte streng. Heute war sie endlich einmal die Große, die genau wußte, wo es lang ging. »Und spar dir diesen Unsinn über das Altwerden. Das klingt nämlich aus deinem Mund ziemlich lächerlich. Du mußt jetzt an die Zukunft denken, Flora! Was geschehen ist, ist vorbei und nicht mehr zu ändern. Aber du hast doch Wünsche. Träume. Und ganz konkrete Ziele.«

»Eben. Und nichts davon wird sich je erfüllen – GAR NICHTS!« Sie schwamm in Tränen.

»Dann tu was dagegen!« Charlotte packte sie am Arm und schüttelte sie. »Spiel nicht länger das Opferlamm. Steh endlich auf und kämpfe um dein Glück wie eine Löwin! Das mußt du lernen. Sonst wirst du immer unten bleiben.«

»Vielleicht will ich ja gar nicht nach oben.«

»Das habe ich früher auch einmal gesagt«, erwiderte Charlotte ernst. »Aber da wußte ich noch nicht, wie gräßlich es unten sein kann.«

»Und woher weißt du, daß es oben besser ist?« Floras Stimme klang eindeutig munterer.

»So schlimm wie unten kann es gar nicht sein. Also entscheide dich!«

Flora schniefte, schien aber plötzlich aufmerksamer.

»Aber was soll ich tun?« sagte sie und griff nach der Küchenrolle, die schon wegen Fabian stets griffbereit war. Geräuschvoll putzte sie sich die Nase. »Hast du eine Idee?«

»Allerdings. Mehr als das. Aber nur unter einer Bedingung.«

»Und die wäre?« So mißtrauisch hatte Flora auch schon dreingeschaut, als sie noch kleine Mädchen waren und es um die gerechte Verteilung von Eisportionen gegangen war.

»Du machst, was ich sage. Haargenau! Ich habe einen detaillierten Plan. Und ich verspreche dir, der wird funktionieren! Hier sind meine Aufzeichnungen. Willst du mal sehen?«

Flora nickte und vertiefte sich in die aufgeschlagene Doppelseite.

»Klingt gar nicht so schlecht«, sagte sie schließlich. »Wenngleich auch ziemlich mühsam.«

»Mühsam? Nicht so schlecht? Ich hör' wohl nicht recht! Mein Plan berücksichtigt alle nur denkbaren Eventualitäten. Er ist geradezu genial!« protestierte Charlotte.

Fabian war aufgewacht und begann zu schreien. Sie mußte nicht auf die Uhr schauen, um zu wissen, daß er schon wieder hungrig war. Sie schob ihr engsitzendes Hemd nach oben, hakte den BH auf und gab ihm eine volle, rosige Brust. Dann bemerkte sie Floras sehnsüchtigen Blick und lachte.

»Kannst du auch haben. Und wenn du es auch nur einigermaßen schlau anstellst, sogar in ziemlich genau neun Monaten.« Ihre Stimme wurde streng. »Was sagt dein Mondkalender? Wann exakt ist der nächste Eisprung?«

»Nächste Woche, glaube ich.«

»Glaube ich, glaube ich! Glauben heißt bekanntlich nichts wissen! Willst du jetzt ein Kind oder nicht? Und wenn ja, dann hör endlich damit auf, auf den Klapperstorch zu hoffen!«

Träge erhob sich Flora und kam mit dem Gewünschten zurück.

»In zehn Tagen. Nächsten Freitag.«

»Gut. Und jetzt wird nicht mehr länger gefackelt. Laß mal kurz überlegen: Shopping, Kosmetikerin, Friseur, Sonnenbank – du hast doch noch die vierhundert Mark, die du neulich dem Kunden für den angeblich antiken Schemel abgeknöpft hast, oder?« Flora nickte. »Knapp, ziemlich knapp sogar, bei dem, was wir noch alles vorhaben und planen müssen, aber zu schaffen. Flora, das kriegen wir hin! Die schwarze Hexe übernehme vorerst ich. Wir arbeiten erst mal mit gewissermaßen natürlichen Mitteln, Und wenn das nichts fruchtet – was ich allerdings nicht glaube –, dann können wir noch immer umdenken. Mir fiele sicherlich etwas ein, mit dem man ihr das Leben äußerst beschwerlich machen könnte.«

Charlottes Arm wurde langsam taub. Fabi hatte inzwischen ein ordentliches Gewicht bekommen. Kein Wunder, bei den Mengen, die er Tag für Tag aus ihren Brüsten herauszuzelte! Außerdem schrie er noch immer die halbe Nacht. Flora würde sich umschauen, was es wirklich bedeutete, für ein Baby zu sorgen, das einem kaum mehr als ein paar freie Minuten ließ, aber das war schließlich nicht ihr Problem! War der kleine Schatz erst einmal da, waren auch ihre eigenen Probleme der Lösung ein ganzes Stück näher.

»Und jetzt will ich eine andere Miene sehen«, forderte Charlotte streng. »Auf der Stelle!«

Brav machte Flora einen schiefen Mund.

»Ne, keine Clownsgrimasse, sondern ein fröhliches, liebes, zuversichtliches Frauengesicht!« befahl Charlotte. Fühlte sich gut an, endlich mal die Chefin zu sein!

Die andere mühte sich redlich.

Noch nicht perfekt, aber auch das würde sicherlich noch besser werden. Charlotte beschloß, mit Lob in dieser Phase nicht zu knauserig zu sein. Schließlich ging es um Fabi und sie. Sie setzte ihr strahlendstes, wärmstes Lächeln auf. Der Kleine an ihrer Brust gluckste zufrieden und verzog die milchverschmierte Schnute wie ein sattes Kätzchen.

»Na, prima! Siehst du, Flora, es geht doch!«

Als erstes kam der Chor dran. Denn schließlich konnte es, wie Frau Mann vielsagend und geradezu ätzend pädagogisch bemerkte, bei einer Musicalaufführung nicht nur lauter Hauptrollen geben. Klassengeist, Teamwork, nur Sieger, und dann natürlich unweigerlich dieses widerliche *alle gemeinsam an einem Strick* ...

Der ganze Unsinn eben, der immer abgespult wurde, wenn es darum ging, offenkundige Ungerechtigkeiten möglichst wirkungsvoll zu vertuschen. Tilman hörte erst gar nicht richtig hin. Spätestens seit dem aufregenden Filmbesuch wußte er, daß für ihn nur eine einzige Rolle in Frage kam.

Daß er sterben würde, sollte er leer ausgehen. Daß er es aber erst recht nicht überleben würde, tatsächlich als Frank N. Furter in vollem Ornat die Bühne zu betreten. Tilman in Mieder und Strapsen – war dann sein Schicksal als Tilly nicht endgültig besiegelt?

Sie machte es wirklich spannend, ließ ihn zappeln, bis die gesamte Technikbesetzung endlich unter Dach und Fach war. Dann ging es richtig los. Als Erzähler schlug sie Claudine vor, die sich kurz zierte, schließlich aber doch einverstanden war. Ihr französisch gefärbtes Englisch könnte der Übergag schlechthin werden. Vom blutroten Kußmund, den sie als Vorlage für die Vorhanggestaltung beisteuerte, gar nicht zu reden.

Klar, daß Ollie mit seinem komödiantischen Talent Brad spielte! Und die bildhübsche Leslie, für die fast alle Jungs der Klasse schwärmten, Janet.

Sven, die Sportskanone, voller Stolz auf seinen flachen, durchtrainierten Bauch, war der ideale Rocky. Putzi die kesse Zofe Magenta und Silva die freche Rockerbraut Columbina. Und für Eddie aus dem Eis kam natürlich nur der dicke Ekki in Frage, der ständig mit seinem neuen Moped angab.

Um den Part von Dr. Scott, der das ganze Musical über im Rollstuhl sitzen und diesen scheußlichen deutschen Dialekt sprechen mußte, riß sich niemand. Alle waren erleichtert, als sich schließlich Jonas dafür meldete. Sollte dieser Wichser nur zusehen, dachte Til nicht ohne Häme, weil er an die unerfreuliche Szene in der Dusche neulich denken mußte, wie er seine langen, dünnen Spinnenbeine unter dem Plaid sortiert bekam!

»Tja, dann hätten wir es ja jetzt – beinahe.«

Täuschte Tilman sich, oder hatte ihn die Mann tatsächlich fest ins Visier genommen?

»Bis auf zwei unbedeutende Kleinigkeiten.«

Alle lachten.

»Riff Raff und Frank N. Furter. Unsere beiden Helden. Freiwillige vor!«

Keine Hand hob sich.

Til starrte zu Boden, wünschte sich, ein Mäuschen zu sein und im nächsten Loch zu verschwinden. Womöglich hätte er noch gestern den Mut gehabt. Zumindest vielleicht. Aber nach diesem gräßlichen Traum? Niemals!

Er schüttelte sich.

»Nun, ich warte!«

Plötzlich fiel ihm wieder die Katze ein. Offenbar hatte sie die ganze Nacht in seinem Zimmer verbracht. Als er morgens zerschlagen aufgewacht war, hatte Moon einen ausführlichen Buckel gemacht und war dann seelenruhig nach unten zu ihrem Futternapf spaziert. Schade, daß sie jetzt nicht da war!

Er fror plötzlich und hätte sich nur zu gern an ihrem weichen, warmen Fell gewärmt.

»Niemand? Schwache Leistung! Tja, dann muß ich wohl wieder selbst die Initiative ergreifen und autoritär werden. Wenn es das ist, was ihr wirklich wollt – bitte!«

Er täuschte sich nicht, sie *sah* ihn an!

»Was ist mit dir, Tilman? Keine Lust auf Mr. Frank N. Furter, das unwiderstehlichste aller Ungeheuer?«

Dieses Kichern! Diese Blicke! Ihm wurde glühend heiß.

Dann lief er rot an.

»Nö«, hörte er sich zu seiner eigenen Überraschung antworten. »Eigentlich nicht. Ich glaube, das kann unser Mario sehr viel besser.«

»Mario?« Die Lehrerin klang erstaunt. »Mario Schmid? Und ich dachte immer, du ...«

Es wurde schlimmer. Seine Haut begann zu jukken, wie nach zu intensiver Sonnenbestrahlung. Vermutlich würde er im nächsten Augenblick vor Scham und Unsicherheit zerfließen. Wieso gab es niemanden, der ihm zu Hilfe kam? Aber er wagte nicht einmal, zu Ollie rüberzuschauen, der heute ausnahmsweise neben Katja saß.

»Okay«, sagte Mario und grinste breit. »Wenn unsere Tilly schon kneift – einer muß sich ja schließlich opfern! Wieso eigentlich nicht? Einen Schwulen darzustellen, war schon immer mein heimlicher Traum.«

Lautes Gebrülle. Ausgerechnet er!

»Meinst du, du kommst auch mit dem Tanzen zurecht?« Sie schien noch immer nicht ganz überzeugt. »Eine hübsche Stimme hast du ja. Und mit der Optik gibt es auch keinerlei Probleme. Aber was ist mit dem Bewegen? Schließlich muß Frankie ja nicht nur wie ein Wiesel rennen, sondern sich auch lasziv in den Hüften wiegen können, überzeugend schamlos sozusagen. Traust du dir das zu, Mario?«

Tumult brach aus.

»Den sollten Sie mal in der Disco sehen, Frau Mann«, schrie Putzi am lautesten von allen und verschaffte sich damit Gehör. »Wie ein geiler Affe hampelt der herum! Dagegen ist der gute, alte Tarzan vollamputiert – mit Prothese.«

Das Grölen wurde ohrenbetäubend.

Was hatte er getan? Mario als Frankie? Und er? Was blieb dann noch für ihn? Til wollte nur noch tot sein. Auf der Stelle. Und am liebsten bis zum Ende aller Zeiten.

»Dann tu mir aber wenigstens den Gefallen und spiel den Riff Raff, Tilman«, sagte Frau Mann. »Wo du solches Talent besitzt, was Tanzen und Musikalität angeht. Damit trittst du übrigens in berühmte Fußstapfen. Immerhin hat der Darsteller, der ihn im Film so genial verkörpert, das ganze Ding geschrieben.«

»Okay«, sagte eine leise Stimme, und Til merkte, daß es seine eigene war. Klang er wirklich so? Mutlos und enttäuscht?

»Wir fangen gleich heute an. Fünfte, sechste, siebte Stunde und folgende. Da haben wir die Turnhalle für uns.« Sie sah aus, als ob sie es gar nicht mehr erwarten könne. »Nehmt euch für alle Fälle für den weiteren Nachmittag nichts vor. Denn ihr wißt ja, meine Lieben ...«

»Üben, üben, üben ...« echote es zurück.

Sie drückte auf eine Hupe, die sie plötzlich unter dem Pult hervorgezaubert hatte. »Kindsköpfe, verdammte!«

Aber Lore Mann strahlte dabei.

Sie hatten doch die andere als Daisy Baumann genommen. Mindestens hundert Drehtage im Jahr – nicht auszudenken, was ihr damit alles entgangen war! Und das, obwohl sie sich im Vorfeld so sicher gewesen war und die bessere Pianistin noch dazu. Jetzt, in den heißen Sommermonaten, waren erfahrungsgemäß selbst schlecht bezahlte Statistenjobs rarer gesät als im Winter. Außerdem bekam in diesem Gewerbe, das so großen Wert auf Aussehen und Ausstrahlung legte, ohnehin nur der Arbeit, der gut drauf war. Und davon konnte bei ihr zur Zeit wirklich nicht die Rede sein.

Seit Rudolf Begräbnis hatte sie sich nicht mehr so mutlos gefühlt. Ilona Hirsch taumelte, als sie das riesige Filmgelände verließ und wäre beinahe gestürzt. Erschrocken tastete sie nach ihrem Knöchel, aber sie konnte nach kurzer Massage einigermaßen weiterlaufen. Zum abertausendsten Mal schwor sie sich, künftig nur noch vernünftige, bequeme Schuhe zu tragen, obwohl sie ebenso gut wußte, daß sie sich letztendlich doch nicht daran halten würde. Ein dunkelblaues Jackenkleid mit weißem

Piqueekrägelchen und blütenweißen Manschetten ohne zierliche, weißblaue Pumps? Niemals! So alt und nachlässig, um darauf zu verzichten, konnte sie gar nicht werden.

Was nur sollte sie jetzt tun?

Bei Christoph im Laden aushelfen? Erfahrungsgemäß machten sie sich gegenseitig nervös, sobald sie mehr als ein paar Stunden im gleichen Raum arbeiteten. Zudem hatte sie seinen Andeutungen entnommen, daß das Antiquariat schon seit geraumer Zeit alles andere als florierte. Wahrscheinlich war er deshalb ständig so gereizt und niedergeschlagen.

Evelyn und Maxie zur Hand gehen? Ilona haßte Küchenarbeit, und das wußten die beiden jungen Frauen nur zu gut. Außerdem waren sie ein eingespieltes Team. Und auf die Rolle als unerwünschte Dritte konnte sie verzichten. Seitdem diese komische Katze, um die sich auf einmal alles drehte, jeden im Haus halb verrückt machte, erst recht! Ilona wußte schon, weshalb sie diesen Samtpfoten gegenüber seit jeher mißtrauisch gewesen war. Sie war und blieb ein Hundefan. Basta!

Was blieb noch? Eine Putzstelle annehmen? Wer stellte schon jemanden an mit Ende sechzig, der wenig Neigung zu Eimer und Lappen hatte?

Sich als Babysitterin verdingen? Miserabel bezahlt und ungünstige Arbeitszeiten! Kleine Kinder, die plärrten, spuckten und in die Hose machten, mochte sie außerdem mittlerweile vor allem in sicherem Abstand, am liebsten jedoch in lustigen Filmen.

Sollte sie versuchen, als Repräsentantin obskurer Schönheitscremes und wertloser Gemüseplastikhobel in irgendwelchen Kaufhäusern anzuheuern, wie sie es früher immer mal zwischendurch gemacht hatte? Aber selbst die verlangten faltenlose Gesichter und Beine, die die Strapazen eines Zehn-Stunden-Tages ohne Schwierigkeiten durchstehen konnten.

Sie war zu müde, zu alt, zu traurig, um jetzt einfach nach Hause zu fahren. Deshalb unterbrach sie ihren Weg und kehrte in Giesing in dem neueröffneten Café ein, direkt gegenüber der U-Bahnstation. An einem hübschen Fensterplatz studierte sie die Karte und erschauerte leicht, als sie die Preise las. Trotzdem bestellte sie sich halb trotzig, halb resigniert, einen Piccolo. Langsam, in winzigen, genau bedachten Schlückchen, trank sie den nicht ganz trockenen, etwas zu warmen Sekt.

Natürlich nicht, ohne zuvor eine kurze Revision ihres Portemonnaies eingelegt zu haben. Mit vernichtendem Resultat. Zweihundertsiebzig Mark. Dazu die kleine Reserve in der Bastschachtel. Und der Monat hatte gerade erst begonnen.

Zum erstenmal, seit sie sich erinnern konnte, fürchtete sie sich vor dem, was sie in ihrer Wohnung erwartete: den vergilbten Wänden, die längst schon einen frischen Anstrich gebraucht hätten, den zerschlissenen Teppichen, der tropfenden Spüle. Stets hatte sie in Gegenwart von Freunden, Bekannten, besonders aber, wenn die Kinder zu Besuch bei ihr waren, lässig und nonchalant über solche angeblichen Kleinigkeiten hinweggelacht, nur, um nicht doch zuzugeben, wie sehr sie sie in Wirklichkeit störten. Stolz konnte ein hartes Brot sein. Und es wurde immer härter, je länger man daran kaute.

Get lost. Zu allem kam ihr auch noch dieser komische Spruch in den Sinn, den Tilman in letzter Zeit dauernd anbrachte. Vermutlich, weil sie sich im Augenblick genau so fühlte. Verloren. Verbraucht. Ganz und gar nutzlos. Wäre wohl wirklich das Beste gewesen, sich einfach in Luft aufzulösen! Sie hatte nur leider keine Ahnung, wie sie es anstellen sollte.

Langsam wurde sie hungrig. Hier allerdings etwas zu bestellen, kam nicht in Frage. Vielleicht konnte sie anschließend einen Schlenker zum Ostbahnhof machen, um dort im nachweislich billigsten Gemüsemarkt der Stadt ein paar Netze Tomaten, Gurken und Paprikas mitzunehmen. Sie seufzte halblaut. Daß auch alles immer wiederkehren mußte, besonders die wenig angenehmen Dinge! Eier, Spaghettis, Kekse und Früchtetee – mit dieser Basisausstattung hatte sie auch schon andere Härteperioden ihres Lebens überstehen müssen.

Blieb allerdings noch immer das ungelöste Problem Mieterhöhung. Mit sich reden ließ die Hausverwaltung nicht, das hatte sie schon probiert, und sie rückte ebensowenig Name und Anschrift des neuen Besitzers heraus, dessen überzogenen Forderungen sie ihre ganze Misere erst zu verdanken hatte. Und dagegen mit einem Anwalt antreten? Wie denn, ohne einen überflüssigen Pfennig! Außerdem war es die erste, wenngleich kräftige Anhebung seit Jahren, und Ilona hatte das unbestimmte Gefühl, selbst vor einem mieterfreundlichen Gericht nicht dagegen anzukommen.

Sie versuchte, so nüchtern wie möglich an die Sache heranzugehen. Essen mußte sie, so sehr sie sich auch einschränkte. Und der Rest ihrer Ausgaben war ohnehin schon auf ein Minimum reduziert. Sie konnte doch nicht einfach zu den Kindern in die Mansarde ziehen – keinen Tag würde sie es mit dieser lauten, komplizierten, streitsüchtigen Rasselbande unter einem Dach aushalten, ohne ihr ureigenes Reich, in dem nur sie zu bestimmen hatte!

Ihre Augen brannten. Das mit der kühlen, besonnenen Nüchternheit klappte nicht so recht. Im nächsten Moment würde sie die Sonnenbrille aufsetzen müssen – mitten im Lokal!

»Entschuldigen Sie, gnädige Frau, dürfte ich vielleicht bei Ihnen Platz nehmen?«

Ilona schaute sich unwillkürlich um. Das Café war so gut wie leer. Was wollte er von ihr? Eine schnelle, billige Anmache? Weil sie heute zufällig Luises Perlen trug? Danach war ihr im Augenblick nun wirklich nicht zumute.

»Ich weiß nicht«, begann sie unschlüssig.

»Sie würden mir eine große Freude damit machen.«

Er stand noch immer höflich wartend neben ihrem Tisch und lächelte. Ein weißhaariger Mann mit frischem, leicht gebräunten Teint und freundlichen, grauen Augen. Blazer, weißes Hemd, graue Hose. Elegant, aber unaufdringlich gekleidet. Nichts, was an ihm auszusetzen gewesen wäre. Eigentlich sah er wie ein Gentleman aus. Aber welcher Gentleman sprach schon wildfremde Damen in schlecht besuchten Gaststätten an?

»Bitte.« Sie zwinkerte nervös. »Wenn Sie unbedingt wollen.«

»Ich danke Ihnen.« Sein Blick streifte ihr leeres Glas. »Darf ich Ihnen vielleicht noch etwas bestellen? Sekt? Kaffee? Tee? Oder sind Sie hungrig?«

»Nein, danke. Ich bin eigentlich schon im Aufbruch.« Ilona griff nach ihrer Tasche und stand auf. Bezahlen konnte sie schließlich auch am Tresen.

»Tun Sie mir das bitte nicht an! Hören Sie, gnädige Frau, wollen Sie sich nicht doch noch einmal setzen? Nur einen Augenblick.« Er sah sie so bittend an, daß sie nicht anders konnte.

»Ich wüßte zwar nicht, weshalb, aber bitte sehr.« Sie schaute ihm direkt in die Augen. »Und nun?«

»Ich möchte Ihnen einen verrückten Vorschlag machen«, sagte er vergnügt. »Zumindest auf den ersten Blick. In Wahrheit finde ich ihn eigentlich sehr vernünftig. Mehr als vernünftig sogar, und durchaus logisch. Darf ich beginnen?«

Sie wedelte ungeduldig mit der Hand. »Nur zu.«

»Schenken Sie mir diesen Tag.«

Sie zog die Brauen hoch und war schon dabei, sich abermals zu erheben.

»Bitte, hören Sie mir zu!« Er hatte sie erregt am

Arm gepackt. »Ich bin weder ein Heiratsschwindler, noch hege ich irgendwelche andere Absichten krimineller oder perverser Natur. Das einzige, was ich manchmal bin, ist ein bißchen einsam. Die Sonne scheint, es ist Sommer, und niemand erwartet mich. Leider.« Er machte eine kleine Pause und lockerte seinen Griff.

»Sie müssen den Verstand verloren haben«, sagte Ilona und entzog ihm ihr Handgelenk Er hatte ihr nicht weh getan, zumindest nicht richtig, aber wieso mußte er das gleich wissen? Wer weiß, was ihm dann noch alles einfiel! Für alle Fälle rieb sie mal ein bißchen daran. »Zu glauben, daß ich … mit Ihnen … einfach so, ohne Sie jemals zuvor gesehen zu haben …«

»Noch nicht. Aber vielleicht verliere ich meinen Verstand bald, wenn ich noch länger allein bin. Haben Sie nicht auch manchmal Angst davor?« Seine Stimme wurde eindringlich. »Ich spreche nicht von nachts. Schließlich gibt es für die Stunden ohne Schlaf genügend gute Bücher und viele schöne Erinnerungen. Aber wenn es hell wird, und die ganze Welt wieder erwacht – schrecklich, finden Sie nicht? Meiner Erfahrung nach kann es tagsüber viel schlimmer sein.«

»Woher wollen Sie denn wissen, daß ich allein bin?«

»Intuition. Außerdem habe ich es in Ihren Augen gelesen. Ausgesprochen schönen Augen übrigens, wenn ich dies hier anmerken darf. Haselnußbraun.

Ich habe schon immer eine Schwäche für braune Augen gehabt. Sozusagen seit Kindestagen. Lange her, wie Sie sich vorstellen können!«

Nun hatte er sie doch in eine Unterhaltung verwickelt, und zu Ilonas Überraschung merkte sie, daß es ihr sogar gefiel. Sie hatte Scheu davor, ihre Wohnungstür aufzusperren, niemand erwartete sie, ja, die Kinder waren wahrscheinlich froh, wenn sie sich erst gar nicht bei ihnen sehen ließ. Natürlich konnte sie ins Freibad radeln oder sich den ganzen Nachmittag mit einem Roman auf ihren Balkon setzen – aber sie konnte natürlich auch...

»Hören Sie«, sagte sie, eine Spur freundlicher, »was wollen Sie wirklich von mir? Und geradewegs raus damit, ich bin kein Teenager mehr und kann einiges vertragen!«

»Schenken Sie mir diesen Tag!« wiederholte er.

»Und wozu?«

»Wir fahren an den Tegernsee, essen am Wasser, machen hinterher einen kleinen Spaziergang, trinken Kaffee, verlustieren uns bei einer Bootspartie oder einer hübschen Besichtigung, nehmen einen Sundowner und speisen gemütlich miteinander zu Abend. Casino, wenn Sie wollen. Jederzeit! Anschließend bringe ich Sie nach Hause. Unversehrt, aber hoffentlich glücklich.«

»Und das ist alles?«

»Ist doch schon eine ganze Menge, finden Sie nicht?«

Ilona begann zu lachen. »Haben Sie vielleicht zufällig im Lotto gewonnen? Oder das große Los gezogen?«

Er lachte ebenfalls.

»Gar nicht schlecht geraten. So etwas in der Art. Was ist nun? Sind Sie dabei?«

»Darf ich abkassieren? Schichtwechsel!« Die stämmige Kellnerin zog ihre Geldtasche hervor. Er war mit dem Schein so schnell, daß Ilona nicht einmal mehr reagieren konnte. Ein fürstliches Trinkgeld eingeschlossen, wie sie bemerkte.

Sie lehnte sich zurück. Ihr alter Übermut begann sich wieder zu regen. Außerdem hatte sie heute ganz zufällig ein buntes, fröhliches Seidentuch eingesteckt. Rudolf hatte es ihr einmal geschenkt. Jahrelang hatte sie es nicht mehr getragen. Fast eine halbe Ewigkeit.

»Ich nehme an, Sie haben ein Cabrio?«

Er nickte. »Dunkelblau. So gut wie neu. Und direkt vor der Tür geparkt. Aber woher wußten Sie?«

»Intuition.«

Beide lachten.

»Tja, worauf warten wir dann noch?« Jetzt war er aufgestanden.

»Einen Augenblick noch«, sagte Ilona. »Ich möchte Ihren Paß sehen.«

»Meinen Paß?«

»Oder Personalausweis, egal«, beharrte sie ungeduldig. »Irgend etwas Offizielles. Nun machen Sie schon! Nur nicht so umständlich! Oder wollen wir den ganzen Tag hier herumsitzen?«

»Ich fürchte, ich verstehe nicht ganz ...«

»Och, Sie verstehen ganz gut. Ich bin Ilona Hirsch. Und ich hätte ganz gern gewußt, *wem* ich meinen Tag schenke. Ist doch eigentlich ziemlich logisch, oder?«

Er grinste wie ein Schulbub und zückte seine Brieftasche. »Sie sind einfach wunderbar, wissen Sie das?« Sie schürzte die Lippen. »Natürlich wissen Sie das, welch dumme Bemerkung. Verzeihen Sie bitte. Ich bin wirklich ganz schön aus der Übung. Aber durchaus lernfähig, das verspreche ich Ihnen.«

Er reichte ihr den Ausweis hinüber. Stand auf, während sie zu lesen begann, schlug übertrieben die Hacken zusammen und verneigte sich.

»Gestatten Sie? Leopold Stanislaus Degen. Geboren 1924 in Brünn. In einer stürmischen Februarnacht. Sternzeichen Wassermann. Seit drei Jahren verwitwet. Und genau sieben Tage wieder in München. Eine erwachsene Tochter, zwei Enkelinnen. Gesicherte Verhältnisse. Keine Krankheiten, jedenfalls keine, von denen ich wüßte. Nur ein paar der üblichen Ticks. Man wird älter. Und kauziger. Soll ich sagen leider? Oder eher zum Glück?« Er lächelte spitzbübisch. »Habe ich noch etwas vergessen?«

»Ich weiß nicht«, sagte Ilona atemlos. Vielleicht träumte sie und würde schon im nächsten Moment aufwachen. Vielleicht hatte sie auch einfach nur ein paarmal zu oft *Pretty Woman* gesehen.

»Natürlich! Jetzt weiß ich es.« Seine Verneigung wurde tiefer, bis seine Lippen beinahe ihre Hand berührten. Herzlich, aber formvollendet. »Das Allerwichtigste sogar. Wie konnte ich nur! Höchste Zeit, daß ich endlich wieder ein bißchen Gesellschaft habe. Ganz trottelig wird man mit diesem ständigen Alleinsein.« Das Lächeln verschwand. Sein Gesicht hatte sich verändert. Plötzlich konnte sie sich vorstellen, wie er aussah, wenn er weinte. Sehr ernst war er nun, fast ein bißchen feierlich.

»Sie machen mich heute zum glücklichsten Mann dieser schönen Stadt, liebe Ilona. Und ich möchte Ihnen dafür danken. Von ganzem Herzen.«

Soll ich wirklich, meine süße Mondkatze? Verworfen und unverantwortlich, ein Luder, das den Ehebruch so richtig generalstabsmäßig durchzieht? Den Mann belügen? Die Kinder hintergehen? Das Heim zusperren, alle Pflichten vernachlässigen und mich für ein paar unvergeßliche Stunden ins Land der Sünde entführen lassen – bis der Morgen graut?«

Evelyn hob Moon lachend hoch und sog ihren Geruch ein. Das Tier hatte sich gerade ausführlich geputzt und duftete so appetitlich wie frisches Brot. Sie preßte die Katze an sich. Moon jedoch war offenbar nicht nach Schmusen zumute. Und sie haßte es, hochgehoben zu werden! Unwillig wand sie sich in Evelyns Armen, fauchte, versuchte, unbedingt zu entkommen. Als der menschliche Zugriff sich gar nicht lokkern wollte, sondern im Gegenteil noch fester wurde, fuhr sie schließlich sogar kurz die Krallen aus.

»Autsch!« Evelyn ließ sie fallen. Ihr Zeigefinger war leicht lädiert. Ein Stückchen Haut fehlte. »Wohl verrückt geworden! Ein Kratzer dieser Güteklasse reicht mir wirklich. Was hast du denn auf einmal? Sag nur, daß du untreue Ehefrauen nicht mehr magst! Dann rücken wir beide aber zusammen, das kann ich dir verraten.«

Die alte Schramme war inzwischen verheilt, aber keineswegs verschwunden. Eine schmale, sichelförmige Narbe war entstanden, bleibendes Andenken an eine Mondnacht.

Moon hatte sich unter das Bett verkrochen. Im staubigen Halbdunkel leuchteten ihre Augen gefährlich grün. Sie rührte sich nicht, auch nicht, als Evelyn rief und lockte.

»Launen, meine Schöne? Eigenheiten, die niemanden etwas angehen? Recht hast du! Keiner von uns ist schließlich auf der Welt, um ausschließlich andere glücklich zu machen. Und so anmutige, geheimnisvolle Katzendamen wie du schon gar nicht!« Evelyns gute Laune kam langsam wieder zurück. »Daran sollte ich mir eigentlich ein Beispiel nehmen. Wir *können* uns nämlich ändern. Es dauert manchmal nur leider ziemlich lange.«

Sie zog Schublade nach Schublade auf und wühlte gedankenverloren darin herum. Schließlich stieß sie auf ein winziges Etwas. »Schwarze Spitzenunterwäsche! Vor Urzeiten gekauft, um Christoph wieder ein bißchen munterer zu stimmen, aber er hatte nicht einmal einen Blick dafür. Pech für ihn! Ist dem verruchten Anlaß doch durchaus angemessen, meinst du nicht?«

Sie lachte. Ihr war danach, auf der Stelle lauter Unsinn anzustellen. Den Koffer zu packen, um wegzufahren, möglichst weit, und nicht nur für eine einzige sündige Nacht. Voller Ungeduld schaute sie immer wieder auf die Uhr. Himmel noch mal – wann rief Franz endlich an, damit sie ihm die freudige Botschaft mitteilen konnte?

Das Handy klingelte.

»Ja«, sagte sie atemlos, als sie die Stimme ihres Geliebten erkannte. »Geht klar. Ja, bis morgen früh. Wie ausgemacht. Natürlich freue ich mich! Ich hoffe nur, du warst kreativ und hast dir schon eine gute Ausrede für deine liebe Flora einfallen lassen. Meine für Christoph ist jedenfalls galaktisch.«

Der Spiegel stand in einer Zimmerecke und war optimal ausgeleuchtet. Indirekt, so weich wie möglich. Aber es war trotz allem noch immer ein Spiegel, breit und hoch genug, daß man sich von Kopf bis Fuß darin betrachten konnte. Maxie ließ mit aller Überwindung das indische Tuch fallen, in das sie sich nach dem Bad gehüllt hatte. Aus der Küche hörte sie Romy rufen, die noch schnell einen Sherry mit ihr trinken wollte, bis sie für zwei bis drei Tage zu ihrer Freundin Regina ins Schwäbische fuhr.

»Komme gleich!« schrie Maxie zurück. »Moment noch!«

Sie zog den Bauch ein und öffnete die Augen. Drehte sich langsam einmal um die eigene Achse. Der Po ließ sich leider nicht einziehen. Ihre Miene verdüsterte sich. Nicht ganz so schlimm, wie sie befürchtet hatte, aber noch immer schlimm genug. Ihr Puls wurde schneller. Sollte sie Chris anrufen und das heutige Rendezvous doch noch absagen?

Und mit welcher Begründung? Daß er sich – leider – ganz aus Versehen in einen Fleischklops verliebt hatte? Daß sie Angst hatte, sich nackt vor ihm zu zeigen? Daß sie über ein Jahr mit keinem Mann mehr zusammen gewesen war und die beiden letzten Versuche davor auch nicht gerade himmelstürmend verlaufen waren?

Nein, zum Teufel, sollte er nur kommen! Wenn er sich wirklich daran störte, dann …

»Maxie! Ich muß gleich los!« Romy wurde langsam ungeduldig. »Willst du dich gar nicht mehr von mir verabschieden?«

Und ob sie das wollte!

Maxie griff nach dem Tuch und schlang sich schnell ein Frotteehandtuch um den Kopf. »Bin eben erst aus der Wanne raus«, sagte sie, als sie in die Küche kam. Wie alles im Hause Malkowitch nicht besonders gründlich aufgeräumt, aber sehr gemütlich. Den Mittelpunkt bildete der große Tisch aus gewachstem Pinienholz, den eine kunstvolle Schnitzerei einfaßte. *Mein südlicher Tisch*, wie Maxie zu sagen pflegte. Vor Jahren hatte sie sich während einer Andalusienreise hoffnungslos in ihn verschaut und gebibbert, bis ihn die Transportleute wohlbehalten hinauf in den dritten Stock geschleppt hatten. Am Fenstersims wie auf dem Balkon wuchsen in Terrakottatöpfen alle nur denkbaren Küchenkräuter. Man merkte, daß hier gern gekocht und gut gegessen wurde.

»Um ein Haar wäre ich gerade eingeschlafen.« Sie gähnte demonstrativ und ärgerte sich im gleichen Augenblick über das Theater, das sie gerade abzog. Wie ein Baby, das die Mama erst um Erlaubnis fragen mußte! Es wurde höchste Zeit, daß sie endlich eine Wohnung für sich hatte. Und ein eigenes Leben. Aber im Augenblick konnte sie nichts an den Gegebenheiten ändern. Sie hatte sich irgendwie verrannt; es war schon zu spät, um damit aufzuhören. Und Romy sollte keinesfalls Verdacht schöpfen.

Nicht bei dem Mann, den sie in wenigen Stunden erwartete.

»Steckt mir ganz schön in den Knochen, diese Schufterei der letzten Zeit. Ich denke, ich werde heute abend gut und vor allem schnell schlafen.«

Romy betrachtete sie sinnend. »Diese Schufterei scheint dir jedenfalls zu bekommen. Du siehst ganz anders aus. Ist mir neulich schon aufgefallen. Fröhlicher. Und jünger. Außerdem hast du abgenommen. Bist du etwa heimlich auf Diät?«

Es stimmte, seit jenem Abend in der Kneipe hatte sie vergessen, ans Essen zu denken. Und manchmal, wenn sie schon drauf und dran war, sich gedankenlos etwas in den Mund zu stecken, merkte sie es gerade noch und ließ es bleiben. Alles saß lockerer, nichts drückte oder kniff mehr. Aber das hatte schließlich noch nicht viel zu bedeuten.

»Vielleicht ein bißchen«, sagte sie wegwerfend,

obwohl sie sich eigentlich darüber freute. »Und in der nächsten Woche ist alles wieder drauf. Das alte Spiel. Was soll man da schon groß machen?«

»Finde ich gut, daß du es nicht mehr so ernst nimmst, Tochter. Es gibt schließlich Wichtigeres auf der Welt, als ein paar Kilos hin oder her.«

Leicht gesagt, wenn man selbst keine Probleme damit hatte! Romy hatte welliges, graues Haar, trug keine Schminke außer ein bißchen Lippenrot, war klein und drahtig. Begeisterte Wanderin. Jeder Art von Frischluftaktivität aufgeschlossen. Vielleicht konnte sie deshalb essen, was sie wollte, ohne zuzunehmen. Und sie besaß durchaus kräftigen Appetit. Maxie verkniff sich die Bemerkung, daß ein paar Schmorbraten, Eisbomben und Kuchen weniger ihre Kindheit und Jugend unter Umständen wesentlich erleichtert hätten.

Von dem, was sie heute abend vorhatte, ganz zu schweigen.

Romy trank aus und umarmte sie. »Paß auf dich auf, ja? Ich ruf morgen mal an. Mal sehen, vielleicht bleibe ich auch ein paar Tage länger. Aber nur, wenn Regina nicht wieder ihre Zustände kriegt.«

Dann war sie endlich allein. Nach einem Pflegeblitzprogramm – peelen, cremen, schminken, kämmen, parfümieren – rückte sie, noch immer nackt, alles in ihrem Zimmer zurecht, prüfte den Sitz der Bettdecke und verhängte nach kurzem Zögern den Spiegel mit Romys altem gelben Schal. Schließlich ließ es sich nicht mehr länger aufschieben. Sie mußte sich entscheiden, was sie anziehen wollte. Und hätte beinahe in allerletzter Minute doch noch abgesagt! Blusen, Hosen, Röcke, Kleider – alles wurde als absolut unbrauchbar verworfen und landete auf dem Fußboden. Zu guter Letzt schlüpfte Maxie in das blaue Kleid, das sie neulich schon getragen hatte, legte die Sterncreolen an und band sich eine schmale, goldene Mondsichel aus Romys Familienschmuck um den Hals.

Sie mußte an das chinesische Gedicht denken, das er ihr geschenkt hatte, und lächelte.

Diesmal war sie alles andere als unvorbereitet.

Sicheldünen, ungezählt.
Im Windschatten, tausendfach: du.
Du und der Arm,
zu dem ich nackt zu dir hinwuchs …

Paul Celan, das würde ihm sicherlich gefallen!

Ihre innere Unruhe steigerte sich mit jedem Moment. Sie war unfähig, auch nur eine Minute stillzusitzen.

Sollte sie für alle Fälle noch eine Tarotkarte ziehen, eine ihrer heimlichen Vergnügungen, von der niemand etwas wußte? Sie war gerade am Mischen. Das schwarze Tuch lag bereits auf dem Parkett.

In diesem Moment ging die Glocke.

Sie rannte zur Tür. Das gesamte Kartendeck war ihr aus der Hand gefallen. Alle Karten mit der Rückseite nach oben. Nur eine einzige lag aufgedeckt. Sie hatte keine Zeit mehr, sich darum zu kümmern.

»Du bist es!«

»Du hast doch nicht etwa jemand anderen erwartet?« Christoph lächelte.

Seine Lippen, dachte sie entzückt, wahrscheinlich noch schöner als seine Augen!

»Nein«, sagte sie atemlos.

Er streckte ihr den Rosenstrauß und die eiskalte Champagnerflasche entgegen. Sie wußte auf einmal nicht mehr, wohin damit. Langsam folgte er ihr in die Küche und sah sich überall neugierig um.

»Kommt mir alles so anders vor«, sagte er. »Habt ihr renoviert? Ich glaube, ich bin lange nicht mehr hier gewesen.«

»Ja«, sagte sie. »Das bist du.«

Was war nur mit ihr los? Bekam sie jetzt den ganzen Abend keinen einzigen vernünftigen Satz mehr heraus?

Auf einmal war er ganz nah. Viel zu nah! Und Evelyn? Und ihre Freundschaft?

Sie sah sich hektisch um. Wohin sollte sie nur, wenn sie das alles doch nicht aushielt? Und wenn sie sich morgen selbst nicht mehr in die Augen sehen konnte – was dann?

»Du bist ja auf einmal ganz weiß um die Nase! Hast du etwa Angst, Maxie?« fragte er zärtlich und berührte mit seinem Zeigefinger die Mondsichel um ihren Hals.

»Ja.«

»Ich auch. Also mach dir keine Sorgen.«

Und diesmal war er es, der sie küßte.

Die Hügel und Täler
deiner Lust
Landschaften voller Schatten
und Dünen
die zu erwandern ich
nicht müde werde, niemals,
auch wenn dunkle Wellen rauschen
und am Himmel
der Mond singt
sein sternenhelles Lied…

»Weiter!« bat sie. »Wie schön! Von wem ist das?«

Christoph lachte verlegen und leckte erst einmal den Champagner aus ihrem Nabel, bevor er antwortete. »Von mir. Gerade improvisiert. Du bist ziemlich inspirierend, Maxie Malkowitch!«

»Und du ein verkappter Dichter, Chris Matthias Hirsch!« Chris – das war sein Name, der nur ihr gehörte. Ebenso wie diese gestohlenen Stunden.

»Bin ich leider nicht. Trotzdem danke. Wäre ich nämlich liebend gern. Zu schreiben, anstatt ausrangierte Bücher zu verhökern, die niemand außer ein paar Spinnern mehr interessieren – welch wundervolle, befreiende Aussicht! Besonders, wenn sie nicht einmal dir gehören. Und du nichts als Ärger und Aufregungen mit ihnen hast.«

Er beugte sich zu dem kleinen Nachttisch hinüber und angelte nach der Flasche. Diesmal goß er sich das Glas voll und trank es in einem Zug aus.

»Was soll das heißen?« fragte Maxie. »Seit wann verkaufst du fremde Bücher? Und weshalb?«

Sie empfand ihn noch so stark als Fleisch von ihrem Fleisch, daß es ihr ganz natürlich vorkam, danach zu fragen. Fast normal. Und so war auch der Liebesakt gewesen, liebevoll und zärtlich, aber unendlich vertraut. Erstaunlicherweise hatte die Erde nicht gebebt, wie in all ihren sehnsüchtigen Träumen zuvor, und erstaunlicherweise war sie gerade darüber froh. Kein Mythos mehr, nichts Romantisches, Irreales, vor dem man Angst haben mußte, es mit beiden Händen zu ergreifen, weil es dann wie eine schillernde Blase zerplatzen würde, sondern Glück pur. Sein heißer Atem an ihrem Hals, sein Stöhnen, der erstickte Schrei, mit dem er schließlich auf ihr zusammengebrochen war, sein gelöstes, junges Gesicht – sie kannte es. Kannte es ganz genau.

Beinahe, als seien sie schon seit vielen Jahren ein Paar.

»Du bist wunderschön, weißt du das?« Er streichelte ihre Hüften. »Alles weich und rund und rosig. Sogar deine kleinen weißen Narben finde ich niedlich. Ich bin als Kind auch ständig hingefallen. Ununterbrochen!« Er grinste. »Und so anschmiegsam bist du. Eine echte Schmusekatze!«

»Lenk nicht ab«, sagte sie mit gespielter Strenge, obwohl alles in ihr jubilierte. »*Dazu* ist später noch immer Zeit. Weiß Evelyn eigentlich davon? Und wenn, was sagt sie dazu?« Sie genoß die Zweideutigkeit ihrer Frage. Es machte Spaß, ausnahmsweise einmal selbst die Frivole zu spielen, anstatt immer nur anderen dabei zuzusehen.

»Evelyn? Bist du verrückt?« Er saß mit einem Mal kerzengerade neben ihr im Bett. »Kein Wort zu ihr, das mußt du mir versprechen! Sonst ist alles aus.«

Zärtlich brachte sie ihn wieder dazu, sich auszustrecken. Dabei fiel ihr Blick auf die Karten, die die ganze Zeit über unbeachtet daneben gelegen hatten. Obenauf der Mond, Symbol verborgener Wünsche, ungehobener Schätze, versteckter Gefühle – natürlich, was auch sonst?!

Maxie fand es herrlich, daß Chris davon ausging, Evelyn habe ihm die Geschichte mit dem Jubiläumsklassentreffen zum fünfundzwanzigjährigen Abitur einfach so abgenommen! Denn niemand anderer als sie wußte besser, weshalb. Zufällig existierten die freundlichen, großzügigen Kunden, die ihre Freundin ganz überraschend zu einer Weinprobe nach Baden eingeladen hatten, nur in Evelyns Phantasie. Seltsamerweise verspürte Maxie nicht einmal einen Anflug von schlechtem Gewissen. So ganz verstand sie sich selbst nicht mehr. Begann sie jetzt ebenso skrupellos zu lügen? Sie schielte wieder zur Mondkarte. Ein Opfer dunkler Seelenabgründe, die sie in eine gefährliche, haltlose Tiefe zogen, sobald sie nicht aufpaßte?

»Ich bin da in etwas hineingeschlittert, Maxie«, begann er und hielt doch wieder inne. »Was bin ich nur für ein Idiot, entschuldige bitte! Wieso sollte ich dich damit belasten? Ausgerechnet heute?« Wieder griff er zum Glas.

»In was bist du hineingeschlittert, Chris?«

»Später. Du willst etwas essen?«

Sie lachte. »So würde ich es im Augenblick eher nicht ausdrücken. Aber so richtig satt bin ich eigentlich noch nicht, wenn du es schon ganz genau wissen willst.«

Diesmal war sie oben und bestimmte den Rhythmus. Seine Haut war feucht, seine Hände wissend und behutsam. Maxies Atem ging schneller. Ihre Augen verschleierten sich und wurden meergrün, wie der weite Ozean an stürmischen Tagen. Nach einer kleinen Ewigkeit wurde sie überwältigt von weichen Wellen der Lust, lang anhaltend, beinahe unendlich, die schließlich sanft an einem weißen, menschenleeren Strand verebbten. Fließen und verströmen, geben und nehmen, schöpfen und ausgießen – niemals zuvor hatte sie so genau gespürt, was damit gemeint war.

»Und jetzt will ich endlich alles wissen«, befahl sie, als sie nebeneinander lagen, beide wieder ruhiger, die Beine ineinander verschlungen, als wären sie nur ein einziges Lebewesen mit vier ganz unterschiedlichen Tentakeln. Ihr Körper glühte; zum erstenmal seit vielen Jahren fühlte sie sich ganz eins mit ihm. »Die ganze Geschichte. Von Anfang an.«

»Schöne, runde, süße Frau«, flüsterte Christoph. »Kluge Maxie!«

Und dann begann er zu erzählen.

Daß Hotelzimmer so anonym sein mußten! Die Betten, der Teppichboden, die Vorhänge – sogar der Geruch. Jetzt erst merkte sie, wie sehr sie ihre Mansarde vermißte, in der man sich so sicher und aufgehoben fühlen konnte. Selbst wenn man stets ein bißchen Angst haben mußte, gestört zu werden. Vielleicht fehlte eben genau dieser Thrill, und es war deshalb heute so schwierig, richtig in Stimmung zu kommen. Dabei hatte Evelyn einiges dafür getan. Kerzen, heimlich eingeschmuggelter Sekt, schwarze Spitzen. Sogar Tils Ghettoblaster stand auf dem Nachttisch, sowie eine Kassettenauswahl romantischer Musik.

Zuerst lachten beide noch und versicherten sich abwechselnd, es sei nun wirklich nichts dabei und das würde sicherlich noch. Ganz bestimmt! Wenn nicht jetzt, dann eben etwas später. Wozu hatten sie heute schließlich die ganze Zeit der Welt, eine wundervolle, endlose Nacht lang?

Doch dann schepperte der Aufzug, unglücklicherweise direkt neben ihrem Zimmer. Öffnete man ein Fenster, drang lauter Autolärm herein, schloß man es, wurde es im Raum binnen weniger Minuten unerträglich stickig. Zusammen gebadet hatten sie schon. Aber die Handtücher waren eine Spur rauher als nötig, und es gab nur einen Bademantel, den Franz sofort selbstverständlich für sich beansprucht hatte. Inzwischen lag er schon zum zweitenmal versuchsweise auf ihr und mühte sich redlich. Er schwieg. Keuchte leise. Und Evelyn war mit ihren Gedanken ganz woanders.

Schließlich rollte er sich ohne namhaftes Ergebnis seitlich ab, seufzend und unzufrieden.

Von ihr ganz zu schweigen!

»An der Katze kann es heute aber nicht liegen«, sagte sie spitzer als eigentlich beabsichtigt, »oder hast du jetzt auch schon eine Allergie gegen Katzenhalterinnen entwickelt?«

»Dein blödes Biest ist trotzdem an allem schuld«, maulte er. »Willst du dir nicht doch noch einmal überlegen, ob ...«

»Dieses Thema hatten wir doch bereits abgehakt.« Sie lächelte, bemühte sich um gute Stimmung. Himmel, wenn diese Stofftapete nur nicht so hoffnungslos bieder gewesen wäre! Der Lustkiller schlechthin. Oder waren es die Bettfedern, die bei jeder Bewegung leise quietschten? Evelyn schloß die Augen. Vielleicht würde es dann besser werden. »Du bist so weit weg. Komm näher und nimm mich in den Arm!«

Er tat es. Leicht lustlos, wie sie registrierte.

»Woran denkst du?«

»An nichts«, sagte Franz schnell. »Nur'n bißchen müde. Ich bin ziemlich geschafft. War alles ganz schön viel in letzter Zeit.« Sollte er ihr vielleicht erzählen, daß Flora ihm vorgestern aufgelauert hatte, frisch frisiert, mit roten Lippen und aufregenden Seidenbeinen, gehüllt in weiße Spitze? Daß sie im Negligé war, und sie zwei Flaschen Champagner zusammen geleert hatten? Vor allem aber, daß sie ihn anschließend nach allen Regeln der Kunst verführt hatte, in einer Liebesnacht, so hemmungslos und leidenschaftlich, wie er es seiner verklemmten, stets leicht mürrischen Freundin niemals zugetraut hätte?

Und das war erst der Anfang gewesen!

Heute morgen, gleich nach dem Aufwachen, war Flora abermals aktiv geworden. Fast hätte er jetzt noch schmunzeln müssen, wenn er nur an die näheren Umstände dachte. Sie hatte ihn in den Garten gelockt, ganz nach hinten, wo das Gras am höchsten stand, und nicht einmal der neugierigste Nachbar Einsicht hatte, eine nackte, rothaarige Nymphe, lustig und unersättlich.

»Du weißt doch, daß ich eine grüne Hand habe!«

Dementsprechend hatten sie beide anschließend auch ausgesehen, nach dieser frühen, hitzigen, verrückten Stunde im Gras, von Kopf bis Fuß grün und gelblich gefleckt. Was Flora wiederum während der anschließenden Dusche auf weitere, ganz und gar nicht unanregende Ideen gebracht hatte ...

Kein Wunder also, daß er hundemüde war! Eigentlich hatte er die Nacht im Hotel mit Evelyn absagen wollen. Aber wie konnte er das, nachdem sie nun schon so lange diesem Ereignis entgegengefiebert hatte?

»Sollen wir uns anziehen und unten im Restaurant eine Kleinigkeit essen?« schlug er vor.

»Und wenn uns dann ausgerechnet jemand sieht? Vergiß nicht, ich bin offiziell bei einer Weinprobe in Baden. Was hast du eigentlich Flora erzählt?« Evelyns Laune rutschte gefährlich in Richtung Tiefpunkt. »Würde mich wirklich interessieren! Oder ist sie gar nicht mehr so eifersüchtig wie früher?«

»Och«, sagte er vage, »eigentlich schon. Aber ich kann inzwischen besser damit umgehen.«

Flora hatte nicht einmal gefragt, wohin er wollte. Und mit wem. Schon seit ein paar Tagen tat sie das nicht mehr. Was ihn maßlos entspannte. Eigentlich wollte er plötzlich gar nicht mehr unbedingt weg. War auch zu Hause sehr nett. Und aufregend noch dazu. Besonders, wenn sich Charlotte auf einmal so gut wie unsichtbar machte. Und Fabian jedesmal wie ein Putto strahlte, wenn er ihn sah. Aber das ging Evelyn schließlich nichts an.

»Wieso bleibst du eigentlich bei ihr?« Evelyn hatte sich festgehakt. »Ihr habt keine Kinder, seid nicht einmal miteinander verheiratet...«

»Ihr doch auch nicht.«

»Bei uns ist das etwas ganz anderes«, protestierte sie. Was mischte er sich auf einmal ein, in Dinge, die längst vor seiner Zeit passiert waren! Sie hatte ihr Leben eingerichtet, wie sie wollte – punktum! »Da gibt es schließlich Tilman und Fanny, dann das ganze Haus...«

»... und deine doofe Katze...«

»Damals war das gar kein Thema.« Das mit Moon überhörte sie geflissentlich. Aber sie ärgerte sich natürlich doch. Und nicht nur darüber. Als ob sie ihm Rechenschaft über ihre Vergangenheit schuldig sei! »Keiner unserer Freunde war verheiratet. Jedenfalls nicht die, die ein bißchen Grips und Bewußtsein besaßen. Man lebte erst einmal zusammen, um sich besser kennenzulernen, zumindest so lange, bis Kinder kamen.«

»Und dann? Ich meine später, als deine zwei schon da waren.«

Er hatte es doch tatsächlich geschafft, die Rollen zu vertauschen! Evelyn setzte sich auf und zog die Bettdecke über ihren Busen. »Später hat es sich ganz einfach nicht mehr ergeben. Weshalb auch? Wenn man sich ohnehin liebt. Und eine intakte Familie ist. Wozu dann noch dieser Lappen, der alles offiziell macht und damit vielleicht tiefe Gefühle abtötet?«

»Genau!« Franz lachte und zog sie ein bißchen näher heran. Aber sie blieb sperrig. »Deshalb ist es ja so lebendig zwischen deinem Christoph und dir!«

Er begab sich auf gefährliches Terrain. Noch ein Wort zuviel, und sie würde …

»Zumal, wenn beide ganz zufällig auch noch den gleichen Nachnamen haben!« Franz war nicht mehr zu bremsen! »Was hättest du eigentlich angefangen, meine süßeste Evelina, wenn du dich vor sechzehn Jahren ganz aus Versehen nicht in einen Herrn Hirsch, sondern in einen Herrn Bär verliebt hättest?«

Er lachte herzlich über seinen eigenen Scherz.

Und Evelyn bereute in diesem Augenblick von ganzem Herzen jedes einzelne Detail ihres Lebens, das sie ihm unvorsichtigerweise jemals preisgegeben hatte.

Der rote Käfer wartete bis zum Morgengrauen vor dem Hotel in der Innenstadt. Die Scheiben beschlugen, als der Tau fiel. Charlotte Werner mußte sie immer wieder trocken reiben. Sie verlor zunehmend die Lust, nach weiteren Radiosendern mit alternativem Gedudel und den stets deprimierenden Nachrichten aus aller Welt zu suchen.

Ihre Glieder schmerzten. Trotz der mitgebrachten Thermoskanne Getreidekaffee und ihrer bereits verzehrten Butterstullen war sie müde und hungrig. Sie sehnte sich nach einer heißen Dusche. Ihrem Bett. Ihrem Kind.

Armer, kleiner, tapferer Fabi, dachte sie zärtlich, als endlich die Drehtür ging, und Franz Maria mit der schwarzen Hexe ins Freie trat, deine allererste Nacht ohne Mamis tröstenden Busen! Hoffentlich war Flora wenigstens lieb zu dir und hat dich anständig gefüttert! Und vielleicht hast du gleich mal kräftig losgeplärrt, damit sie sich schon frühzeitig an ihr künftiges Los gewöhnen kann. Vielleicht ändert sich ja bald alles für uns, mein Kleiner. Wäre es nicht toll, wenn Flora keine Zicken mehr machen und endlich den Babysitter für dich spielen würde – freiwillig?

Sie berührten sich nicht. Nicht einmal Arm in Arm gingen sie.

Charlotte verzog befriedigt ihr Gesicht. Nicht gerade wie ein Liebespaar nach einer erfüllten gemeinsamen Nacht!

Sie machte sich kleiner hinter dem Steuer und wartete, bis die schwarze Hexe ihren unmöglichen

Ford gestartet hatte. Franz Maria saß neben ihr, bewegungslos wie eine Statue.

Dann gab sie ebenfalls Gas.

In jener Nacht war das Haus erstmals menschenleer. Moon hatte den ganzen Nachmittag und den größten Teil des Abends mit Spielen und Jagen im Garten verbracht, als aber immer dunklere Wolken aufzogen und in der Ferne der erste Donner grollte, spazierte sie mit einer getöteten Maus im Mäulchen nach drinnen. Keine Frage, das Revier war sicher. Und sie haßte es, naß zu werden.

Sie zögerte kurz, dann legte sie ihre Beute schließlich als Geschenk vor Fannys Zimmer ab. Heute verwaist, wie alles übrige hier, weil das kleine Mädchen bei seiner Großmama übernachtete. Doch der Regen ließ auf sich warten; ein paar Blitze, grell vor einem violettschwarzen Himmel, einige kräftige Donnerschläge, das war alles. Glücklicherweise waren ein paar Fenster angelehnt und ließen immerhin etwas frischere Nachtluft hinein.

Moon fraß, was man für sie in der Küche bereitgestellt hatte, ausgehungert, und weil sie es für so vorzüglich befand, außerhalb des Napfes. Sie knurrte sogar leise dabei, obwohl weit und breit kein Feind zu sehen war, der es ihr hätte abjagen können. Zart gebratene Leber mit Sauce, exotisches Menschenfutter – das war doch etwas ganz anderes, als das langweilige Büchsenzeug, an dessen synthetischen Geschmack sie sich bei allem guten Willen nicht gewöhnen konnte! Als Nachtisch gönnte sie sich das Restchen Joghurt, das einer der Familie rücksichtsvollerweise in einem Plastikbecher für sie zurückgelassen hatte. Weil ihr Kopf inzwischen zu dick geworden war, um hineinzupassen, benutzte sie kurzerhand die Pfote, die sie jedesmal wieder penibel sauberleckte.

Ein Hochgenuß!

Durstig geworden, trank sie ein paar Schlucke aus der Blumenkanne, die immer auf dem Fensterbrett stand. Moon besaß ihre Prinzipien. Das jeden Tag mehrmals frisch gefüllte Wasserschälchen neben dem Freßnapf hatte sie noch kein einziges Mal berührt.

Zeit für ein Verdauungsschläfchen?

Zum Putzen jedenfalls bevorzugte Moon eindeutig die Abgeschiedenheit ihres Katzenbaumes, dessen beeindruckende Höhe sie vor allen unliebsamen Attacken menschlicher Zuneigung einigermaßen schützte. Aber heute störte sie niemand. Sie reinigte zunächst die Vibrissen, ihre äußerst empfindlichen Schnurrhaare, dann wusch sie mittels geschicktem Pfoteneinsatz erst die rechte, anschließend die linke Gesichtshälfte. Der Rumpf folgte, selbstredend unter einer Reihe höchst anmutiger Verrenkungen, schließlich der Bauch, inzwischen wieder fellbedeckt, bald wahrscheinlich dichter als zuvor, und zum Abschluß ebenso sorgfältig die Geschlechtsorgane.

Müde geworden, döste sie doch ganz kurz ein.

Lange genug jedenfalls, um mit frischen Kräften wieder zu erwachen. Sie spitzte die Ohren. Kein einziger der inzwischen vertrauten menschlichen Laute zu hören! Beste Gelegenheit also, einen weiteren Erkundungsgang zu wagen.

Diesmal nahm sie sich das Zimmer vor, in dem der Mann und die Frau gemeinsam schliefen, meistens jedenfalls. In letzter Zeit hatte immer mal wieder einer von ihnen in der Mansarde übernachtet, die Moon seit den ersten Tagen in diesem Haus eigentlich als ihr Reich betrachtete. Zumindest waren die Störungen tagsüber seltener geworden, und sie konnte, in den weichen, warmen Kissen vergraben, ganze sonnige Vormittage hemmungslos verschlafen.

Welch Durcheinander! Schranktüren standen offen, Schubladen waren nicht ganz geschlossen. Es roch ganz schwach nach Menschenschweiß und sehr viel durchdringender nach einem schweren Duft. Moschus, einfach scheußlich! Probeweise versuchte Moon, sich zwischen Hemdchen und Schlüpfern zusammenzurollen, schon, um dieser betäubenden Geruchswolke zu entfliehen, aber dafür reichte der Platz einfach nicht aus. Sie verließ die unbrauchbare Schublade wieder, stolzierte weiter.

Eine große Handtasche stand vor dem Bett, halb geöffnet.

Moon besaß eine ausgesprochene Vorliebe für Leder. Schuhe fand sie schon spannend, alles jedoch, in das man auch noch hineinschlüpfen konnte, geradezu überwältigend. Auf den ersten Blick wirkte ihr Plan durchaus durchführbar; als sie ihn jedoch umsetzen wollte, stieß sie auf unerwarteten Widerstand.

Irgend etwas sperrte und piekte von innen. Aber nicht mehr lange!

Wieder setzte sie ihre Pfoten ein, und nach einiger Mühe gelang es schließlich, einen farbigen Prospekt herauszuzerren. Am Rand war eine Zimmernummer hingekritzelt und mit einem roten Herz umrahmt. In der anderen Ecke stand der Name Franz. Mit einem dicken Fragezeichen. Und eine siebenstellige Telefonnummer, der Anschluß eines Kunden, der sich gerade die besten Stücke seines Familienbesitzes von ihm restaurieren ließ.

In diesem Moment ließ ein Auto vor dem Nachbarhaus eine Reihe von Fehlzündungen vom Stapel.

Die reinste Gewehrsalve!

Moon erschrak, ruderte wie wild mit den Hinterfüßen und beförderte dabei den Prospekt ganz unabsichtlich unter das Bett. Sie selbst blieb ruhig liegen, flach an den Boden gepreßt, bewegungslos.

Es dauerte, bis sie schließlich den Mut fand, sich zu erheben. Zum Glück war inzwischen wieder alles ruhig.

Auch Tils Zimmer war unbelebt. Es war nicht das erste Mal, daß die beiden Jungen im Gartenhaus von Ollies Eltern schliefen.

Moon mochte, wie es hier roch, kräftiger, nach getragenen Kleidungsstücken, Haut, Sportsachen. Er schien ebenfalls nicht ohne Eile aufgebrochen zu sein. Das Bett war ungemacht, allerdings kein Problem für Moon, eher im Gegenteil. Wie schön, sich unter hoffnungslos zerknautschten Decken einzukuscheln, mindestens so anheimelnd wie in einer dunklen, sicheren Höhle! Und seine Schulmappe war umgefallen.

Schon wieder Leder!

Sie duckte sich, versuchte, auf diesem Weg ungehinderten Eingang zu erlangen. Aber sie hatte den optimalen Ausgangspunkt noch nicht gefunden. Schließlich zupfte sie ein bißchen an der offenen Lasche, bis endlich ein ganzer Stapel von Illustrierten herausglitt und sich wie eine Welle aus gelacktem Papier über den Boden ergoß.

Sie machte einen Satz, mehr erstaunt, als erschrocken.

Und verzog sich alsbald weiter nach oben.

Im Dachspitz, wo es tagsüber viel zu heiß war, jetzt jedoch erfahrungsgemäß recht angenehme Temperaturen herrschten, würde sie ja doch nur die Stoffreste finden, mit denen das kleine Mädchen schon seit

Tagen emsig herumwerkelte. Sie war kaum noch ansprechbar, so vertieft schien sie in ihr Werk. Sogar Moon hatte darunter zu leiden. Kaum noch spielen und miteinander plaudern, und sogar die gemeinschaftlichen Schmusestunden waren unverständlicherweise plötzlich drastisch reduziert. Fannys Laune schien jähen Stimmungsschwankungen unterworfen. Zweimal hatte sie Moon schon verjagt, als die Katze nur ganz freundlich hatte vorbeischauen wollen, um ein bißchen in den bunten Stofffetzen zu wühlen.

Deshalb verspürte Moon keine all zu große Neigung, jetzt ausgerechnet dort hinaufzuklettern.

Sie blieb lieber unten, in der Mansarde, die der Mann mehr und mehr als seinen idealen Rückzugsort entdeckt hatte. Sie nahm es ihm nicht weiter übel, war er doch tagsüber zum Glück meistens außer Haus. Und nachts konnte sie sich zur Not auch anderweitig arrangieren.

Es schien ihm ausgesprochen gut hier oben zu gefallen, er hatte sogar damit angefangen, allerlei Bürozeugs mitzubringen. Aufzeichnungen, in denen er noch lange blätterte, wenn alle schon schliefen, dünne Zettel, auf die er kopfschüttelnd starrte, und stapelweise Bücher, die er mit gerunzelter Stirn studierte. Alles tagsüber bestens verborgen unter der gewebten Überdecke, die lang genug war, um fast bis auf den Boden zu reichen.

Sie kroch darunter, beschnüffelte Stapel um Stapel, und begann aus einem plötzlichen Anflug von

Übermut, ein bißchen in den Papieren herumzurascheln. Es war so leicht, so wunderbar, sich in ein Spiel wie dieses hineinzusteigern!

Bald schon flogen ein paar der Zettel umher wie bunte Vögel, und Moon stürzte sich auf sie, als seien es die kleinen Papierkügelchen, die Tilman ihr manchmal drehte, wenn er sich sicher war, daß sie allein im Haus waren. Stundenlang hätte sie so weitermachen können ... ewig ...

Sie hörte, wie unten der Schlüssel ging. Irgend jemand von ihnen kam also frühzeitig zurück. Noch vor Sonnenaufgang!

Der geeignete Moment, um sich auf der Stelle unsichtbar zu machen.

Zum Glück lag ihr Geheimversteck nicht weit entfernt.

Evelyn fand als erstes die tote Maus vor Fannys Tür. Stirnrunzelnd ging sie ins Bad, nahm ein altes Handtuch und warf sie unten in den Müll. Wenn Moon so weitermachte und sich auch noch auf Singvögel verlegte, würde sie ihr doch das Halsband mit dem Glöckchen verpassen. Denn aus Hunger gejagt hatte sie eindeutig nicht. Der Freßnapf war leer, bis zum letzten Fitzelchen blankgeleckt.

»Moon!« rief sie ein paarmal. »Mooni, wo steckst du denn? Komm raus, meine alte Tigerlilli, und zeig dich!«

Keine Antwort. Sie hatte eigentlich auch keine erwartet. Die Katze erschien nur zum Begrüßen, wenn es ihr paßte.

Aus einem plötzlichen Impuls heraus beschloß sie, eine Dusche im Kinderbad zu nehmen. Das machte sie manchmal, wenn weder Fanny noch Til zu Hause waren. Zwischen Kindershampoo, Körperpuder, Badetierchen und Tils ersten zaghaften Kosmetika für den Mann konnte sie sich am ungestörtesten wehmütig angehauchten Empfindungen hingeben.

Sie stutzte, als sie an seinem Zimmer vorbeiging. Die Tür stand weit offen; es sah aus wie auf einem aufgelassenen Schlachtfeld. Bedeutete erwachsen zu werden für ihn, sich ab jetzt hemmungsloser Schlamperei hinzugeben? Die Sorte Mann, vor der man Frauen nur warnen konnte? Sie mußte unbedingt mit ihm reden. Schließlich waren es, wie man allenthalben zu lesen und zu hören bekam, vor allem die Mütter, die die Söhne erzogen – oder verkorksten. Die Liste der kritischen Punkte, die sie miteinander zu besprechen hatten, wurde von Tag zu Tag länger!

Beinahe automatisch bückte sie sich und begann, ein paar Socken, Hemden und T-Shirts aufzuheben und sie wenigstens auf einen Stuhl zu legen. Erst beim dritten Mal bemerkte sie die Hefte.

Hochglanz. Alles *Playgirl*. Und die neuesten Ausgaben dazu. Junge Männer, nackt oder so gut wie, mit verhangenem Blick. In aufreizenden Posen. Manche fast pornographisch.

Evelyn ließ die Anziehsachen auf den Boden gleiten und begann zu blättern. Woher hatte er diesen Schund? Und was vor allem fing er damit an? Wenn es noch *Playboy* gewesen wäre, auch nicht gerade ihr persönlicher Geschmack, für einen Fünfzehnjährigen allerdings noch eher verständlich – aber so! Schließlich war Tilman doch kein verklemmter Backfisch, der versuchte, auf diese Weise ein bißchen anatomischen Nachhilfeunterricht beim männlichen Geschlecht zu erhaschen.

Sie runzelte die Stirn. Und verwarf den Gedanken gleich wieder, der sie plötzlich durchzuckt hatte. Das bedeutete doch nicht etwa, daß ihr Sohn …

Nein, nicht Tilman! Sie hatten ihn frei und offen erzogen, ohne Prüderie, und immer alle seine Fragen über Liebe und Sexualität beantwortet, das war schon alles!

Aber die Art, wie er sich kleidete! Die langen Haare, und sein merkwürdig irritierendes Desinteresse an allem, was Röcke trug! Das Rosentattoo. Ihr wurde immer beklommener zumute. Und jede freie Minute, die er mit Ollie zusammengluckte!

Zum Beispiel heute nacht.

Am liebsten hätte sie auf der Stelle Ollies Mutter angerufen, Beate Jantsch war eine fröhliche, patente Frau, mit der sie sich gut verstand. Aber was hätte sie ihr sagen sollen? Worum sie bitten?

Ob sie mal zufällig kurz die Tür zum Gartenhäuschen öffnen könne, um nachzusehen, ob Til dort gerade Sex mit ihrem Sohn hatte?

Sie schlug die Hände vor das Gesicht. Nicht das auch noch, bitte! Das war endgültig zu viel – nach dieser Nacht!

Sie mußte versuchen, sich wenigstens noch ein paar Stunden hinzulegen, um wieder einigermaßen klar zu werden. In diesem Zustand konnte sie weder nachdenken, geschweige denn richtige Entscheidungen treffen. Evelyn war schon halb auf dem Weg ins Schlafzimmer. Unterwegs begann sie sich auszuziehen, ohne sich darum zu kümmern, wohin ihre Kleidung fiel. Plötzlich konnte sie keine Faser am Körper mehr ertragen. Alles kam ihr hart vor, ein lästiger Panzer, dessen sie sich auf der Stelle entledigen mußte.

Nur noch schlafen!

Schon auf dem Treppenabsatz, besann sie sich jedoch im letzten Moment anders und stieg die Stufen zur Mansarde hinauf.

Zerschlagen fühlte sie sich. Mutlos und gleichzeitig gereizt. Und sie sah einfach grauenhaft aus! Evelyn Hirsch schnitt ihrem Spiegelbild eine Grimasse, das ihr heute morgen eine blasse, dünne Frau in mittleren Jahren zurückwarf, mit einem bemerkenswert griesgrämigen Zug um den Mund übrigens. Hatte sie wirklich diese Augenringe? Magenfalten, scharf, wie mit dem Lineal gezogen? Haare, die schwer und matt herunterfielen wie müde Rabenflügel?

Sie verließ das Badezimmer beinahe fluchtartig.

Keine Spur von Moon. Beinahe, als hätte sie sich in Luft aufgelöst.

Beim Aufklauben ihrer Kleidung in und vor der Mansarde fielen ihr die dünnen Zettel auf, die überall am Boden herumlagen, verknittert und zum Teil eingerissen, als sei ein mittlerer Wirbelsturm über sie hinweggebraust. Evelyn hob sie auf und strich sie glatt. *Belegexemplar*, las sie verwundert. *Nur für den verlagsinternen Gebrauch bestimmt*. Sie runzelte die Stirn. *Hausbestand*. Beim besten Willen konnte sie sich keinen Reim drauf machen. Bislang war sie stets überzeugt gewesen, mit einem Antiquar zusammenzuleben. Aber vielleicht hatte Christoph in seiner Verzweiflung über die schlecht gehenden Geschäfte ja versucht, neue Verdienstmöglichkeiten zu finden. Und sie hatte ihm die ganze Zeit über Unrecht getan, ihn für faul und antriebsschwach gehalten!

Sie mußte unbedingt mit ihm reden. Nicht nur darüber.

Nachdenklich ging Evelyn nach unten. Die Zettel legte sie als kleines Häuflein auf die Kommode in der Diele. Damit würden sie Christoph beim nach Hausekommen gleich ins Auge fallen.

Nach dem Anruf bei Ollies Mutter und nachdem sie selbst mit Til gesprochen hatte, kurz und denkbar unerfreulich, war trotz ihrer Müdigkeit an Weiterschlafen gar nicht zu denken. Evelyn hatte ohnehin nur so dagelegen, mit geschlossenen Augen, in einer Art tiefer Meditation, und versucht, das auf einmal sehr kompliziert erscheinende Puzzle ihres Lebens zu entwirren. Was wußte sie eigentlich von den Menschen, die ihr Leben teilten? Von ihrer kleinen Tochter, die den Alltag haßte und in einer ganz anderen Welt zu leben schien? Ihrem Sohn, dessen Neigungen sie erschreckten? Schließlich ihrem Liebhaber, der auf einmal lustlos und merkwürdig apathisch gewirkt hatte?

Sich in Franz zu verlieben, war für sie so ähnlich gewesen, wie in einen Teich mit weichem, grünlichen Wasser zu fallen. Ihre bisherige Welt hatte mehr und mehr die Konturen verloren, sich schließlich ganz aufgelöst. Aber seit der vergangenen Nacht gewann sie seltsamerweise ihre Schärfe wieder zurück.

Auf einmal verspürte sie Sehnsucht nach Christoph, jäh und hitzig. Jetzt hätte sie Lust gehabt, ihm ganz nah zu sein, gemeinsam barfuß durch den taufeuchten Englischen Garten zu laufen oder in dem kleinen Café gegenüber der Uni zu frühstücken, wo es, wie sie neulich verblüfft festgestellt hatte, die gleichen pappsüßen Mandelteilchen und den wäßrigen Tee gab wie zu seinen Studentenzeiten. Aber er steckte ja noch immer irgendwo mit seinen langweiligen Ex-Mitschülern zusammen, während sie ...

Plötzlich empfand sie beinahe so etwas wie Scham. Was das Verlangen nach ihm noch steigerte. Ob er sie auch ein bißchen vermißte? Jetzt, in diesem Augenblick?

Beinahe hätte sie losgeheult. Nicht nur wegen Christoph. Und schon gar nicht wegen seiner Zettel, die sie irgendwie anrührten.

Sondern um ihrer beider willen.

Was war nur mit ihnen beiden geschehen – nach einem wundervollen Anfang voller Schwung und Liebe? So vieles hatten sie gemeinsam vorgehabt, auf *ihre* Weise, und eben gerade nicht so, wie es all die anderen machten. Wo war ihr Idealismus geblieben? Der Glaube an eine phantastische gemeinsame Zukunft, in der sie zusammen die Welt erobern wollten? Verschlissen im Kleinklein des Alltags, in Frust, gekränkten Eitelkeiten und den tausend winzigen Mißverständnissen, die sie mehr und mehr ermüdet hatten!

Dazu gehörte auch Christophs fast schon pathologische Weigerung, das Thema Hochzeit ernsthaft mit ihr zu diskutieren. Natürlich stimmte, was sie Franz darüber gesagt hatte, zumindest beinahe. Aber niemand blieb gleich. Sie jedenfalls hatte sich verändert. Und ihre Einstellungen ebenfalls.

Erst unmerklich, später dann pieksend und schließlich bohrend, hatte sich im Lauf der Jahre tief in ihr ein Ärger eingenistet, der größer und immer mächtiger geworden war, je weniger der Vater ihrer Kinder Anstalten machte, das Thema noch einmal zur Sprache zu bringen. Evelyn ihrerseits hatte ebenfalls ihren Stolz. Sich ihm wie sauer Bier anzupreisen, kam nicht in Frage. Niemals! Lieber hätte sie sich die Zunge abgebissen. Da schmollte sie doch lieber und zahlte es ihm auf andere Weise heim. Selbst, wenn sie sich dabei verletzte.

Und das hatte sie!

Bei näherer Betrachtung an diesem frühen Morgen erschien ihr vieles, was in den letzten Monaten geschehen war, in einem ganz anderen, neuen Licht. Plötzlich erkannte sie Zusammenhänge, die sie bisher ignoriert hatte. Geflissentlich sogar, wenn sie halbwegs ehrlich mit sich selbst war. Einiges tat ihr sogar leid.

Lieber Himmel! Sie blieb alarmiert stehen, in Pias altem Haus, das auf einmal so still war, daß sie ihren eigenen Herzschlag überlaut hören konnte. Überkam sie jetzt etwa eine böse Ahnung all ihrer begangenen Fehler? Eine Art Vision des letzten Gerichts, kurz bevor die Pauken und Trompeten erklangen und himmlische beziehungsweise teuflische Heerscharen sich ihrer bemächtigen würden?

Bevor es dazu kommen konnte, rief sie lieber Maxie an.

Aber so lange sie das Telefon bei ihrer besten Freundin auch klingeln ließ, niemand hob ab.

Christoph Hirsch vergewisserte sich telefonisch, daß wirklich keiner der Familie da war. Erst dann kehrte er mit seiner kleinen Reisetasche zurück. Das Haus war aufgeräumt und frisch gelüftet; Sonnenlicht fiel auf die alten Dielenbretter, die einer von Pias ehemaligen Malerfreunden mit inzwischen verblichenen, aber noch immer schönen Farben bepinselt hatte. Ein seltsames Gefühl beschlich ihn, als er nach oben ging, schnellen Schritts, beinahe, als sei er ein Eindringling, der kein Recht besaß, sich hier aufzuhalten.

Das breite Bett im Schlafzimmer war unbenutzt; trotzdem schien es, als sei Evelyn von ihrer Reise nach Baden bereits zurück. Ihr zitronengelbes Kleid hing an der Schranktür, und ein weißer Pumps lag darunter, wie in Eile abgestreift. Den zweiten entdeckte er halb unter dem Bett. Er bückte sich danach und erschrak.

Ein glühendes Augenpaar. Durchdringend grün.

»Du bist es«, sagte er betont lässig. »Unser Katzenmonster.«

Moon verweigerte jede Anwort. Ihre Vorderpfote bedeckte den Schuh in einer fast schon besitzergreifenden Pose.

»Gib sofort Evelyns Schuh her! Das würde dir so passen. Aber davon kann keine Rede sein. Nicht alles hier im Haus gehört nämlich dir. Nur zu deiner Information.«

Sie rührte sich nicht von der Stelle. Er bekam ihren Schwanz zu fassen und zog kräftig daran. Mit einem empörten Quieken robbte sie zur Seite.

Sie hatte sich auf einem farbigen Prospekt breitgemacht. Christoph zog ihn zusammen mit dem Pumps unter dem Bett hervor und las ihn stirnrunzelnd. Ein nobles Hotel. In der Münchner Innenstadt. Nicht gerade die Art von Preisklasse, die sie sich leisten konnten.

Erst beim zweiten Durchgang entdeckte er die Notizen am Rand. Die herzumrandete Zimmernummer. Den Namen. Franz mit einem Fragezeichen. Und die Telefonnummer.

Evelyns Handschrift, ganz ohne Zweifel.

Es dauerte eine Weile, bis er begriff. Und noch länger, bis er sich wieder faßte. Evelyn konnte Menschen fressen wie andere Leute Pillen. Mit Haut und Haar. Das wußte er aus eigener Erfahrung. Vielleicht war es sogar noch später, als er schon befürchtet hatte. Zumindest aber würde er endlich Gewißheit bekommen.

Ihm war auf einmal zum Heulen zumute. Hatte es wirklich so weit kommen müssen? Gleichzeitig hätte er laut loslachen können. Wie seltsam Menschen doch waren – er eingeschlossen! Trotz seiner eigenen Verstrickung besaß er irgendwo, tief innen, die Unverfrorenheit, Treue von seiner Partnerin zu erwarten.

Langsam, wie in tiefer Trance, ging er nach unten, um zu telefonieren.

Den Stapel auf der Kommode aus den dünnen Zetteln entdeckte er erst beim Rausgehen. Mehr aus Zufall, weil seine Gedanken noch immer um ganz andere Dinge kreisten.

Es fühlte sich an, als greife eine kalte Hand nach seinem Herz, das seit einer guten halben Stunde viel heftiger schlug als je zuvor.

Was wußte sie? Hatte Evelyn jetzt alles entdeckt, das ganze Ausmaß seiner Lügen?

Christophs erster Impuls war, sofort hinaufzulaufen und sich zusammengekrümmt unter der Decke zu verkriechen, so, wie er es früher immer getan hatte, wenn er etwas angestellt hatte. Oder wenn Ilona nicht zu Hause war und er nicht mehr gewußt hatte, wie es weitergehen sollte.

Aber er war ein Mann.

Kein kleiner Junge.

Und das schon sehr, sehr lange nicht mehr.

Er war nun mal kein Riff Raff! Und Mario ein lausiger Frank N. Furter. Er sang grauenhaft. Und wie er sich bewegte, staksig und ungeheuer übertrieben! *Das* sollte eine verführerische Nachtkreatur sein, die beide Geschlechter dazu brachte, eherne moralische Grundsätze über Bord zu werfen? Niemals!

Mißmutig starrte Til auf die provisorische Bühne. Falls man ein paar ausrangierte Decken und ein windschiefes Podest überhaupt so bezeichnen konnte. Wieso ließ man sie nicht im Musiksaal proben, wo wenigstens die Akustik um Klassen besser war? Diese stinkige Turnhalle war wahrhaft nicht dazu angetan, um in Stimmung zu kommen. Zumindest, was ihn betraf. Alle anderen Mitwirkenden schienen mit Feuer und Flamme bei der Sache, nur er fühlte sich wieder einmal ausgeschlossen.

Lore Mann schien nicht einmal zu bemerken, wie schief alles lief. Sie wirkte aufgekratzt, hielt sich jedoch die ganze Zeit über mit Anweisungen und Kommentaren bewußt zurück, um, wie sie sagte, ihre jungen Schauspieler erst einmal richtig warm werden zu lassen. Natürlich mußte Mario anläßlich dieser Bemerkung wieder eine seiner üblichen Zoten anbringen. Und Ekki, wie nicht anders zu erwarten, in wildes, willfähriges Gelächter ausbrechen.

Til haßte sie. Alle beide. Im Augenblick haßte er sogar Ollie, der mit der blonden, schmalhüftigen Leslie alias Janet in einer Ecke stand und auf sie einredete, als hinge sein Leben davon ab. Lore Mann schien plötzlich bei ihm abgeschrieben. Wer hätte das gedacht? Wenigstens einer, der über die Wahl seiner Partnerin mehr als beglückt schien! Genug jedenfalls, um seinen besten Freund wie Luft zu behandeln, der sich mit einer kindischen, kichrigen Putzi-Magenta abmühen mußte, die ständig ihren Einsatz verpatzte und ein Englisch zum Abgewöhnen sprach. Aber selbst der Teacher, sonst anspruchsvoll und kritisch wie kaum ein anderer Lehrer, lächelte gütig dabei, als handele es sich um eine Meisterleistung.

Til wußte, daß er ungerecht war, aber er wollte ungerecht sein. Der Morgen hatte schon schief und quer begonnen, mit einem gereizten Anruf Evelyns bei Ollies Mutter, die sich auf einmal brennend dafür zu interessieren schien, was die beiden Freunde gestern im einzelnen so unternommen hatten. Als er muffig und ausweichend antwortete, war sie richtig spitz geworden. Er unterdrückte ein Gähnen. Vier Stunden Schlaf waren einfach zu wenig! Ollie und er hatten bis zum Morgengrauen Musik gehört und miteinander gequatscht. Resultat jedenfalls war, daß sie ihn übellaunig dazu verdonnert hatte, nach den Proben Fanny bei Ilona abzuholen und nach Hause zu bringen.

Irrte er sich, oder war es ihr plötzlich gar nicht mehr recht, daß er bei dem Musical mitwirkte? Und das, nachdem sie ihn ein halbes Jahr lang jeden zweiten Tag bearbeitet hatte, er müsse unbedingt dabei sein.

Mütter – die sollte einer erst mal verstehen!

Jedenfalls war mit diesem unliebsamen Auftrag die Chance vertan, nach der Schule mit Ollie noch auf eine Partie Backgammon in die kleine Teestube am Pünther Platz zu gehen, wie sie es manchmal machten, wenn sie noch ein bißchen zusammen relaxen wollten. Aber vielleicht hatte Ollie ja ohnehin vor, seinen neuen Schwarm Leslie heimzugeleiten, wer wußte das schon?

Falls ja, wäre er sicherlich der letzte, der es erfuhr.

Get lost!

Er nahm das Mikro in die Hand und begann zu singen.

»It's so stounding
time is fleeting
madness takes it's toll.
But listen closely
not for very much longer
I've got to keep control...«

Lustlos und reichlich gequält spulte er seinen ersten Song ab, und er spürte genau, daß dies der Mann ebenfalls nicht entgangen war.

»Gar nicht übel für den Anfang, Tilman«, sagte sie trotzdem, nachdem der Chor zweimal gepatzt hatte. Wollte sie ihn etwa verarschen? Ihr Lächeln wurde eine Spur freundlicher, und Til ging innerlich noch mehr auf Abwehr. »Text ist so weit okay. Und was den Ausdruck betrifft, vielleicht noch etwas vielschichtiger, ja? Verstehst du, was ich damit meine, Til?« Er nickte schnell. Bloß kein langes Gelaber! »Dann ist es gut! Schließlich bist du der heimliche Commander hier im Spukschloß, der ganz genau weiß, daß die Stunden seiner unterwürfigen Dienerschaft gezählt sind. Ich wünsche mir deinen Riff Raff fieser. Nicht ganz so laut, dafür aber ein ganzes Stück subtiler.«

Sie gab der Band ein Zeichen. »Können wir bitte noch mal?«

Commander – einfach zum Totlachen! Allein die Aussicht, sich auf der Bühne in Lumpen und mit einer Halbglatze zur Schau stellen zu müssen! Und der widerliche Buckel, auf den sie schon von der ersten Probe an bestanden hatte, angeblich, um sein Körpergefühl für diese Rolle auch richtig zu entwikkeln! Hätte er dagegen die lang ersehnten Highheels tragen können, schwarze Nylons und eine heiße Korsage wie Frankie, der schöne, verdorbene Transvestit aus dem fernen Transylvanien, dann …

»Verstehe«, sagte er muffig und wiederholte das Stück ebenso uninspiriert wie beim ersten Mal.

Fanny wurde bockig, als er aufkreuzte, um sie nach Hause mitzunehmen, Ilona war bei der Begrüßung merkwürdig zerstreut. Selbst als sie im Wohnzimmer saßen, stand sie immer wieder auf, um nur schnell im Vorbeigehen an dem großen Strauß gelber Rosen zu riechen, der auf einem kleinen Beistelltisch stand. Mit versonnenem, fast schon entrücktem Lächeln.

Er hatte sie lange nicht mehr so erlebt, in guter, ja sogar glänzender Laune. Sie, die alles andere als eine ambitionierte Hausfrau war, ließ es sich nicht nehmen, ihnen noch eine Portion ihrer selbstgemachten Eiscreme aufzudrängen. Was Fanny natürlich als willkommene Gelegenheit benutzte, um so richtig zuzuschlagen. Tilman nippte nur daran, skeptisch, wie allem gegenüber, was aus Ilonas Küche stammte. Kein Problem für ihn. Seine Großmutter hatte eindeutig ihre Vorzüge – vor allem, wenn er an die letzte Ausgabe von *Playgirl* dachte, die er längst in seinem Hebammenkoffer verstaut hatte, nachdem er die gelesenen Ausgaben heimlich zurück in die Kiste geschmuggelt hatte. Manchmal allerdings konnte er sich des Eindrucks nicht ganz erwehren, daß sie es nicht nur wußte. Sondern die Hefte extra für ihn bereit legte. Aber weshalb hätte sie das tun sollen? Wahrscheinlich bildete er sich die ganze Sache doch nur ein.

Meistens hatte Ilona im Küchenschrank ein paar Zigaretten versteckt. Vielleicht konnte er sich eine stibitzen und sie in Ruhe auf der Toilette zu Ende rauchen, bei weit geöffnetem Fenster, obwohl man es dennoch riechen würde, bis die Kleine endlich fertig war.

Fehlanzeige! Verdrossen stapfte er in den Flur zurück. Drinnen, im Wohnzimmer, hörte er Ilona und Fanny herumalbern. Ganz offensichtlich, daß sie bestens ohne ihn auskamen. Wut wallte in ihm auf. Wieso brauchten sie ihn dann als Trottel vom Dienst, um Fanny abzuholen? Alle Welt schien sich heute verabredet zu haben, um ihm eins auszuwischen!

Er hatte nicht aufgepaßt und war beim Gehen gegen Ilonas Handtasche gestoßen, die an der Garderobe abgestellt war. Und natürlich fiel sie auch noch um. Mürrisch bückte er sich, um die herausgerutschten Gegenstände wieder einzusammeln, Lippenstift, Puderdose, die elegante Visitenkarte eines Münchner Hotels. Und Ilonas Geldbeutel.

»Tilman! Wir sind dann so weit!« rief sie gerade fröhlich. »Beeilst du dich bitte? Ich habe nachher nämlich noch etwas Wichtiges vor.«

Jetzt auch rumkommandieren! Aus einem plötzlichen Impuls heraus ließ er die Börse aufschnappen.

»Sekunde!« schrie er. »Bin schon unterwegs!«

Seine Hände zitterten, als sie den blauen Schein herausnahmen. Er ließ ihn in seine Jeanstasche gleiten. Und die komische Visitenkarte gleich hinterher.

Nichts war passiert. Gar nichts. Kein Himmelsdröhnen, weder Pauken noch Trompeten. Alles wie zuvor.

Nicht einmal das gestohlene Geld in seiner Hintertasche brannte.

Erst fand sie ihre Lesebrille nicht mehr. Und dann war Leopolds Visitenkarte spurlos verschwunden. Sie benahm sich wirklich wie ein nervöser Backfisch nach dem allerersten Rendezvous! Aber wieso auch nicht? Fanny und Til waren draußen, und ihr kleines Reich gehörte endlich wieder ihr allein.

Ilona Hirsch mußte auf der Stelle noch einmal an seinen Rosen riechen, die ein junger Bote heute mittag bei ihr abgegeben hatte. Drei Dutzend, langstielig und von diesem wunderschönen, strahlenden Gelb, das innen ins Rötliche changiert. Das ganze Wohnzimmer schien plötzlich zu leuchten. Alles sah gleich viel wertvoller und weniger abgenutzt aus. Und sie hatte heute höchstens dreimal an die blöde Mieterhöhung gedacht.

Sie lächelte. Leopold Stanislaus Degen war ein ungewöhnlicher Mann, das stand fest, nach dem Tag voller Überraschungen, den sie zusammen verbracht hatten. Humorvoll. Aber auch ernsthaft, wenn es um wichtige Dinge ging. Charmant. Gebildet. Und alles andere als aufdringlich.

Inzwischen hatte sie die Brille wieder gefunden und ihre Tasche schon zum dritten Mal durchwühlt. Die Karte konnte doch nicht rausgefallen sein? Sie war sich sicher, sie besonders sorgfältig verwahrt zu haben. Er war in irgend einem noblen Hotel in der Innenstadt abgestiegen, weil es noch ein bißchen dauern würde, bis seine Wohnung fertig renoviert war. Ganz bei ihr in der Nachbarschaft, wenn sie ihn richtig verstanden hatte. Eine nicht ganz ungünstige Fügung!

Wie war noch einmal der Name seines Hotels? Ein weiblicher Vorname. Etwas Klingendes, Ausländisches. Daran erinnerte sie noch. Aber der Rest war ihr vollständig entfallen. Ausgerechnet Leopolds Adresse. Himmel – sie war doch sonst nicht so unordentlich! Und bei wichtigen Dingen schon gar nicht. Waren dies, und Ilona Hirsch erschrak leicht bei diesem Gedanken, womöglich erste senile Aussetzer? Vorboten künftiger Absencen, die ihr Leben beeinträchtigen würden?

Sie saß auf einmal sehr aufrecht und versuchte, sich mit aller Macht zu konzentrieren. Aber ihre innere Leinwand blieb schwarz. Nicht der Funken einer Eingebung!

Nicht so schlimm, versuchte sie sich Mut zuzusprechen. Er hat gestern abend angerufen. Und heute morgen. Er wird sich bestimmt wieder melden. Mußte es jedoch nicht nachlässig und fast schon ungezogen wirken, wenn sie sich nicht wenigstens für diesen traumhaften Strauß bei ihrem Kavalier bedankte?

Sie sah noch einmal nach. Nichts. Vielleicht hatte sie das Ding versehentlich in die Börse gesteckt?

Aber da war es natürlich auch nicht. Wie denn

auch! Sie hatte das Portemonnaie schon wieder zugemacht, als sie plötzlich stutzte und es noch einmal öffnete.

Ihr wurde kalt. Dann sehr heiß.

Sie schloß die Augen. Aber alles blieb unverändert, als sie sie wieder öffnete. Ein Hundertmarkschein fehlte. Und der hatte noch im Geldbeutel gesteckt, als sie vorhin nach Hause gekommen war.

Sie wußte es. Schmerzlich genau.

Die CD zu kaufen, hatte wenigstens noch irgendwie Spaß gemacht. Auch wenn Til sich auf einmal gar nicht mehr sicher war, daß er sie unbedingt brauchte. Klar machte es Sinn, zusätzlich zu Hause allein weiterzuproben. Bei dem miesen Niveau, mit dem die Mann zufrieden schien. Aber wenn er sich richtig erinnerte, mußte irgendwo unter Christophs alten Kassetten noch eine uralte Aufnahme der *Rocky Horror Picture Show* herumliegen, die vielleicht ebenso gute Dienste geleistet hätte.

Aber nun war es ohnehin schon zu spät.

Get lost. Er hatte allergrößte Lust dazu.

Er betrat das leicht schmierige McDonald's, bestellte sich einen Royal TS, ein großes Coke und die Familienportion Pommes. Schlang alles in Windeseile hinunter und war sehr schnell wieder draußen. Eher voll, als satt.

Unschlüssig trabte er weiter, die Leopoldstraße

entlang, und starrte in jedes Schaufenster. Schließlich betrat er einen der vielen austauschbaren Läden und wühlte in Bergen von Jeans und T-Shirts. Echte Ramschware. Nichts, was ihn wirklich anmachte. Er wollte schon den Rückzug antreten, halbwegs erleichtert, da fing ihn ein junger, gelangweilter Verkäufer ab und leitete ihn zu den Markenklamotten um. Alles schon herabgesetzt, lange vor dem Sommerschlußverkauf.

Jetzt gab es kein Entkommen mehr.

Wenig später verließ Til das Geschäft mit einer schicken Papiertüte, in der ein neues T-Shirt steckte. Die Tüte flog in den nächsten Abfall; das Hemd knüllte er klein zusammen und stopfte es in seine Jackentasche. Fraglich, ob und wo er es jemals tragen konnte.

Inzwischen war noch gerade so viel von dem Geld übrig, um allein ins Kino zu gehen. Er angelte nach dem letzten Schein in seiner Gesäßtasche, ohne zu bemerken, daß er dabei die Visitenkarte mit herausriß, und schob ihn bei der Kasse durch.

Die kleine weiße Karte segelte nach unten. Eine Gruppe Jugendlicher hinter ihm, laut und in penetrant guter Stimmung, trampelte einfach darüber.

Til hatte sich ohne langes Überlegen für den neuen van Damme-Streifen entschieden, in der Hoffnung auf möglichst viel Action und Schlägereien. Inzwischen war ihm richtig übel, speiübel sogar, um genau zu sein, und er hätte sich am liebsten selbst ein paar kräftige Ohrfeigen versetzt.

Er war froh, als endlich das Licht ausging und die Zigarettenwerbung begann.

Evelyn war allein zu Hause, als Ilona vorbeischaute, natürlich wieder einmal unangemeldet. Sie war gerade dabei, etwas Ordnung in das Chaos ihrer Buchhaltung zu bringen. Lange konnten sie so nicht weitermachen! Maxie und sie mußten sich dringend jemanden suchen, der ihnen den Papierkram auf professionelle Weise abnahm. Außerdem war sie es leid, ständig am Küchentisch zu arbeiten. Vielleicht sollte sie sich doch einen Ruck geben und aus der Mansarde ein richtiges Büro machen! Wie es aussah, war sie für die Stunden mit Franz ja ohnehin bis auf weiteres nicht mehr zu verwenden.

Ihre Laune verdüsterte sich, als er ihr in den Sinn kam. Er hatte heute noch kein einziges Mal angerufen. Ob er jetzt ernsthaft verschnupft war? Männer konnten so komisch sein, wenn es bei ihnen nicht klappte! Und selbst, wenn es sich wieder zwischen ihnen einrenkte, eines stand jetzt schon fest: Die Nacht im Hotel war ein echter Schlag ins Wasser gewesen. Finanziell. Sexuell. Und erst recht, was das Emotionale anging.

»Sind die Kinder zu Hause?« fragte Ilona, lehnte den angebotenen Kaffee ab, und verlangte statt dessen einen Grappa, den sie auf der Stelle wie Medizin kippte. »Kann ich bitte noch einen haben?«

Sie bekam ihn.

»Fanny ist zwei Straßen weiter, bei den Webers, zum Spielen. So kommt sie wenigstens ein bißchen unter Menschen und kriecht nicht wieder mutterseelenallein in irgendwelchen einsturzreifen Kellerabteilen rum. Bei diesem schönen Wetter kann ich Christophs komisches Verdikt ja ohnehin nicht ganz so streng einhalten. Sonst wird sie mir ja noch trübsinnig. Oder krank. Und Diktat geübt hat sie doch heute schon mit dir, oder?«

Ilona nickte. »Hat sie. Und Tilman?«

»Keine Ahnung«, seufzte Evelyn. »Treibt sich irgendwo in Schwabing herum. Wahrscheinlich wieder mit seinem heißgeliebten Ollie.« Sie runzelte die Stirn. »Ein bißchen viel Busenfreund in letzter Zeit, wie ich manchmal fürchte. Die tun keinen einzigen Schritt mehr ohne einander. Siamesische Zwillinge sind nichts dagegen.« Sie zögerte einen Augenblick. Sollte sie über das Tattoo sprechen? Die Hefte? Ihren Verdacht? Aber ausgerechnet mit Ilona?

Sie beschloß, lieber den Mund zu halten.

»Ist doch ganz normal in diesem Alter«, sagte Ilona leicht melancholisch. »Scheint, als ob sie irgendwie Verstärkung brauchen würden, bis es endlich auch alleine klappt. Hat mein Christoph damals auch nicht anders gemacht. Schade, daß Tilman nicht da ist. Ich wollte ihn eigentlich etwas fragen.«

Hat dein Christoph sich damals auch mit seinem besten Freund im Zimmer eingeschlossen? fragte sich Evelyn stumm. Oder bei ihm übernachtet?

»Meinst du?« fuhr sie laut fort. »Ich weiß nicht! Eigentlich wären allmählich mal Mädchen dran. Aber da tut sich nichts bei unserem Til. Rein gar nichts!«

»Das klingt ja beinahe, als wärst du bekümmert darüber. Andere Mütter sind froh, wenn sie ihre Söhne so lange wie möglich für sich haben.«

»Mütter wie du vielleicht. Ich aber nicht«, sagte Evelyn kategorisch. »Wirklich nicht!«

Ilona fing ihren seltsamen Blick auf, sagte aber nichts dazu.

Inzwischen war Moon vom Garten in die Küche hereingekommen, rieb sich kurz an Evelyns Beinen und unterzog anschließend den Futternapf einer kritischen Prüfung.

»Groß ist deine Katze geworden! Und richtig wohlgenährt!« sagte Ilona.

»Und du hattest schon Angst, sie würde mir wegsterben!« konterte Evelyn spöttisch. »Aber das machen wir nicht. Bei uns wird überhaupt nicht gestorben. Nicht wahr, meine Moon?«

Sie begann die Katze zu streicheln, die es sich genüßlich gefallen ließ. Allerdings, ohne dabei den Blick von Ilona zu wenden.

Die starrte frech zurück, bis die Katze wegschaute.

»Du meinst also, er kommt erst spät wieder nach Hause?«

»Wer?« Evelyn war noch immer ganz in ihr Kosen vertieft. »Ja, das gefällt dir, meine Schöne! Ja, ja, ich weiß schon!«

»Tilman.«

»Was willst du denn so dringendes von ihm? Soll ich ihm etwas ausrichten?«

»Ach nein, laß nur, ich kann auch später...«

Das Handy klingelte. Evelyn begann wie auf Knopfdruck zu strahlen. »Moment mal, das ist bestimmt der neue Kunde, den Maxie aufgetan hat. Sehr vielversprechend! Ich geh mal eben raus. Telefoniert sich ungestörter!«

Ilona hörte, wie eine Tür ging, dann gedämpfter Evelyns aufgeregte, freudige Stimme. Sie lächelte. War bestimmt wieder ihr sinnlicher Schreiner mit den dunklen Locken! Schließlich funktionierte ihr Gehör noch immer ausgezeichnet, und alt wurde sie ja vielleicht. Aber noch lange nicht blind.

Sie stand auf, leicht schwindelig vom Sitzen, der ganzen Aufregung, den beiden Grappas. Goß sich noch ein Schlückchen ein. Vielleicht würde es dann leichter sein, mit ihrem Enkel zu reden. Jetzt strich die Katze auffordernd um *ihre* Beine.

»Willst dich wohl bei mir einschmeicheln, was, weil sonst gerade niemand anderer zur Verfügung steht?« sagte Ilona leise. Evelyn lachte im Klo gerade auf. Laut. Fast ein bißchen hysterisch. Schien nicht zum besten zu stehen, mit ihrem Lockenkopf. Ilona kannte diesen verzweifelt lustigen Ton aus eigenen Erfahrungen. »Dann mußt du dich aber ganz schön anstrengen, meine Liebe. Ich bin nämlich ein eingefleischter Hundefan. Und habe auch vor, einer zu bleiben. Du bist überrascht? Na ja, Moon, es gibt eben verschiedene Fraktionen. Nicht alle Menschen verfallen raffinierten kleinen Biestern wie dir auf Anhieb. Wenn du das trotzdem möchtest, mußt du dich schon ein bißchen anstrengen und sie langsam erobern. Sozusagen scheibchenweise.«

Ein Stück entfernt lag ein runder roter Gummiball. Sie bückte sich nach ihm, warf ihn.

Moon sprang davon und apportierte ihn artig.

»Spielst du jetzt Hündchen, Katze? Um mich weichzuklopfen? Schlaues Mädchen! Willst du noch mal?«

Sie wiederholten das Spiel. Sie bückte sich abermals. Und kam mit hochrotem Kopf wieder nach oben. Warf zum dritten Mal.

Der Ball plumpste nur ein paar Zentimeter weit.

Moon rührte sich nicht vom Fleck und putzte desinteressiert ihre Schulter.

In diesem Augenblick ging die Türglocke.

»Machst du bitte mal auf, Ilona?« schrie Evelyn aus ihrem Versteck. »Ist bestimmt wieder Fanny!«

»Ja!«

Sie ging zwei Schritte in Richtung Tür. Den kleinen roten Ball hatte sie vollständig vergessen. Sie erinnerte sich erst wieder an ihn, als sie auf ihn trat und dabei umknickte. Ilona ruderte wie wild mit den Armen. Aber verlor trotzdem unaufhaltsam das Gleichgewicht.

Sie stürzte.

Der Küchenboden war so hart!

Ein glühender Schmerz fuhr durch ihren Fuß, heiß

wie Höllenqualen. Er schien gespalten. Merkwürdig verdreht. Wie eine anatomische Fehlkonstruktion. Auf jeden Fall konnte sie ihn nicht mehr bewegen. Geschweige denn zum Aufstehen benutzen.

Ihr wurde speiübel. Sie rang verzweifelt nach Luft.

Erneutes Klingeln. Jemand schlug von außen ungeduldig gegen die Tür.

»Ilona!« Evelyns Stimme war gereizt. »Wieso machst du denn nicht endlich auf?«

»Kann ich nicht«, flüsterte Ilona. Alles um sie herum verschwamm, wurde wolkig und immer dunkler. »Ich fürchte, ich werde gerade ohnmächtig.«

Der Clou war Maxies Mondtorte. Darüber waren sich alle einig. Viel zu schön, um geschlachtet und verspeist zu werden! Drei Stockwerke hoch, ein Kunstwerk aus lockerem Biskuit, gefüllt mit Buttercreme und verziert mit nachtschwarzer Borkenschokolade. Links oben schimmerte eine elegante Mondsichel aus Zuckerguß zwischen schnell ziehenden Baiserwolken, zu denen eine rote Liebesperlenkatze hinaufschaute; die Ränder waren mit funkelnden Sternen verschiedenster Formen und Größe besetzt.

Nicht einmal ein Komet mit dickem Schweif fehlte.

Maxie strahlte über das Lob und nahm es huldvoll entgegen, wie eine Königin. Und so sah sie heute auch aus. Sie trug keines ihrer üblichen Blumenkleider, sondern einen langen, geschlitzten Rock und einen Seidenpulli mit U-Bootkragen, der ihre Schultern freigab. Beides jadegrün, eine Nixenfarbe, die ihre Augen leuchten ließ. Außerdem hatte sie sich eine neue Frisur zugelegt, beinahe, als sei ein kesser Windstoß mal eben durch ihre Locken gefegt.

»Sie ist verliebt«, flüsterte Fanny Großmama ins Ohr. »Siehst du es nicht? Ihre ganzen Leuchtfäden sind frisch geputzt. Lauter goldene Minisonnen.«

»Ich glaube, du hast recht, Fanny.« Ilona war erst vor ein paar Stunden mit ihrem Gehgips aus dem Krankenhaus gekommen. Obwohl sie behauptete, sich schon wieder ganz wohl zu fühlen, bestand Evelyn darauf, daß sie ein paar Tage bei ihnen im Haus blieb. Und der behandelnde Arzt war sehr beruhigt über diese Entschlossenheit gewesen.

Ob sie Leopold jemals wiedersehen würde?

Ein kurzer, prüfender Blick ihrer Enkelin streifte sie.

»Aber deine funkeln auch nicht schlecht. Wirklich, Großmama, echt! Bloß ein bißchen heller.«

Ilona errötete. Dieses Kind mit seiner unbestechlichen Sichtweise brachte sie ganz durcheinander. Kein Anruf von Leopold, so sehr sie es sich auch gewünscht hätte!

Aber wie hätte er sie auch erreichen sollen? In der Hektik ihres Aufbruchs war ihr ganz entfallen, den Anrufbeantworter anzustellen. Sie hatte Christoph jetzt gebeten, dies für sie zu erledigen. Und sie würde ihn auch noch bitten müssen, ab und zu vorbeizuschauen, um ihn für sie abzuhören. Denn ihre Wohnung im dritten Stock ohne Lift war mit ihrer augenblicklichen Behinderung kaum zugänglich. Und das Gerät war leider alles, was sie besaß, ein älteres, ziemlich unpraktisches Modell ohne Fernabfrage.

Verstohlen hielt sie nach Tilman Ausschau. Aber der mied schon die ganze Zeit über ostentativ ihren Blick und schien mehr als vertieft in seine Aufgabe, sich um den Grill auf der Terrasse zu kümmern.

Es gab geeiste Gurken-Joghurt-Suppe, Toasts mit gehackter Leber und Tomaten-Radieschenwürfeln, Salat mit warmem Ziegenkäse und Meerbarben mit Orangenbutter. Wer keinen Fisch mochte, konnte sich an die Lammspieße in würziger Sesammarinade halten, die auf dem Rost langsam gar wurden. Keine große Gesellschaft, die sich da in Küche und Garten verstreute. Nur ein paar alte Freunde waren gekommen; Jens, wie immer mit seiner Pfeife im Mund, die er, wie Evelyn schon mehrfach boshaft gemutmaßt hatte, wohl nicht einmal zum Schlafen ablegte; Peter und Gabi, die früher im Nachbarhaus gewohnt hatten, das sich so schlecht verkaufen ließ und allmählich schon ein bißchen unansehnlich wurde, inzwischen aber mit ihren beiden Kindern und den drei Hunden aufs Land gezogen waren; Renate, einst Christophs Mitarbeiterin im Antiquariat und inzwischen selbst eine ebenso tüchtige, wie erfolgshungrige Ladeninhaberin.

Schließlich noch Henning und Bärbel, er mager und nervös wie eh und je, sie heiter, in sich ruhend. Ihren Achtmonatsbauch, mehr zur Schau gestellt denn verhüllt von rotem, raschelnden Taft, trug sie wie eine Trophäe vor sich her.

Nur das Geburtstagskind stand noch aus.

Fanny spürte, wie ihre Hände feucht wurden. Ihr

Geschenk, ein bißchen provisorisch in einem von Mamis dünnen japanischen Blättern verpackt, lag gut versteckt in der Kommode. Tagelang hatte sie daran gearbeitet, bis es endlich zu ihrer Zufriedenheit ausfiel. Sie konnte kaum noch erwarten, es Papa zu überreichen.

Nicht nur sie war nervös, Mami war es auch. Und wie! Fanny erkannte es daran, wie sie sich bewegte. Und wie sie redete, hektisch, mit spitzem Mund, als habe sie Angst, eines ihrer Worte könne ihr zu früh entkommen. Papa und sie hatten sich heute morgen im Schlafzimmer gestritten, dann war er türenschlagend aus dem Haus gegangen. Fanny hätte schwören können, daß Mami ihn seitdem nicht angerufen hatte. Trotz Geburtstag. Obwohl sie am Nachmittag ein paarmal ihr komisches kleines Telefon in der Hand gehabt hatte.

»Männer!« sagte sie jetzt gerade zu Maxie und häufte sich nebenbei einen riesigen Berg Ziegenkäsesalat auf den Teller, während ihre Freundin auffallend appetitlos war. »Die sind doch alle gleich. Selbstsüchtig, verzogen. Einer wie der andere, ohne Ausnahme. Aufwallende Rührung? Zärtliche, sehnsüchtige Gefühle? Kannst du dir am besten gleich sparen! Die denken doch immer nur an sich. Falls sie überhaupt denken – ganz egal, ob sie Franz oder Christoph heißen. Ein- und dieselbe Sorte!«

»Och, ich weiß nicht, Evelyn, du kannst dich doch eigentlich nicht beklagen! Klingt ein bißchen sehr verallgemeinert, meinst du nicht?«

»He, was sind denn das für Töne? Sag bloß, du bist doch bei deinem Schwarm gelandet!« Mami war auf einmal ganz aufmerksam, und Fanny spitzte die Ohren, um nur ja nichts zu verpassen. »Ja, natürlich, das *bist* du! Man muß dich ja nur mal anschauen, dieses Leuchten und Strahlen, dann weiß man sofort, was passiert ist. Ihr habt also endlich miteinander ...«

Fanny duckte sich hinter dem nächsten Stuhl und machte sich unsichtbar. Hoffte sie zumindest.

»Wie zwei Funken, die aus entgegengesetzten Ekken des Alls aufeinander zugeflogen sind, um miteinander zu explodieren. Schön, nicht?« Maxie lächelte. »Ich liebe es, wenn er solche romantischen Dinge sagt.«

»Ein Dichter ist er also auch noch!« Mamis Stimme klang ein bißchen eifersüchtig. »Du Glückliche! Aber ich gönne es dir. Wirklich, Maxie! Also hat er jetzt doch diese andere Frau verlassen, mit der er so lange zusammen war? Du hast doch immer gesagt, du würdest vorher auf keinen Fall mit ihm ...«

Die beiden steckten die Köpfe zusammen und begannen zu tuscheln. Fanny reckte den Hals, konnte aber leider nicht alles verstehen. Offenbar war sie eben doch zu sehen.

»Ich weiß«, sagte Maxie sehr sanft. »Ja, habe ich immer gesagt. Aber jetzt ist es doch anders gekommen. Schicksal gewissermaßen. Außerdem hab' ich keine Angst vor meiner Angst mehr. Verstehst du? Ich weiß genau, worauf ich mich einlasse. Ohne Illusionen. Aber ich tue es trotzdem.«

»Klingt wundervoll«, sagte Mami, die ein enges, schwarzes Kleid trug und blaß darin aussah. Fast ein bißchen krank. »Und sehr, sehr aufregend. Ich wünsche mir nur, daß du nicht wieder verletzt wirst. Ich habe nämlich mehr Erfahrung mit gefährlichen Männern als du. Viel mehr – leider! Deshalb sage ich das. Du läßt dich doch nicht von ihm verletzen, Maxie? Versprichst du mir das?«

Maxie war auf einmal intensiv damit beschäftigt, die Fische auf dem Rost zu wenden. Til hatte sie einfach zur Seite gedrängt.

»So gut wie durch«, murmelte sie. »Wenn er jetzt nicht bald erscheint, dann kann ich allerdings für nichts mehr garantieren ...«

Wie auf ein Stichwort hin stand Papa in der Tür. Eine rotblonde Locke war ihm in die Stirn gefallen, und in Jeans und Streifenhemd sah er aus wie Tils älterer Bruder. Trotz seiner Vierundvierzig. Fand jedenfalls Fanny. Sie grinste ihn freudig an.

Er runzelte die Stirn.

»Was soll das hier denn ...« begann er.

»Überraschung!« Mami flog ihm einfach um den Hals und küßte ihn auf den Mund. »Hat sich alles Maxie ausgedacht. Maxie, komm, du mußt das Geburtstagskind auch küssen!«

Maxie, puterrot im Gesicht, rührte sich nicht von der Stelle. Erst, als Papa die Arme nach ihr ausstreckte, ging sie langsam auf ihn zu. Er hielt sie fest, ganz vorsichtig, als habe er Angst, sie zu zerdrücken. Küßte sie, als sei sie zerbrechlich.

Und plötzlich begriff Fanny. Wie hätte sie auch länger blind sein können? Die Leuchtfäden der beiden berührten sich und verschmolzen ineinander, wurden kräftiger und strahlender, sandten kleine Funken aus, bis es sie beinahe blendete. Ein Leuchtfädenfeuerwerk, das hatte sie noch niemals zuvor gesehen! Erst, als Maxie sich wieder aus Papas Armen löste, trennten sie sich voneinander, zögerlich, beinahe, als täte es ihnen leid, wieder allein zu sein.

Und Mami?

Ängstlich schaute Fanny zu ihr hinüber. Wußte sie es auch? Und was, wenn? Ob jetzt ganz plötzlich auch noch der Lockenmann auftauchen würde?

Aber Mami stand bereits wieder bei Henning und Renate, die mit gemeinsamen Kräften ein großes, offenbar sehr schweres Paket auf den Tisch hievten. Und lachte.

Laut und ein bißchen schrill, wie meistens in letzter Zeit.

Alle aßen und tranken; Maxies überwältigendes Büffet fand allgemein große Anerkennung. Ilona verspürte sogar Lust auf eine Zigarette. Sie hatte ein paar Gläser Wein getrunken und war in dieser schwebenden Stimmung, halb beschwipst, halb glasklar, in die sie manchmal geriet, wenn sie sehr entspannt war. Sollte sie sich ein Taxi nehmen und einfach alle Hotels in der Innenstadt abfahren?

Sie lachte leise. Der Leichtsinn des Alters kann sehr viel leichtsinniger sein, als der der Jugend, hatte Leopold beim Abschied zu ihr gesagt. Und recht hatte er! Sie mußte ihn wiedersehen. Einen so kostbaren Fund wie ihn konnte sie doch nicht so einfach wieder aus ihrem Leben verschwinden lassen.

Doch jetzt lagen andere Dinge an.

»Tilman!« Endlich bekam sie ihn zu fassen! »Hast du mal eine Zigarette für deine arme, kranke Großmutter?«

»Ich? Aber ich rauche doch nicht.«

»Ach nein?« sagte sie vieldeutig. »Und seit wann nicht mehr, wenn ich fragen darf?«

Er wechselte die Farbe und zog eine Zigarette aus einem zerknitterten Päckchen.

Aus der Nähe war sein Haar gar nicht rot. Ilona sah Fäden von Kupfer, Ocker und Gold, als er sich zu ihr herunterbeugte, um ihr Feuer zu geben. Bertrams Haare waren ganz ähnlich gewesen. Vielleicht war sie deshalb auf ihn reingefallen – diesen attraktiven Rotschopf und seine hohlen Versprechungen! Jetzt aber ging es um seinen Enkel, den er nie gesehen hatte. Ein auffallend hübscher Bengel, der eines gar nicht mehr so fernen Tages ein gutaussehender Mann sein würde. Sie war entschlossen, alles zu versuchen, damit es nicht bei der perfekten Fassade allein blieb.

Egal, ob er später Frauen lieben würde. Oder Männer.

»Hübsches T-Shirt«, sagte sie beiläufig. »Neu?«

»Das? Uralt! Mindestens tausendmal gewaschen.« Sein Gesicht war inzwischen röter als sein Haar. Aber immerhin wagte er nicht, das Weite zu suchen.

»Dafür hat sich das Preisschild aber erstaunlich gut gehalten«, erwiderte Ilona. »Dreiundfünfzig Mark. Reduziert von ursprünglich hundertsieben. Eigentlich ein Klacks für ein so schickes Modell.«

Tilman drehte sich brüsk ab.

»Ist gar nicht so leicht, jung zu sein«, sagte sie leise in die Nacht hinein, als spräche sie nur zu sich selbst. »Und langsam erwachsen zu werden. Ich erinnere mich noch ziemlich genau daran. Auch, wenn es bei mir schon ein ganzes Weilchen her ist. So vieles, was man möchte, aber nicht darf. So vieles, was man noch nicht weiß, aber unbedingt kennenlernen möchte. Was einem die anderen alles vormachen! Und was man selbst alles rauszufinden hat, du liebe Güte! Ganz schön verwirrend. Kein Wunder, wenn man da ab und zu mal durcheinanderkommt und etwas tut, was man anschließend bereut.« Sie zog an ihrer Zigarette und fabrizierte anschließend einen makellosen blassen Ring. »Hauptsache, es wird nicht zur Gewohnheit.« Sie pausierte abermals.

»Siehst du, Tilman, man kann sich viele Dinge auch erst mal wünschen. Oder sie mit den Augen betrachten. Ohne sie gleich besitzen zu müssen.«

»Ich ... es tut mir ...« Tils Stimme klang erstickt.

»Schon gut.« Ihre innere Anspannung wich langsam. »Ich denke, wir haben uns verstanden. Du hast schon lange nichts mehr von eurem Musical erzählt.

Führt ihr es jetzt auf? Du weißt schon, dieses total verrückte Ding mit den Miedern, Strapsen und Stökkelschuhen.«

Er nickte stumm. Ansehen konnte er sie noch immer nicht.

Etwas Weiches strich um ihr Bein, das rechte, das nicht im Gips steckte. Sie zuckte zusammen. Es war die Katze, die es auf einmal gar nicht mehr besonders eilig zu haben schien. Im Gegenteil, sie fühlte sich offenbar wohl bei ihr. Ilona streckte die Hand aus. Moon schmiegte sich dagegen und gab ein leises, freundliches Gurren von sich.

Ilona hatte ihr längst verziehen. Wenn man es genau nahm, war es ja nicht Moon gewesen, die sie zum Spielen aufgefordert hatte, sondern umgekehrt. Auch ein Hundefan wie sie konnte gerecht sein! Und sie hatte heimlich begonnen, dieses kleine Biest zu mögen. Sie schaute wieder zu ihrem Enkel.

»Wieso setzt du dich nicht zu mir und erzählst mir ein bißchen davon? Wie weit seid ihr damit?«

Keine Antwort. Seine Schultern zuckten.

»Ist doch nichts als Scheiß«, sagte er schließlich. »Ätzend. Total zum Vergessen.«

Das Tier hatte es sich zu ihren Füßen bequem gemacht. Ilona entdeckte ziemlich bald, weshalb. Sie nahm den Rest Fisch von ihrem Teller und hielt ihn hoch. Erwartungsvolles Maunzen. Der Katzenkörper wurde schmal und sehr, sehr lang.

Dann lief Moon behende mit ihrer Beute in die Nacht.

»Das mußt du mir näher erklären«, sagte Ilona. »Ich dachte, du bist von der Idee da mitzuspielen hin und weg.«

»Interessiert dich das denn wirklich?« Til schniefte.

»Klar. Was denkst du denn? Meinst du vielleicht, ich hab Lust, mich zu langweilen? Wir Alten sind auch nicht viel anders als ihr Jungen. Täuscht euch da bloß nicht! Nur ein bißchen langsamer. Und faltiger. Das ist aber beinahe schon alles. Taschentuch?«

Er nickte.

»Zigarette?«

»Gerne. Aber wenn Evelyn und Christoph …«

»Und wenn schon! Die Stammesälteste hier bin immer noch ich, oder siehst du etwa andere Anwärterinnen auf diesen Posten?«

»Nein, aber …«

»Schluß mit deinem dauernden ›ja aber‹, ›nein aber‹! Nimm dir lieber ein Beispiel an eurer Katze, die sich still und leise darum kümmert, daß es ihr gut geht, und rauche in Frieden. Ausnahmsweise! Und jeder, der versucht, dir dumm zu kommen, kriegt es mit mir zu tun. Verstanden?«

Seine Bernsteinaugen, ebenfalls ein genetisches Erbe des seligen Bertram, wurden noch größer.

»Verstanden.«

Ilona lehnte sich zurück. Es begann, ihr Spaß zu machen. Großen Spaß. »Also, welche Rolle spielst du nun?«

»Du mußt verrückt sein!« flüsterte Maxie. »Vollkommen wahnsinnig. Hier – vor allen Leuten! Und direkt vor Evelyns Nase. Ich wäre eben beinahe gestorben!«

»Wie recht du hast. Verrückt nach dir!« Christoph lachte leise. »Und stirb bloß nicht, mein Kätzchen. Sonst kriegst du es mit mir zu tun. Ist deine Mutter eigentlich schon zurück?«

»Ja. Weshalb fragst du?«

»Na, weshalb wohl?« Er nahm ihr Glas und trank einen Schluck Wein. »Schade! Denn sonst hätten wir …« Er hielt inne. »Wird nicht ganz einfach werden in Zukunft«, sagte er. »So gern ich Romy mag. Meinst du, uns fällt etwas Vernünftiges für sie ein? Wir können sie ja schließlich nicht jedesmal auf Reisen schicken, wenn wir zusammen sein wollen.«

»Hör sofort auf, von der Zukunft zu reden«, verlangte Maxie rauh. »Kein Wort will ich mehr davon hören. Wir leben jetzt, Chris. *Jetzt*!«

»Wie recht du hast, meine Schöne!« Er stand ganz nah neben ihr. Sie konnte seinen heißen Atem auf ihren nackten Schultern spüren. Kleine, erwartungsvolle Schauer durchrieselten sie. »Also, wann schlagen wir uns gemeinsam in die Büsche?«

»Hier?«

»Weshalb nicht? Ich will dich, du willst mich, und Evelyn hat einen anderen Kerl. Wie ich vermute, nicht erst seit gestern. Mach kein so erstauntes Gesicht, ich weiß es. Definitiv! Worauf warten wir also?«

»Da steckst du ja, Christoph!« Renate kam mit ihrem Weinglas angestöckelt. Sie war dünner und ein bißchen grauer geworden in den letzten Jahren, aber noch immer sehr gepflegt. Kostüm, Goldklunker, toupierte Mähne, makellos, was das Äußere betraf. Innen Geschäftsfrau durch und durch. Was Christoph bei ihrem Weggang aus seinem Antiquariat deutlich zu spüren bekommen hatte. »Man könnte ja beinahe meinen, du läufst vor mir davon. Dabei soll ich dir schöne Grüße von den Wagenbachs bestellen. Du weißt schon, Helen und Walther, die mit dem großen, neuen Laden im Glockenbachviertel. Alles tipptopp renoviert, drei Verkaufsebenen, fünf Angestellte, genügend Platz für Veranstaltungen – man könnte vor Neid geradezu erblassen!«

»Ich laß euch mal kurz allein«, sagte Maxie. »Damit ihr in aller Ruhe zusammen fachsimpeln könnt.« Sie zog die Brauen hoch, machte eine vielsagende Grimasse.

»Aber das ist doch gar nicht nötig«, protestierte Christoph. »Bleib doch ruhig ...«

Aber sie war schon in der Küche verschwunden.

»Vielleicht gar nicht so schlecht, wenn wir jetzt unter vier Augen sind.« Renates Ton hatte sich verändert. »Christoph, mir ist da etwas zu Ohren gekommen ...«

»Was denn?« sagte er desinteressiert. Kein Jadegrün weit und breit.

»Nun ja, das Ganze ist mir nicht besonders angenehm. Aber man beobachtet dich, Christoph. Beziehungsweise deine Geschäftspraktiken. Und daß es in unserer Branche viele Neider und Mißgünstige gibt, ist ja nichts Neues für dich, oder?«

»Was soll das heißen? Ich verstehe kein Wort!« brauste er auf. »Ich kann in meinem eigenen Laden machen, was ich möchte!«

»Sei vorsichtig, das ist alles, was ich dir sagen will. Es fällt auf, daß du plötzlich lauter Neuerscheinungen anbietest. Vor allem spezieller Häuser. Und man macht sich Gedanken darüber. Deine lieben Mitbewerber, wenn du es ganz genau wissen willst. Intensive Gedanken sogar.«

Die blaue Ader an seiner Schläfe pochte. Ihr Parfum war plötzlich unerträglich schwer. War es nicht genug, daß Evelyn ihn auf die Zettel angesprochen hatte? Und sie in Streit geraten waren, weil er nichts als Ausflüchte angebracht hatte?

»Ich könnte mir vorstellen, daß es nicht bei Gedanken allein bleibt. Wagenbach war äußerst wolkig, aber man hat ja schließlich seine Antennen, nicht wahr? Wenn es etwas gibt, das du ändern kannst, dann solltest du das tun. Und zwar schnell. Vielleicht besprichst du dich auch mit Evelyn ...«

»Die laß bloß aus dem Spiel«, sagte er schnell. »Evelyn hat mehr als genug mit ihrem eigenen Kram am Hut.« Ängstlich schielte er in ihre Richtung.

»Aber ich dachte ja bloß ...« Renate schien echt überrascht. »Weil ihr früher immer alles gemeinsam gemacht habt. Das Traumpaar schlechthin. Fast schon unerträglich glücklich.«

»Früher«, sagte er bitter. »Früher ja. Aber früher ist lange vorbei.«

Fanny hätte lieber noch länger gewartet. Bis ihre vierbeinige Freundin Moon von ihrem nächtlichen Spaziergang zurück war. Wenn sie ihr beistand, fühlte sie sich mutig und gleich um so vieles sicherer. Außerdem hatte Papa wieder diesen bestimmten Zug um den Mund, den sie nicht mochte. Und Renate, die früher bei ihm gearbeitet hatte, konnte sie auch nicht leiden. Die kniff sie immer in die Wange und fragte sie nach ihren Noten aus.

Aber Mami drängte schon seit zehn Minuten. Keine Chance, das Schlafengehen noch länger rauszuzögern.

Die Erwachsenen standen jetzt auf der Terrasse herum, um Maxies Mondtorte, die leider noch immer nicht angeschnitten war. Genascht hatte Fanny bereits davon, ein winziges Stück vom Rand nur, aber genug, um festzustellen, daß sie wirklich köstlich war. Mit ein bißchen Glück war auch morgen noch genug davon da. Vielleicht konnte sie Sera etwas davon mit in die Schule bringen. Tilman saß noch immer auf dem Korbsofa und unterhielt sich angeregt mit Großmama. Vorhin hatte sie die beiden sogar rauchen sehen. Zusammen, in aller Öffentlichkeit!

Der große Moment war gekommen. Fanny streckte Papa das Geschenk entgegen.

»Hab ich für dich gemacht«, sagte sie feierlich und leider wieder ziemlich piepsig. »Alles Gute zum Geburtstag!«

Papa löste die vielen Knoten. Das dünne Papier raschelte, als es zu Boden fiel. Eigentlich hätte er längst lächeln sollen. Aber er tat es nicht.

»Ein Wandbehang!« sagte er erstaunt und hielt den blauen Filz, auf den sie ihre Figuren geklebt hatte, mit beiden Händen von sich weg, so, wie er immer die Zeitung hielt, wenn er seine Brille verlegt hatte.

Fanny nickte. Wieso war er noch immer so ernst?

»Schneewittchen«, sagte Papa.

Fanny nickte wieder. »Richtig.« Er hatte es also doch erkannt! »Und die sieben Zwerge.«

Inzwischen waren alle neugierig nähergekommen und starrten auf den Stoff. Schneewittchen war ihr am besten gelungen. Sie hoffte, daß Mami die Ähnlichkeit mit ihr auffallen würde. Das rote Kleid, das helle Gesicht, die schwarzen Haare – sie hatte sich die allergrößte Mühe gegeben.

»Wieso sieben? Ich sehe nur sechs!« Renate hatte eine ihrer rotlackierten Krallen ausgestreckt. Nicht einmal die böse Stiefmutter hatte solch häßliche Hände! »Einer fehlt. Der siebte Zwerg! Wahrscheinlich in einem akuten Anfall von Langeweile in die Kneipe gegangen. Um in der Zwischenzeit einen zu heben. Bis die volle Action richtig losgeht.«

Ein paar lachten. Papa nicht.

Renate warf ihm einen schnellen, prüfenden Blick zu, bevor sie weitersprach. »Du bist so ein großes, kräftiges Mädchen, Franziska!« fuhr sie affektiert fort, »das doch schon beinahe zwei Jahre in die Schule geht. Richtig? Na, also! Da solltest du aber bereits gelernt haben, bis sieben zu zählen.«

»Ach, wenn's sonst nichts weiter ist!« Papa verzog seinen Mund und machte auf lustig. »Weißt du, Renate, unser Sternchen hier hat ein paar Probleme mit Zahlen. Größere Probleme, um bei der Wahrheit zu bleiben.« Sein Lachen mißlang.

Fanny starrte ihn fassungslos an. Er verriet sie! Das war alles, was er zu ihrer wunderschönen Überraschung zu sagen hatte?

Ihr Kopf begann zu hämmern. Wahrscheinlich würde im nächsten Moment ein Tropfen Blut aus ihrem Herz fließen. Und sie tot umfallen. Mindestens aber ohnmächtig. So, wie sie es neulich in dem Märchenfilm aus Polen gesehen hatte. *Prinzessin Schneeball*, so spannend und aufregend, daß sie gegen Schluß minutenlang unter die Tischdecke hatte kriechen müssen, weil es einfach nicht auszuhalten gewesen war.

Sie vergaß beinahe weiterzuatmen. So weh tat es.

»Da kann es schon mal vorkommen, daß sie einen Zwerg vergißt. Oder ein paar andere Dinge.« Er zuckte die Achseln. »Nicht wahr, Fanny? Nicht weiter schlimm. Man gewöhnt sich sogar daran im Lauf der Zeit. Oder sollte es zumindest versuchen.«

Jetzt lachte nur noch Renate.

Der Zwerg hatte alle anderen in die Flucht geschlagen, den Riesen, das Gespenst, den Ritter, sogar die silberne Lotterlady mit ihrem weinerlichen Singsang. Erst nach ihrem plötzlichen Verschwinden, schnell und leise wie Schneeflocken, die die Sonne aufgeleckt hatte, merkte Fanny, wie harmlos sie eigentlich gewesen waren. Fast schon nett. Denn nun waren andere Zeiten angebrochen. Bösartig und hinterlistig hockte er allein im Schrank und stellte seine Bedingungen. Fanny mußte ganz still unter der Decke liegen, das Gesicht zur Wand, die Augen fest geschlossen, tief und regelmäßig atmend, als schliefe sie. So lang ihr das glückte, blieb er drin. Und durchsichtig wie Luft. Aber nur ein einziger unregelmäßiger Atemzug, eine winzige, unvorsichtige Bewegung – und der Bann war gebrochen. Dann gehörte sie vermutlich für immer ihm. Und was das bedeuten würde, daran wollte sie lieber erst gar nicht denken!

Natürlich ahnte niemand, womit sie sich Nacht für Nacht herumzuplagen hatte – bis auf Moon. Die ließ sich nämlich nichts vormachen. Wenn es dunkel wurde und ein immer vollerer Mond am wolkenlosen Himmel aufging, vollzogen sich seltsame Veränderungen mit ihr. Das Fell sträubte sich, und sie begann zu knurren, sobald sie nur in die Nähe des Kleiderschranks kam. Die Ohren zurückgelegt, die Schwanzspitze peitschend – das hatte nichts mehr zu tun mit einem niedlichen, verschmusten Stubentiger!

Eine wilde Raubkatze, die ihre Krallen zu zeigen wußte!

Fanny, aufrecht im Bett sitzend, Kasimir an die Brust gepreßt, verfolgte das Schauspiel atemlos. Manchmal konnte es Ewigkeiten dauern, bis die Katze sich wieder beruhigte. Nicht immer war vorhersehbar, wer in diesem geheimnisvollen Kampf als Sieger hervorgehen würde, Moon oder der Mistzwerg. Es gab Nächte, da war eindeutig sie die Stärkere, streckte sich nach getaner Arbeit ausgerechnet vor dem Schrank aus, um dort ihr Nickerchen zu halten. Scheinbar gelangweilt, fast schon provozierend. Dann erwachte Fanny erst wieder, wenn Moon morgens mit einem Satz auf das Bett sprang und ihr zur Begrüßung die Pfote auf die Nase legte. Es gab aber auch Nächte, und leider nicht zu wenige, da schien das Schrankmonstrum zu siegen, und Fannys Freundin drehte irgendwann ab, um erst im Morgengrauen als gestromter Schatten wie aus dem Nichts wieder aufzutauchen.

Kein Wunder also, daß sie schlecht schlief, kaum Appetit hatte und müde und bedrückt herumschlich. Kein Wunder weiterhin, daß sie sich in der Schule noch schlechter konzentrieren konnte, als bisher. Im letzten Diktat hatte sie mehr Fehler als je zuvor, trotz oder vielleicht auch gerade wegen der nachmittäglichen Zwangsnachhilfe, die sie haßte wie die Pest. Und mit dem Rechnen wurde es auch nicht gerade besser. Am liebsten wäre Fanny überhaupt nicht mehr zum Unterricht gegangen, was jedoch dank Papas Vorsichtsmaßnahmen leider unmöglich war.

Sie wußte sich trotzdem zu helfen. Morgens trödelte sie so lange herum, bis Til regelmäßig seinen Rappel bekam und sich lauthals weigerte, am nächsten Tag dieses Theater wieder mitzumachen. Nach der Schule verschwand sie erst einmal auf die Toilette oder in den Keller, bis ihr wechselnder Abholdienst die Geduld verlor und sich zähneknirschend auf die Suche nach ihr begab. In Gegenwart von Frau Hofmann schließlich machte sie sich so klein, daß sie manchmal schon das Gefühl hatte, ein Buckel wachse auf ihrem Rücken. Oder sie senkte ihren Kopf tief auf die Bank und hoffte, damit unsichtbar zu sein.

Zumindest beinahe.

Inzwischen saß Sera neben ihr, aber selbst das war ganz anders, als Fanny sich erträumt hatte. Das Mädchen war fleißig und fast schon krankhaft ordentlich. Neben ihrem blitzblanken Pult mit den schönen Heften und den korrekt gespitzten Bleistiften wirkte das Chaos auf Fannys Bankhälfte noch viel deprimierender. So sehr sie sich auch vornahm, dem vorbildlichen Beispiel zu folgen, spätestens in der dritten Stunde war alles wieder beim alten: Bücher, Stifte, Radiergummi, Schere, Pausebeutel, alles lag durcheinander, bedeckte den ganzen Platz und ließ ihr kaum Platz zum Arbeiten.

»Nun räum doch endlich mal auf, Franziska!« Frau Hofmanns eisblauer Blick wurde noch eine Spur unwilliger. »In diesem Durcheinander könnte ich auch keinen klaren Gedanken fassen!«

Fanny packte zwei Hefte ein. Dabei stieß sie mit dem Ellenbogen an Seras Buntstifte. Prompt rutschte die ganze Blechschachtel von der Bank und fiel zu Boden.

Die halbe Klasse lachte. Sera, den Tränen nah, hob die größtenteils abgebrochenen Stifte einzeln wieder auf.

Fanny wünschte sich, sie wäre nie geboren. Wenn man sich so schämte, dann half nicht einmal abhauen!

»Ich glaube fast, das war der Zwerg«, versuchte sie ein paar Minuten später das Gespräch wieder anzuknüpfen. »Der kann nämlich zaubern. Auch, wenn er gar nicht anwesend ist. Du mußt nur einmal meine Katze fragen. Die könnte dir vielleicht Geschichten erzählen!«

»Spinnst du?« zischte Sera unfreundlich zurück. »Es gibt keine Zwerge. Und außerdem können Katzen nicht reden.«

»Moon schon«, beharrte Fanny. »Ehrlich. Und natürlich gibt es Zwerge! Ich weiß es genau. Meiner zum Beispiel hat eine dicke, rote Nase, einen blauen Hut mit Sternen und wohnt im …«

»Fanny!« Frau Hofmann war nahe daran, loszuschimpfen. »Aufpassen mußt du schon, wenn du mitkommen willst. Gerade du! Lies doch bitte mal den nächsten Absatz. Aber laut und deutlich, wenn ich bitten darf!«

Zum Glück hatte sie diese Passage mit Ilona geübt. So oft, daß sie sie auswendig konnte. Beinahe jedenfalls.

Fanny holte tief Atem und begann.

»Sag mal, verehrtes, kleines Fräulein Hirsch, du schläfst wohl mit offenen Augen? Das hatten wir bereits. Bitte den Absatz darunter.«

Den hatten Ilona und sie noch nicht geschafft! Der Kloß in Fannys Hals wuchs. Ihre Stimme versagte. Wie schwarzes, hämisches Gekritzel tanzten die Buchstaben vor ihr hin und her.

»Mir ist schlecht«, flüsterte sie kraftlos. »Kann ich bitte auf die Toilette?«

»Jetzt?«

»Jetzt.« Ihre Augen wurden schmal. Und das Weiße nahm Überhand. »Sonst …«

»Dann lauf! Aber in fünf Minuten bist du wieder zurück. Und in der großen Pause besuchst du mich im Lehrerzimmer. Ich denke, wir beide müssen uns mal ausführlich miteinander unterhalten.«

Evelyn kam gerade von einem Treffen mit ihrem Schreiner. Ilona hätte wetten können, daß sie mit ihrer Annahme richtig lag. Der Gang, die Tonlage, die nachlässige Bewegung, mit der sie die Handtasche auf der Kommode warf – aber sie schien trotzdem nicht glücklich. Schnurstracks marschierte sie in die Küche und schenkte sich als erstes ein großes Glas Wein ein, das sie im Stehen hinuntergoß wie Leitungswasser.

»Ärger gehabt?«

Evelyn fuhr herum wie ertappt. »Ach, du bist es!«

»Wer sonst? Die Kinder sind in der Schule. Und Christoph im Laden, wie ich annehme.«

»Wieso sagst du das?«

Ilona versuchte, eine bequemere Stellung für ihren Fuß zu finden. Sie konnte nur hoffen, ihr Knöchel würde anschließend wieder so schlank sein wie zuvor. »Nun, weil man ja doch niemals ganz genau weiß, was der andere gerade macht. Selbst, wenn man schon lange zusammenlebt.« Sie lächelte. »Nichts als eine Redensart, verzeih! Ist ganz schön langweilig, den ganzen Tag hier untätig herumzusitzen. Da verfällt man schnell mal auf dumme Gedanken.«

Erschwerend kam hinzu, daß ihr Anrufbeantworter endgültig im Eimer war. Christoph hatte ihn geschafft, bei seinem zweiten Versuch, die aufgezeichneten Nachrichten für sie abzuhören. Ihre Frage, ob etwas Wichtiges drauf gewesen wäre, hatte er kopfschüttelnd verneint. Und sich gewundert, was eine gewisse Midnight-Produktionsfirma denn ausgerechnet von ihr gewollt hätte. Kein Anruf von Leopold also.

Es wurde allmählich ernst.

»Du versäumst doch nichts!« Evelyn zündete sich eine Zigarette an. »Deine sonstigen Vergnügungen laufen dir ja wirklich nicht davon.«

»Ach«, machte Ilona, »wer weiß?«

»Und die Kinder genießen es, daß du bei uns bist.« Evelyn spielte nervös mit der Packung. »Auch eine?« Ilona nahm dankend an. »Nicht nur Fanny, die es liebt, wenn du dich mit ihr abgibst. Sondern auch Til. Was habt ihr beide eigentlich die ganze Zeit miteinander zu tuscheln?«

Bevor Ilona antworten konnte, stand sie auf und ging zum Fenster. »Ich wußte es doch«, sagte sie halblaut. »Da ist es wieder, das Auto. Und wieder mit derselben Frau. Lach nicht, Ilona, aber es verfolgt mich. Beziehungsweise sie natürlich. Seit Tagen. Vielleicht auch länger.«

»Ein roter Käfer? Und die Frau ist hellblond?«

Evelyn fuhr überrascht herum. »Ja. Aber woher weißt du?«

»Das Auto gehört deinem Schreiner.« Evelyn machte den Mund langsam auf, dann schloß sie ihn wieder. Stumm. »Beziehungsweise seiner Freundin. Und die Blonde ist irgend eine Verwandte. Die Schwester, nehme ich an.« Ilona rauchte ruhig und genüßlich.

»Hat Fanny dir das erzählt?« flüsterte Evelyn. Ihre Hände zitterten. Ihr war auf einmal sehr kalt.

»Fanny? Nein. Sag nur, die weiß auch davon!«

»Ich hoffe nicht. Nein, es kann eigentlich nicht sein. Ich habe mir doch solche Mühe gegeben ...« Sie sprang auf, war schon wieder am Fenster. »Sie steht noch immer da. Was will sie denn bloß von mir? Soll ich rausgehen und sie fragen?«

»Würde ich nicht. Tu einfach, als sei sie gar nicht da. Es sei denn, du liebst diesen ...«

»... Franz? Ich glaube nicht. Es ist amüsant mit ihm, und ich fühle mich auf einmal wieder äußerst lebendig. Aber lieben? Das Wort ist viel zu gewaltig. Außerdem ist auf einmal alles anders zwischen uns. Die Luft ist raus, wie man so schön sagt.«

Ilona hüstelte und drückte die Zigarette aus. »Kann hübsch staubig sein mit meinem Herrn Sohn, nicht wahr?« sagte sie nachdenklich. »Seine Klassiker hat er gut drauf. Aber was hier in dieser Welt passiert, genau vor seiner Nase, leider sehr viel weniger. Wieso habt ihr eigentlich nie geheiratet?«

Das wußte sie also auch! Gab es nichts in diesem Haus, was ihr entgangen war? Evelyn begann sich immer unbehaglicher zu fühlen. Dann faßte sie sich wieder. Vielleicht war ja jetzt genau der richtige Moment, um ein paar der alten Lügen loszuwerden.

»Du kennst doch seine Ticks«, sagte sie tapfer. »Bloß nicht zum Establishment gehören, immer und unter allen Umständen der originelle Querdenker vom Dienst bleiben! Außerdem fand Christoph das mit unseren gleichen Nachnamen witzig und äußerst praktisch. Ich damals übrigens auch.«

»Und heute, Evelyn?« Ilonas Stimme war sanft. Aber eindringlich.

Moon war hereingekommen und räkelte sich auf dem Streifen Sonnenlicht, der auf den Küchenboden gefallen war. Sie dehnte und streckte sich und machte sich lang, um ihren Pelz von allen Seiten bescheinen zu lassen. Selbstvergessen. Hingebungsvoll. Beide mußten lächeln, als sie ihr zuschauten. Ein Bild puren, andächtigen Genusses. Ungemein ansteckend.

Von der konnte man wirklich noch etwas lernen!

»Heute? Heute find ich es nur noch kindisch. Und blöd dazu. Ich bin zwar die Mutter seiner Kinder, aber ich wäre auch ebenso gern seine Frau. Nicht nur de facto. Sondern auch auf dem Papier. Sozusagen vor Gott und der Welt. Wenn ich es einmal so unverblümt ausdrücken darf.«

So hatten sie noch nie miteinander geredet. Nicht wie zwei, die notgedrungen eine Verwandtschaftsbeziehung verband, auf die keine großen Wert legte, wenn sie wirklich ehrlich war. Sondern wie erfahrene Frauen, die wußten, wovon sie sprachen. Fast schon wie langjährige Freundinnen.

»Weiß er das eigentlich?«

»Keine Ahnung.« Evelyn seufzte und begann, Kaffeewasser aufzusetzen.

»Dann solltest du es ihm auf jeden Fall mitteilen. So schnell wie möglich, finde ich.«

»Und du? Ich meine, wirst du ihm erzählen, daß ...«

»Ich? Von mir erfährt er kein Wort. Ich mische mich doch nicht in eure Angelegenheiten ein, *Schwiegertochter*.« Beide grinsten. Ilona verwendete das Wort in ihrer Gegenwart zum ersten Mal. »Schon aus Prinzip nicht. Weil ich nämlich überzeugt bin, daß ihr das ohne mich wesentlich besser hinbekommt. Wenn ihr euch nur ein bißchen anstrengt. Es würde sich lohnen, wenn du mich fragst. Nicht nur wegen Til und Fanny. Ihr gehört nämlich zusammen, Christoph und du.«

»Findest du?«

»Und ob ich das finde!«

»Hast du nicht eben gesagt, du mischst dich nicht ein?«

»Natürlich nicht. Den Teufel werd ich tun!«

Sie lächelten sich vielsagend an. Die neue Vertrautheit fühlte sich warm und gut an.

Ein lautes Hupkonzert begann. Durchdringend. Impertinent.

Diesmal stürzte Evelyn regelrecht ans Fenster. »Wenn das diese blonde Kuh ist, die mich verfolgt, dann kann sie aber was erleben!«

Keine Spur mehr von dem roten Käfer. Statt dessen stand ein dunkelblaues Cabrio vor dem Haus. Das Hupen hielt unvermindert an.

»Ein Verrückter!« sagte Evelyn kopfschüttelnd. »In einem teuren, offenen Wagen. Und das in seinem Alter!«

Ilonas Herz machte einen rasanten Satz.

»Das Auto ist dunkelblau?«

»Ja. Ein BMW, glaube ich.«

»Wie sieht er aus?«

»Der Typ? Ganz normal. Weiße Haare, blaue Jacke, jetzt schwenkt er auch noch einen großen, weißen Rosenstrauß…« Sie hielt inne. »Sag bloß, du kennst ihn!«

Er hatte sie gesucht. Und gefunden. Das war ein Zeichen!

Jetzt würde alles gut werden. Ilona wußte es genau. Nicht nur, was sie anging.

»Und ob ich ihn kenne! Lauf sofort raus und bitte ihn rein.«

Sie strahlte wie ein junges, übermütiges Mädchen.

»Denn ich möchte dich auf der Stelle mit Leopold Stanislaus Degen bekannt machen.«

Auf der Klobrille hockte dick und fett der Zwerg und blinzelte sie heimtückisch an. Fanny entschloß sich, ihn nach Möglichkeit zu ignorieren. Wenigstens wartete Moon vor der Tür. Da fühlte sie sich nicht ganz so verloren.

»Hau bloß ab«, sagte sie unfreundlich und versuchte, das Heft zu zerreißen, »dich gibt es nämlich gar nicht! Sera hat es auch gesagt. Und die hat nichts als Einser im Diktat.«

Er schnitt ihr eine Grimasse. Fanny steckte ihm die Zunge raus. Sein häßliches Gesicht färbte sich rot.

Moon begann laut zu keckern, so wie sie es tat, wenn sie auf Taubenjagd war.

Sie riß an dem Heft mit aller Kraft. Widerwillig gab die Fadenheftung nach. Überall auf den Seiten grellrote Bemerkungen, Kringel und Ausrufezeichen. Das konnte sie einfach nicht herzeigen, weder Mami noch Papa! Nicht einmal Großmama.

Weiße Schnipsel fielen in die Kloschüssel, aber der Zwerg machte sich noch immer breit. Fanny spülte. Das Papier tanzte im Kreis, aber es verschwand nicht.

Wenn sie so weitermachte, würde es wieder eine Überschwemmung geben, wie damals, als sie die ganze Rolle Klopapier reingeworfen hatte. Seufzend griff sie mit beiden Händen hinein und fischte es wieder heraus.

Ganz schön widerlich, das feuchte Zeug anzufassen!

Der Zwerg hatte zu pfeifen begonnen. Falsch natürlich.

Wie von Geisterhand sprang die Tür auf. Fanny mußte sich nicht einmal umdrehen, um zu wissen, wer es war. Moon beherrschte den Trick, aus dem Stand mit allen Pfoten gleichzeitig auf die Klinke zu springen, schon länger. Aber sie führte ihn vorzugsweise aus, wenn niemand da war und alle sich anschließend wunderten.

»Und wohin jetzt mit dem ganzen Mist?« fragte Fanny sie unglücklich. »Kannst du mir das mal bitte verraten?«

Die Katze hob den Kopf und sah sie mit ihren schönen, grünen Augen aufmerksam an.

Hatte sie nicht in Richtung Fenster genickt?

»Gute Idee!« lobte Fanny. »Hätte ich eigentlich auch draufkommen können. Wir werfen es raus. Und der Wind trägt es davon. Wie Schaum. Oder weiße, lustige Schneeflocken. Morgen sieht niemand mehr etwas davon. Als hätte es das blöde Heft gar nicht gegeben.«

Zum erstenmal seit Wochen frischten kräftige Böen auf. Alles sah danach aus, als ob diese Nacht die lang ersehnte Abkühlung bringen würde.

Die Schnipselchen segelten langsam auf den dunklen Rasen.

Fanny schloß die Augen und betete.

Als sie sie wieder öffnete, war sie allein.

Der Zwerg war verschwunden.

Moon allerdings auch.

Mario schaute sauer drein. Ekki ließ eine blöde Bemerkung nach der anderen vom Stapel. Der Rest der Klasse beschränkte sich auf Flüstern, Rempeln und Grinsen. Irgendwo weiter hinten wurde hämisch »Tilly« gemurmelt, aber vielleicht bildete er sich das auch nur ein. Trotzdem wurde er einen Augenblick lang wieder unsicher. Dann dachte Til an das, was Ilona ihm gesagt hatte.

Und an Moons glühende, grüne Raubtieraugen gestern nacht, als sie ihn wie eine Wildkatze knurrend aus dem Schlaf aufgeschreckt und so lange auf sein Bett gesprungen war, bis er noch einmal schlaftrunken aufstand und das Kostüm anprobierte.

Heute morgen hatte er sie wie eine Stecknadel im ganzen Haus gesucht, um sich für ihren Einsatz zu bedanken.

Leider ohne Erfolg.

Er straffte sich, griff zum Mikro. In voller Kriegsbemalung. Ein Werk von mehr als drei arbeitsintensiven Stunden. Allerdings ohne noch einmal den Sitz von Mieder und Strapsen überprüfen zu können. Hoffentlich kippte er nicht um. Die grünen Schlangenlederpumps in Größe 42, frisch aus dem Kostümverleih, waren gute fünfzehn Zentimeter hoch.

Er begann zu singen.

Nicht nur die Katze war verschwunden. Sondern auch seine Armbanduhr. Keine Ahnung, ob er im Zeitlimit war. Er mußte sich voll und ganz auf sein Taktgefühl verlassen.

»I'm just a sweet transvestite
from Transsexual Transylvania!
Let me show you a rhyme
and maybe play you a sound
you look like both you're pretty grooving.
Or if you want something visual,
that's not too obsisible, we could take …«

Keiner rührte sich. Alle starrten ihn an, Lore Mann und der Teacher eingeschlossen.

Wurde der Alptraum von neulich jetzt etwa Wirklichkeit?

Er schwitzte stärker. Obwohl er wirklich kaum etwas am Leibe trug. War er tatsächlich so schlecht gewesen? Doch wohl nicht möglich! Noch gestern hatten Ilona und ihr neuer Freund seine kleine Privatvorstellung in höchsten Tönen gelobt.

»Was ist los, Brad?« sagte er zu Ollie, megacool, wie er nur hoffen konnte. »Pennst du schon? Oder wo bleibt dein Einsatz?«

Ollie errötete bis unter die blonden Haarwurzeln. Er zupfte an seiner Hornbrille und hätte sich beinahe verhaspelt.

»I'm glad we caught you at home!

Could we use your phone?
We're both in ab bit of a hurry!«

Ein suchender Blick von ihm zu Leslie alias Janet. Wusch er sich jetzt nicht einmal mehr die Hände, ohne sich zuvor mit ihr abzusprechen?

Die jedoch schien keinerlei Schwierigkeiten mit der Umstellung zu haben.

»*Right!*« schmetterte sie fröhlich. Und zwinkerte ihm dabei zu.

Langsam erholte sich auch Ollie von seinem Schock. Seine Stimme gewann an Kraft und Tiefe.

»*We'll just say where we are*
and then go back to the car.
We don't want to be any worry!«

Til warf die Haare zurück. Vorn hochtoupiert und mit Evelyns teurem Spray glanzgelackt. Die ganze Dose hatte er ratzeputz verbraucht. Sicherlich ein Problem, wenn sie ihm dahinterkam. Egal! Es ging schließlich um alles oder nichts. Jetzt würde er noch einmal voll aufdrehen, damit alle hier endlich sahen, wer er wirklich war und was er auf der Pfanne hatte!

»*Well, you've got caught with a flat wheel.*
How 'bout that?
Well, babies, don't you panic!«

Lasziv bewegte er sein Becken und schwang die langen Beine, die in schwarzen, laufmaschenübersähten Netzstrümpfen noch länger wirkten, als sonst. Die perfekt manikürten Hände in die Hüften gestemmt. Ein schmelzender Augenaufschlag in Richtung Ollie, ein zweiter in Richtung Leslie.

Aber das war noch längst nicht alles!

Til warf den Kopf zurück. Formte mit den blutrot geschminkten Lippen ein aufreizendes O.

Scharfe Pfiffe. Endlich! Die halbe Klasse swingte bereits begeistert mit.

»By the light of the night
it will all seem alright
I'll get you a satanic mechanic ...«

Der Beifall war überwältigend.

Til hätte heulen können. Aber er stand ganz still da und genoß ihn, wie eine wohltuende heiße Dusche, allerdings mit leicht zitternden Knien.

»Bravo, Tilman! Ausgezeichnet! Das ist genau der Frank N. Furter, den wir brauchen!« rief die Mann enthusiastisch.

Dr. Straßburger schloß sich ihr an. »Nicht übel, Hirsch! In dir steckt ja echt was!«

»Hut ab, Tilly«, sagte Mario, aber lächelte ungewohnt nett dabei. »Alle Achtung! Bleibt mir wohl nichts anderes übrig, als selbst den Buckel aufzuschnallen und doch den Commander zu spielen, was? Als vermutlich schönster Riff Raff aller Zeiten – aber was soll man dagegen schon machen?«

Er knuffte ihn, kräftig, aber freundschaftlich. Til knuffte nicht minder fest zurück.

»Altes Ekel!« Er grinste dabei. Niemals in seinem Leben hatte er sich so gut gefühlt. Vermutlich würde er im nächsten Moment abheben.

»Get lost!« gab Mario zurück. »Und zwar sofort!«

Und Ollie strahlte voller Stolz.

»Was ist eigentlich los, Franz?« Evelyn wurde langsam ungeduldig. Seit über einer halben Stunde saß sie schon mit ihm in dieser schäbigen Eisdiele herum, und er hatte noch immer nicht den Mund richtig aufgemacht. Dabei wußte sie vor lauter Arbeit kaum, wo ihr der Kopf stand. Außerdem war auch noch Moon wie vom Erdboden verschluckt, was sie äußerst beunruhigte.

Allein der Gedanke war schon schrecklich genug. Wenn die Katze bei ihrer Rückkehr nicht wieder da war, mußte sie unbedingt etwas unternehmen. Aber was? Zettel kleben? Beim Tierschutzverein anrufen?

Sie fühlte sich nervös und angespannt. Wenn er etwas Falsches sagte, würde sie ihm eine nette Szene machen. Heute war sie genau in der richtigen Stimmung dazu!

Er zuckte die Achseln. »Ich weiß nicht einmal, womit ich beginnen soll. Ist alles irgendwie so kompliziert auf einmal. Genauer gesagt, seitdem du diese komische Katze hast.«

»Beim Anfang, würde ich vorschlagen. Dann ganz langsam weiter bis zur Mitte. Und meine süße Moon hat nun wirklich rein gar nichts damit zu tun.«

Früher hätte er darüber gelacht. Jetzt blieb sein Mund hart.

»Und ob sie das hat! So jedenfalls kann es nicht weitergehen«, sagte er übertrieben theatralisch. »Wenn dir ein zugelaufenes Tier wichtiger ist, als ich …«

Wie hatte sie das nur jemals anziehend finden können? Evelyn wunderte sich über sich selbst.

»Das finde ich allerdings auch. Übrigens geht es nicht um die Katze. Sondern viel eher um ein paar ganz andere Verpflichtungen. Ich bin zum Beispiel eine verdammt schlechte Mutter gewesen all die vergangenen Monate.«

»Und eine schlechte Geliebte.«

Sie riß erstaunt die Augen auf. Aber es war kein Scherz. Er meinte es wirklich so.

»Weißt du, du willst es immer allen recht machen. Und das geht notgedrungen schief.«

Evelyn warf den Kopf in den Nacken. »Gar nicht so falsch beobachtet. Wahrscheinlich ist genau das mein Problem. Ich versuche ständig, viel zu geben, alles sogar...«

»Aber du gibst immer eine Spur zu wenig. Und das ist auf Dauer frustrierend. Für mich jedenfalls. Ich kann mich nicht länger mit Halbheiten zufriedengeben. Ich will alles. Und wenn das nicht geht, lieber gar nichts.«

Jetzt auch noch diese Nummer! Evelyn hatte allmählich die Nase endgültig voll.

»Flora, nicht wahr?« Sie entschied sich, alle geplanten unfreundlichen Bemerkungen über einen roten Käfer und eine blonde Kuh fallen zu lassen. Es gab nur eine plausible Erklärung. Sie tippte blindlings. »Sie ist schwanger?«

»Ja. Wahrscheinlich. Sie hofft es zumindest. Beziehungsweise ist sich so gut wie sicher. Aber woher weißt du?« Seine Augen waren erschrocken und groß.

»Intuition. Hat sie dich also doch rumgekriegt?

Alle Achtung! Bestell ihr unbekannterweise meine allerherzlichsten Glückwünsche. War sicher ein hartes Stück Arbeit. Und daß sie, falls es wahr ist, nach Möglichkeit ihren Appetit ein bißchen zügeln soll. Es ist ungeheuer mühsam, sich anschließend alles wieder abzuhungern. Ich nehme an, jetzt wird auch geheiratet?«

Er nickte. »Vermutlich im Herbst, ja. Flora möchte, daß alles endlich seine Ordnung hat. Und ich eigentlich auch.«

Evelyn entschied sich für ein Lächeln und stand auf. Fast schon automatisch griff sie nach ihren Schlüsseln. Wenn sie sich jetzt beeilte, konnte sie den Pressesprecher des Kinderbuchverlages doch noch erreichen. Ein vielversprechender Kontakt, den auszubauen lohnend erschien. Vertretertagung, Autorenbewirtung, Kinderfest – alles mögliche Aufträge für *Paradiso*! Und anschließend würde sie Fanny von der Schule abholen. Ganz spontan, und sie anschließend zum Eisessen ausführen, nur sie beide, so, wie sie es viel zu lang nicht mehr gemacht hatten. Ihr war auf einmal sehr nach der Gesellschaft ihrer Kleinen. Auch, wenn heute eigentlich Christoph turnusmäßig dran gewesen wäre.

»Soll das heißen, du gehst? Einfach so?« Franz kam aus dem Staunen gar nicht mehr heraus.

Sie beugte sich zu ihm hinunter. Küßte ihn sanft auf die Lippen. »Man sollte immer wissen, wenn es aus ist, nicht wahr?« sagte sie leise. »Und es ist doch aus?«

Er nickte.

»Na siehst du! Man muß auch einmal verlieren können.« Sie war schon an der Tür.

»Evelina!« Ein Aufschrei. Alle Köpfe flogen neugierig zu ihnen herum. Er konnte es einfach nicht lassen – nicht einmal jetzt! »Du bist eine Wahnsinnsfrau. Und ich mag dich. Wirklich! Sehr sogar.«

»Wie lieb von dir, das jetzt zu sagen«, sagte sie leise. »Nur, du bist eben leider nicht Christoph.«

»Das Geld ist jetzt frei, Chris. War gar nicht so leicht, den Bausparvertrag vorzeitig aufzulösen, aber ich hab' es trotzdem geschafft. Heute nachmittag bringe ich es dir im Laden vorbei. Wann wollten diese Hattings bei dir auftauchen?«

»Gegen drei. Dein schönes Geld – ich weiß immer noch nicht, ob es richtig ist, es anzunehmen, Maxie. Schenken lassen kann ich es mir nicht. Und wie soll ich es dir je zurückzahlen? Vermutlich stehe ich nun bis zum Ende aller Zeiten in deiner Schuld.«

Ihr Lachen am anderen Ende der Leitung klang fröhlich.

»Ganz einfach! Entweder du lebst damit. Oder du wirst dir eben etwas Schlaues einfallen lassen müssen, um Abhilfe zu schaffen, Chris Matthias Hirsch. Immer noch besser, als weiter unter Zwang diese schreckliche Hehlerware zu verkloppen, oder nicht?«

Er seufzte. »Da hast du wahrlich recht!«

»Ich hab leider fast immer recht. Was auf Dauer ziemlich lästig sein kann. Wie fühlst du dich?«

»Frag bloß nicht! Meine Nerven liegen blank. Und dauernd fällt mir etwas runter. Zum Glück hat eben Evelyn angerufen. Sie holt Fanny von der Schule ab. Ich kann hier also in aller Ruhe auf meinen Nägeln rumkauen und warten, daß die Zeit endlich vergeht.«

»Mach bloß keinen Blödsinn, Chris! Wenn etwas passiert, dann ruf mich sofort an. Versprochen?«

»Versprochen! Du bist wundervoll, Maxie!«

»Und du erst!«

Sie hatte mit einem kleinen Lachen eingehängt.

Christoph schielte hinüber zu den Kartons. Gestern abend hatte er alles eingepackt. Nicht ein einziges der gestohlenen Bücher stand mehr in seinen Regalen. Wenn alles gut ging, war dieser Alptraum in wenigen Stunden vorbei. Aber so sehr er sich auch bemühte, er konnte nicht wirklich dran glauben.

Er schrak zusammen, als das Telefon erneut schellte.

»Ist Fanny bei dir?« Evelyn klang aufgelöst.

»Fanny? Nein. Wieso? Du wolltest sie doch von der Schule abholen!«

»Das hab ich auch getan. Aber da war sie nicht mehr.«

»Verstehe ich nicht! Vielleicht hat Til...«

»Hat er nicht! Die proben bis zum Abend ihr Musical. Ich hab' schon in seinem Gymnasium angerufen.« Ihre Stimme drohte zu kippen. »Und Ilona weiß auch nicht, wo sie stecken könnte. Seit der großen Pause hat sie niemand mehr gesehen. Die einen dachten, sie wäre in Religion, die anderen, sie wäre in Werken. Unser Kind ist verschwunden, Christoph, unser kleines süßes Mädchen! Was ist, wenn ihr jemand etwas ...«

»Beruhige dich, bitte! Nicht gleich an das Schlimmste denken. Es gibt sicherlich eine ganz harmlose Erklärung. Vielleicht ist sie bei einer Freundin ...«

»Sie hat keine Freundin, Christoph! Außerdem habe ich alle gefragt!«

»Oder bei Webers? Hast du da schon gefragt?«

»Auch nicht, Christoph, die haben sie seit Tagen nicht mehr gesehen! Ich bin am Ende meiner Weisheit. Ich kann einfach nicht mehr!«

»Wir müssen trotzdem einen klaren Kopf behalten.« Der Verdacht, der ihn soeben überfallen hatte, ließ ihn verstummen. Seit heute morgen war die Katze verschwunden. Und jetzt Fanny! Was wäre, wenn die Gebrüder Hatting ihre früheren Drohungen wahr gemacht und sich nicht nur an dem Tier, sondern auch an dem Kind vergriffen hatten? Niemals könnte er sich das verzeihen!

Du hängst doch an deiner Familie, nicht wahr, Hirsch, an diesen netten, hilflosen Lebewesen ...

Er bekam auf einmal Hattings fettige Stimme nicht mehr aus dem Ohr und war kaum noch fähig, einigermaßen beherrscht weiterzureden. Das vorstellbare Ausmaß seiner Schuld wurde zu übermächtig. Mit aller Mühe zwang er sich dazu.

»Wo steckst du jetzt?«

»Im Auto. Vor der Schule«, schluchzte sie. »Total naßgeschwitzt. Ohne mein Handy wär' ich schon durchgedreht. Was sollen wir nur machen?«

»Du fährst ganz langsam noch einmal den Schulweg ab. Und ich bin in ein paar Minuten mit dem Rad bei dir. Dann sehen wir weiter. Hab keine Angst, mein Liebes!« *Seine* Angst wuchs mit jeder Sekunde. Wahrscheinlich fühlte er sich ihr deshalb nah wie nie. »Unserem Sternchen ist nichts passiert. Einer wie Fanny kann gar nichts zustoßen, ich weiß es einfach!«

Zitternd legte er auf. Und wählte nicht minder zitternd sofort anschließend Maxies Nummer.

»Kannst du bitte herkommen«, sagte er. »Ja, in den Laden. Gleich! Geht das? Weshalb, Maxie? Kann ich dir verraten. Die Katze ist verschwunden. Und ich weiß ziemlich genau, wer dafür verantwortlich ist. Aber das ist nur die Spitze des Eisberges.« Seine Stimme kippte. »Ich glaube, man hat Fanny entführt.«

Er stürmte grußlos an seiner Mutter die Treppe hinauf, in Fannys Zimmer. Sein Herz klopfte zum Zerspringen, seine Augen brannten. Gehetzt sah er sich um.

Direkt neben dem Bett stand der beleuchtete Kinderatlas, den Til seiner Schwester im letzten Winter geschenkt hatte, weil er ihn endgültig zu kindisch für sich fand. In dessen penetrant türkisgrünen Meeren wimmelte es nur so von Walen, Delphinen, Schwertfischen und Robben. Ein paar Kleidungsstücke lagen herum; die Schranktüren standen halb offen.

Ein sagenhaftes Chaos da drinnen!

Er wühlte ein bißchen zwischen Socken, Hosen und Hemdchen, natürlich ohne Ergebnis. Plötzlich stutzte Christoph.

Wo war Kasimir? Er konnte ihn weder auf dem zerwühlten Kopfkissen entdecken, noch auf dem Fußboden.

Er bückte sich, schaute unter das Bett. Zog anstelle des gesuchten Stoffhasen einen kleinen, karierten Rucksack hervor und packte ihn langsam, beinahe ungläubig aus. Das Familienfoto, unglaublich verschimmeltes Weißbrot, zwei Unterhosen, eine warme Strickjacke, Shampoo...

Er wußte sofort, was das zu bedeuten hatte. Fannys Lieblingsgeschichte von den beiden Brüdern, die von ihren bösen Pflegeeltern im englischen Leeds weggelaufen und sich wochenlang im Wald versteckt hatten! Wieder und wieder hatte sie sie hören wollen. Mit täglich wachsender Begeisterung.

Bis sie jedes einzelne Wort auswendig kannte.

Einen Moment lang wurde er ruhiger, beinahe zuversichtlich. Dann jedoch kehrte seine Beklemmung zurück. Stärker als zuvor.

Selbst, wenn Fanny ihre Notration gepackt hatte, hieß das noch lange nicht, daß sie freiwillig die Schule verlassen hatte.

Ganz im Gegenteil. Denn wäre sonst der Rucksack noch hier?

Er hörte Evelyn rufen, ging zum Fenster, riß es auf.

Sie stand auf dem Rasen inmitten lauter weißer Papierfetzchen. Ein paar von ihnen hielt sie in der Hand.

»Weißt du, was das ist?« rief sie erstickt zu ihm herauf.

»Keine Ahnung.«

»Die Überreste von Fannys Diktatheft. Sie muß es sorgfältig zerrissen und dann irgendwie eingeweicht haben. Alles total verschmiert.« Sie weinte hemmungslos. »Was ist nur unserem Kind geschehen, Christoph? Wir beide wissen überhaupt nichts!«

Er kickte den Rucksack unter das Bett zurück. Halb drei! Die Gebrüder Hatting unterwegs und Maxie allein im Laden! Er mußte sofort zurück, wenn er sie ihnen nicht ausliefern wollte.

So schnell er konnte, lief er hinunter ins Erdgeschoß. Ilona war still und ungewohnt blaß, Evelyn neben ihr tränenüberströmt.

»Ich werde die Polizei anrufen, Christoph. Wahrscheinlich hätten wir das längst schon tun sollen.« Sie zückte bereits ihr Handy. »Ich hoffe nur, es ist noch nicht zu spät.«

»Die Polizei?« warf Ilona ein. »Ich finde, wir sollten noch ein wenig damit warten. Ich hab so ein positives Gefühl. Die Kleine kommt bestimmt gleich nach Hause.«

Christoph warf ihr einen dankbaren Blick zu. Vielleicht rettete sie gerade Fannys Leben. Er mußte unbedingt mit seinen Peinigern sprechen. »Ich denke, du hast recht.«

»Recht? Ich verstehe euch nicht! Was seid ihr nur für Menschen! Und warten worauf? Bis sie sie irgendwo aus einem Gebüsch ziehen?« Evelyn schlug die Hände vor das Gesicht. »Mißbraucht? Am besten gleich tot?«

»Liebes!« Ilona humpelte auf sie zu und umarmte sie. »Bitte quäl dich nicht so. Du wirst sehen, alles wird gut.«

»Ja, das glaube ich auch. Ich bin in einer Stunde wieder bei euch. Und mit hoffentlich beruhigenden Nachrichten.«

Evelyn starrte ihn fassungslos an.

»Soll das heißen, du läßt uns allein? *Jetzt?* In dieser Situation?«

Christoph hatte das Gefühl scharfer Glasscherben, die langsam, aber unaufhaltsam seinen Rücken entlang rieselten. Er würde Evelyn alles gestehen. Und freiwillig jede nur vorstellbare Art von Buße auf sich nehmen. Bald. Sehr bald.

Nur nicht jetzt.

»Ich muß«, sagte er leise. »Bitte glaube mir. Es ist wirklich wichtig.«

Er hörte, wie seine Mutter die Luft scharf zwischen die Zähne sog. Aber sie blieb stumm.

»Wenn du jetzt gehst, Christoph«, flüsterte Evelyn tonlos, »dann brauchst du nicht mehr hierher zurückzukommen.« Ihre Augen waren groß und dunkelgrau. »Niemals wieder!«

Es war ein Spiel gewesen, nichts anderes als ein bereits bekanntes und trotzdem noch immer sehr aufregendes Spiel. Eine Art Testlauf sozusagen. Damit alles klappte, wenn die Zeugnisse kamen und sie Ernst machen mußte.

Kasimir hatte sie für alle Fälle heute morgen in den Ranzen gesteckt. Mit zu den Buntstiften, den Äpfeln und Schokoriegeln. Der Rest war noch im Rucksack. Und der lag daheim unter dem Bett.

Nicht einmal schwierig.

Niemand beachtete sie, wie sie langsam den Pausenhof verließ, den Ranzen auf den Rücken, im Gesicht ein munteres Lächeln. Die Straßenkreuzung, dann die Allee entlang. Fanny fand ihren Weg wie im Schlaf.

Der Einstieg?

Ein Kinderspiel!

Die Treppe nach unten, dann durch den ersten Raum, wo die Kartons standen. Es roch muffig. Wie erwartet.

Und der Ausgang schien mit dem dicken, eingeklemmten Brett tadellos gesichert.

Aber bald schon kam es ihr vor wie eine Ewigkeit. Der Keller war so feucht und dunkel, daß an Malen nicht zu denken war. Nicht einmal Tils neue Swatch, die sie ihm für ihr geplantes Abenteuer vorübergehend geklaut hatte, tröstete sie. Wenn sie ehrlich war, wußte sie ohnehin nur so ungefähr, wo die Zeiger gerade standen.

Und hungrig war sie! Kein Stückchen Schokolade mehr übrig, nicht einmal einen Apfel! Der Kirschsaft? Ausgetrunken!

Sie fror. Sie bekam Angst.

Und als plötzlich ein Windzug durch das kaputte Fenster fuhr und an der Dachpappe zerrte, schrie sie erschrocken auf. Fanny drückte sich mit dem Rükken ganz fest an die Wand, so, wie es ihr Til geraten hatte. Damit waren alle Feinde von hinten ausgeschaltet.

Aber die von vorn? Was war mit denen?

Etwas war durch die Klappe auf den Steinboden gefallen. Es fiepte und bewegte sich komisch.

Eine riesengroße Ratte? Jemand von den Schrankleuten? Der Zwerg in einem Pelz?

Alle Härchen richteten sich auf. Fanny kam sich vor wie ein kleiner, angstvoller Igel. Sie machte sich winzig und versuchte sogar, den Atem anzuhalten.

Der Wind wurde stärker. Was für ein scheußliches Heulen und Brausen!

Dann ein lautes Krachen.

Fanny fuhr zusammen. Die Eisentür! Nur von außen zu öffnen. Innen war die Klinke abgebrochen. Jetzt blieb nur noch der Weg durch das zerbrochene Fenster.

Verzweifelt starrte sie zu den spitzen Scherben empor. Wie sollte sie da jemals im Leben hinaufkommen?

»Mami!« rief sie kläglich. »Papa! Til! Großmama! Hört ihr mich nicht? Ich bin's, Fanny! Bitte kommt und holt mich! Ich bin hier, im Nachbarhaus. Gleich neben euch!«

Keine Antwort. Natürlich nicht.

Das komische Rattentier wand sich und fiepte. Seltsamerweise klang es vertraut. Es mußte verletzt sein.

Um rauszufinden wie sehr, konzentrierte sich Fanny auf seine Leuchtfäden. Schwach, lautete ihre Diagnose. Bedenklich schwach.

Und plötzlich wußte sie, was es war.

Und was sie zu tun hatte.

»Moon!« Jetzt weinte sie. Aber sie war längst entschlossen, das Unmögliche zu wagen. »Meine Mooni, ganz ruhig! Dir wird nichts passieren. Warte, ich hole Hilfe!«

»Erst meine Tochter! Sonst sehen Sie keine müde Mark!«

Wolf von Hatting warf seinem Bruder einen amüsierten Blick zu. »Ein echter Scherzbold, unser Hirsch, meinst du nicht?« Gregor grunzte leise. »Überrascht uns erst mit dieser charmanten Dame hier, die ganz überraschend bereit ist, für seine Verpflichtungen einzuspringen, kündigt im nächsten Moment das gemeinsame Geschäft auf – und jetzt verlangt er auch noch seine Tochter von uns!« Er zog eine Grimasse. »Nur Pech, daß wir sie nicht haben! Wir mögen Mädchen, das ja. Beide. Aber erst, wenn sie ein bißchen reifer sind.«

»Ist das Kind bei Ihnen?« fragte Maxie unbeeindruckt. »Wenn ja, dann geben Sie es bitte heraus. Sofort! Sonst bekommen Sie erhebliche Schwierigkeiten, das kann ich Ihnen versprechen.«

»Ein leichter Hörfehler, Gnädigste?« Der ältere von Hatting wurde ärgerlich. »Kein Kind weit und breit, verstanden? Und bisher gibt es nur einen hier im Raum, der Schwierigkeiten hat. Und dies nicht zu knapp.« Er zeigte sein Wolfsgebiß. »Unser guter, alter Hirsch.«

»Hör auf, Maxie«, sagte Christoph resigniert, »du siehst doch, daß es keinen Sinn hat. Wir benachrichtigen die Polizei. Schluß. Fertig! Aus.«

»Die Bullen, ja?« Gregor von Hatting war halb in Richtung Telefon. Scheinbar sehr entschlossen. »Und das nach allem, was wir für dich getan haben? Nach unserer fast schon grenzenlosen Geduld? Schwaches Bild, Hirsch! Ich muß schon sagen, wir sind enttäuscht. Sehr enttäuscht sogar.«

»Außerdem steckst du mit drin«, ließ Wolf sich vernehmen. »Vergiß das nicht. Klaftertief.«

»Sie haben die Kleine wirklich nicht?« Maxie baute sich jetzt vor dem Älteren auf. »Ihr Ehrenwort?«

»Das Ehrenwort eines Ehrenmannes?« Er lachte schallend. Dann wurde er ernst. »Natürlich nicht. Wie oft soll ich das noch wiederholen? Die Hattings haben schließlich Prinzipien. Keine Geschäfte mit Kindern. Und – Verzeihung! – mit Frauen.«

Gregor nickte zustimmend.

Sein Bruder schielte zu Christoph. Dann wieder zu Maxie, die eine bitterböse Miene aufgesetzt hatte.

»In Ihrem Fall und angesichts der besonderen Umstände könnte ich mir allerdings eine Ausnahme vorstellen ... Wie hoch war Ihr Angebot gleich noch einmal?«

»Zwölftausend«, sagte Maxie mit fester Stimme. »Vorausgesetzt, Sie packen Ihren ganzen Schotter und verschwinden. Sofort und auf nimmer Wiedersehen!«

»Ihr Freund schuldet uns aber leider fünfzehn Riesen«, nölte Gregor.

»Zwölf.« Maxie blieb hart. »Auf den Tisch des Hauses. Mein letztes Angebot.«

Christoph zog sie erregt zur Seite. »Das geht nicht, Maxie! Nicht, bevor sie nicht Fanny...«

Die Türglocke bimmelte.

Maxies Augen weiteten sich. Dann entspannten sich ihre Züge. Sie lächelte sogar. Selbst, als sie die dünne Blutspur auf dem alten Holzboden sah.

»Was willst du denn, Chris?« sagte sie sanft. »Da steht sie doch, deine kleine Fanny! Heil und bis auf ein paar Kratzer vollkommen unversehrt.«

Die Nacht vor der Hochzeit war Moons Nacht. Sie wartete, bis es dunkel geworden war. Und der Vollmond wie ein satter, gelber Kürbis am Himmel hing.

Die lästige Schiene am rechten Hinterlauf war endlich ab, aber das Gehen noch immer mühsam. Langsam, fast schon behutsam setzte sie die Pfoten auf, um maximale Entlastung bemüht. Rennen und Toben waren ausgeschlossen, aber sie hatte ja jede Menge Zeit. Das Haus war ruhig, und all seine Bewohner in ihren Zimmern verschwunden.

Klar, daß ihr erster Weg sie schnurstracks zu Fanny führte! Die Kleine schlief schon, rosig und verschwitzt, und gab ab und zu kurze, pfeifende Töne von sich. Sie hatten in letzter Zeit ein Spiel entwikkelt, das Moon sehr gefiel. Autofahren haßte sie, aber Radfahren war wunderschön! Sie saß vorn, in Fannys Puppenkörbchen, die Nase im Fahrwind, und störte sich nicht einmal an dem Halsband und der schicken hellblauen Leine, die sie bei diesen Ausflügen angelegt bekam. Manchmal träumte sie sogar davon, so gut gefiel es ihr.

Moon legte sich neben Fannys Bett nieder, direkt auf einen lachenden, blauen Delphin und begann zu schnurren.

Und Fanny träumte.

»Bücher beißen nicht, Fanny. Ehrlich! Ich hab es selbst ausprobiert.« Sie blinzelt Papa an, noch nicht ganz überzeugt. Er hat zugesperrt, und sie sind zwischen all seinen Regalen allein. »Betrachte sie einfach als eine Art Landkarte. Sie helfen dir, ganz neue, unbekannte Regionen zu entdecken. Bücher können U-Boote sein, die dich auf den Grund des Meeres mitnehmen, Raumschiffe, die dich ins All entführen, oder Postkutschen, die dich in längst vergangene Zeiten tragen.«

»Das mit den Postkutschen gefällt mir am besten«, sagt sie nachdenklich.

»Und weshalb, Fanny?«

»Weil es nicht schnell gehen muß, Papa. Ich kann es nicht leiden, wenn ich mich immer so abhetzen muß.«

»Niemand hetzt dich mehr, versprochen! Wir haben ja inzwischen durch die Tests erfahren, daß du ein paar Probleme mit dem Lesen und Rechtschreiben hast. Und daher manchmal auch ein paar Zahlen verwechselst.«

Ja, das wissen sie nun – endlich! Sie ist weder dumm, noch faul. Aber ihre Schaltzentrale, das Gehirn, bringt etwas durcheinander. Alle haben versprochen, ihr dabei zu helfen, daß es langsam lernt, es richtig zu machen. Sie wird sogar in eine andere Schule kommen, wo die Kinder Buchstaben und Zahlen erst mit ihrem Körper tanzen, um sie sich besser einzuprägen. Und eine neue Lehrerin! Sie ist wirklich froh, Frau Hofmanns Eisblick nicht länger aushalten zu müssen.

»Und wenn ich es doch nicht schaffe?«

Sie ist aufgestanden und geht zu dem Tisch am Fenster. Vorsichtig streckt sie ihre Hand aus und berührt mit den Fingerspitzen die einzelnen Buchrücken.

»Als du geboren wurdest, hat es den ganzen Tag geregnet. Und ebenso lange stand ein Regenbogen über dem Haus. Kinder mit diesem Zeichen bringen alles zustande, was sie sich vornehmen. Selbst, wenn sie ein bißchen länger dazu brauchen, als andere.«

»Ist das wirklich wahr?« Sie wagt kaum zu atmen. »Das mit dem Regenbogen?«

»Natürlich, Sternchen, glaubst du vielleicht, ich würde dich in so einem wichtigen Punkt anlügen?«

Sie schüttelt den Kopf. Aber es gibt noch immer etwas, das ihr angst machte. »Und wenn der Zwerg mich nicht läßt?«

»Sag bloß, der fiese Kerl ist immer noch da!«

Sie nickt beklommen.

»Aber du hast es ihm doch gezeigt, Fanny! Wie mutig du die Kartons aufeinandergestellt hast, um durch die zerbrochene Scheibe aus dem Keller zu klettern! Dir ist zu verdanken, daß unsere Katze jetzt wieder gesund wird. Denn allein hätte sie nicht mehr herausgefunden. Ich würde ihn an deiner Stelle gar nicht beachten. Vielleicht geht er dann ganz von selbst weg.«

»Das glaube ich nicht«, sagt sie »Du kennst ihn nicht. Kannst Moon fragen. Der hat verdammt gute Nerven.«

Papa beginnt zu lächeln. »Dann stecken wir ihn einfach in ein Buch. Zwischen zwei feste Deckel. Und da muß er drinbleiben – für immer!«

»Und wie machen wir das?«

»*Der siebte Zwerg* – so könnte es heißen, was meinst du?«

»Klingt nicht schlecht. Was soll drinstehen?«

»Ein kleines Mädchen bastelt seinem Papa einen Wandbehang zum Geburtstag und vergißt dabei einen Zwerg. Der Papa reagiert ziemlich blöd, wie Papas das manchmal tun, wenn sie mit ihren Gedanken anderswo sind, und das Mädchen beschließt aus Ärger darüber, seinen Rucksack zu packen und wegzulaufen ...«

»Aber das ist ja meine Geschichte!«

Papa nimmt sie fest in die Arme. Er riecht so ähnlich wie Til, nur ein bißchen intensiver. Es ist schön, seinen warmen Atem zu spüren. Und seine Lippen auf ihrem Kopf.

»Außerdem spielt natürlich eine schöne, kluge Katze namens Luna eine wichtige Rolle«, fährt er fort.

»Luna!« Fanny gluckst. »Luna ist schön!«

»Dummerweise gerät sie in eine Falle, wird aber von unserer kleinen Heldin gerettet. Und schließlich kommen alle drauf, daß es vielleicht gar nicht so furchtbar ist, wenn man sich einmal irrt. Und daß es im Leben viel, viel wichtigere Dinge gibt, als immer richtig zu zählen.« Er wird sehr ernst. »Natürlich ist es deine Geschichte, Fanny! Aber ich wollte dich fragen, ob du sie mir schenkst. Dann könnten wir gemeinsam dem Zwerg den Garaus machen.«

Sie bleibt lange still.

»Gut«, sagt sie schließlich. »Aber nur unter zwei Bedingungen.«

»Und die wären?«

»Der Papa in deinem Buch darf nicht Franz heißen.«

»Franz? Niemals!«

»Und das Mädchen nicht Fanny.« Sie schaut ihm direkt in die Augen. »Und auch nicht Maxie. Versprochen?«

»Versprochen!« Er zuckt leicht, hält aber ihrem Blick unvermindert stand. »Sondern wie?«

»Sera!« Sie beginnt laut loszuprusten. »Die wird sich vielleicht ärgern!«

Moon hatte Durst. Sie mußte dringend etwas trinken. Und nirgends schmeckte es so gut wie aus der Blumenkanne im Wohnzimmer. Außerdem mochte sie, wie die Frau roch, die dort auf dem aufgeklappten Sofa schlief, nach einem zarten, altmodischen Blumenduft. Ihr Haar war aufgelöst und hing halb herunter, ein dichter, dunkler Vorhang mit unzähligen silbernen Fäden.

Moon hätte versuchen können, es ein bißchen durcheinanderzubringen, aber sie entschied sich lieber für einen kleinen nächtlichen Happen in der Küche. Kaltes Hühnchen – sie liebte kaltes Hühnchen! Seitdem sie den Unfall gehabt hatte, versuchten die Menschen glücklicherweise nicht mehr, ihr mit Fertigfutter zu kommen. Sie hatten verstanden, was sie mochte, und was nicht. Endlich!

Es war ein Kinderspiel, von dem kleinen Tischchen auf das Sofa zu springen und sich seitlich an die schlafende Frau zu kuscheln. Moon wußte genau, daß sie nur so tat, als könne sie sie nicht leiden. In Wahrheit verstanden sie sich ganz gut. Erstaunlich gut sogar.

Sie machte sich lang und schmal, um genau in die Ritze zu passen. Ilona zuckte kurz zusammen, wurde aber schnell wieder ruhig. Sie war gerade am Beginn eines wunderschönen Traumes.

»Zeit, Sie nach Hause zu holen!«

Leopold Degen ist ein bißchen zu früh dran. Wie immer mit einem Rosenstrauß, diesmal in lachsrosa, und einer dunkelblauen Mappe, die er ihr feierlich überreicht.

»Was ist das denn?« fragt Ilona. »Wichtige Dokumente?«

»Kein schlechter Tip. Sie sehen übrigens wunderbar aus!«

Sie trägt ihr Pepitakostüm mit der duftigen, weißen Organzabluse. Leider dazu noch immer nicht die passenden schwarzen Pumps. Sein Blick hat vorhin ihren Gips gestreift. Und der kommt erst in ein paar Tagen ab. Falls alles glatt läuft.

»Tja, wenn diese vorlaute Katze nicht gewesen wäre ...«

»... dann hätte ich vermutlich nie erfahren, welche finanziellen Verrenkungen Sie ständig veranstalten. Ich bin dieser klugen Katze Mrs. Moon äußerst dankbar. So konnte es wirklich nicht weitergehen. Und jetzt schauen Sie endlich hinein!«

»Frau Ilona Hirsch erhält lebenslänglich unentgeltliches Wohnrecht in dem Anwesen ... Die bisherige Mietzahlung entfällt ab sofort ersatzlos.« Sie schaut irritiert auf. »Ich verstehe nicht ganz.«

»Och, Sie verstehen ganz gut, liebste Ilona! Oder glauben Sie vielleicht, ich lasse Sie auch noch dafür bezahlen, daß Sie freundlicherweise in meinem Haus wohnen? Meine Wohnung im Erdgeschoß wird übrigens nächste Woche fertig.« Er zwinkert ihr zu. »Anlaß für eine kleine Einweihungsfeier, meinen Sie nicht? Wir müssen nicht zusammen sein, wenn wir nicht wollen. Aber wir können. Schöner und bequemer könnten wir es doch gar nicht haben, oder?«

Keine Spur von dem Mann! Moon mußte ganz nach oben, hinauf in die Mansarde und von dort aus über die Luke aufs Dach. Kein großes Problem für sie, sich auf den Ziegeln zu halten, wenngleich sie die verletzte Pfote noch immer spürte.

Die Luft war lau, der Sommer prall und saftig.

In der Ferne hörte sie einen Kater singen.

Christoph sitzt mit Maxie in ihrer Rosenbadewanne. Sie ist froh um das schmeichelnde Kerzenlicht, obwohl sie allmählich lernt, weniger streng zu ihrem Körper zu sein. Kleine Wellen glucksen, wenn einer von ihnen sich bewegt. Es riecht nach Rosenduft.

»Jetzt wirst du also doch ein Dichter«, sagte sie. Ihre Augen strahlen. »So, wie du es dir immer gewünscht hast.«

»Ja, sieht ganz so aus. Allerdings würde ich mich eher etwas bescheidener als Kinderbuchautor bezeichnen. Was auch schon nicht schlecht ist. Das Beste daran ist, daß ich dir mit dem Vorschuß die Hälfte des Geldes sofort zurückgeben kann. Und den Rest, sobald das Buch einigermaßen läuft.«

Maxies Miene verdüstert sich.

»Aber das andere gefällt mir überhaupt nicht. Du liebst sie also doch mehr als mich.«

»Nein, Maxie. Nur länger.«

»Ich kann morgen nicht für dich den Trauzeugen spielen.«

»Und ich kann Evelyn nur heiraten, wenn du es machst. Ihr Kerl ist übrigens weg. Worüber du ja sicherlich informiert bist. Aber ohne deinen Segen? Ausgeschlossen!«

Er ist mager und rotblond mit ein bißchen Grau dazwischen, und sie liebt ihn so sehr, daß sie es kaum aushält.

»Das ist also der Abschied, Chris?« fragt sie leise. »Ausgerechnet jetzt, wo Romy nächsten Monat zu Regina zieht!«

»Wie wunderbar! Ins Schwäbische?«

»Ins Schwäbische!«

Sie küssen sich. In dem warmen Wasser fühlt sie sich beinahe schwerelos.

»Wieso lächelst du?« will sie wissen. Ihr Gesicht ist ganz naß. »Was ist denn so komisch?«

»Nichts ist komisch«, sagt Christoph voller Zärtlichkeit. »Du bist nur so schön, daß ich dich dauernd anschauen muß. Außerdem ist es kein Abschied. An dem, was zwischen uns ist, ändert auch die Hochzeit nichts. Und das weißt du ebensogut wie ich.«

Maxie schließt die Augen.

»Dann lieb mich jetzt«, verlangt sie rauh. »Und zwar so, daß ich es nie mehr vergesse.«

Im Zimmer des Jungen lag alles durcheinander, Strümpfe, Federboa, eine schwarze Korsage, Pumps mit hohen, spitzen Absätzen. Moon stürzte sich sofort darauf, rieb ihren Bauch an dem grünlichen, leicht schuppigen Leder, sog entzückt den Geruch ein. Mit allen Vieren trat sie dagegen – ein herrliches, lustvolles, wundervolles Spiel!

Tilman räkelte sich im Schlaf. Er zuckte.

Und lächelte.

Alles ist wieder da, lebendig, zum Greifen konkret. Die Bühne, die Lichter, Musikfetzen, das erwartungsvolle Dunkel, in dem das Publikum sitzt.

Sein Lieblingslied. Und er will es singen, wie nie zuvor.

Er trägt die pinkfarbene Boa, die schwarzen Strümpfe, die Korsage mit dem hohen Beinausschnitt, die auch die halben Hinterbacken freigibt. Alle Scheinwerfer auf ihn.

Langsam dreht er sich herum.

Alle können die tätowierte Rose sehen. *Alle.* Vermutlich hat ohnehin keiner das Ammenmärchen über das Abziehbild geglaubt.

»Siehst du das?« hört er Evelyn flüstern.

»Ist doch sein Po«, zischt Ilona zurück. »Geht dich also gar nichts an!«

»Und die Hefte?«

»Stammen natürlich von mir. Was denkst du denn? Er muß doch schließlich erst rausfinden, wer er ist. Und was er wirklich mag. Laß ihm Zeit. Dann schafft er es auch.«

Die Band setzt ein. Dazu jede Menge Geigen.

»Give yourself over
to absolute pleasure!
Swell the warm waters
of sins of my flesh.
Erotic nightmares
beyond any measure
and sensual daydreames
to treasure forever…«

Rosa Schaumwolken. Über und über. Die ganze Bühne wird zum feuchten, orgiastischen Bad.

Ollie küßt Leslie, beziehungsweise Brad seine Janet. Ein bißchen ungestümer, als es seine Rolle eigentlich vorschreibt.

Egal! Er *ist* Frankie, das unwiderstehlichste aller Ungeheuer! Wenn er will, kann er sie beide haben.

»Can't you just see it?«

Noch einmal Geigen. Das Publikum hält vor Entzücken den Atem an. Til spürt es mit jeder Faser seines Körpers.

»Don't dream it –
be it.
Don't dream it –
be it!
Don't dream it…«

Er hofft nur, es wird niemals, niemals wieder aufhören!

Schon wieder schlaflos! Wahrscheinlich, weil sie vergessen hatte, ein paar dicke, selbstgestrickte Socken aus Pias unverwüstlichen Beständen anzuziehen. Die Herbstnächte waren kühl. Besonders, wenn man wie sie auf vernünftige Flanellnachthemden verzichtete.

Christoph, der konnte schlafen! Glücklicherweise schnarchte er kaum noch. Es war zu dunkel, um sein Gesicht zu sehen, aber sie wußte trotzdem genau, wie er aussah, entspannt, hingegeben an vermutlich süße Träume. Außerdem hatte er in letzter Zeit damit begonnen, immer größere Anteile des Bettes für sich zu beanspruchen. Manchmal blieb Evelyn nur noch ein winziges Eckchen, wenn sie ihn nicht rüberdrängen und ihn damit notgedrungen aufwecken wollte.

Sie rauchte noch immer.

Obwohl sie schon zwei ernsthafte Versuche unternommen hatte, es sich abzugewöhnen. Mit der Zigarette in der Hand ging sie in die Küche und schaute hinaus in den Garten. Mondlicht fiel auf den schmalen Goldring an ihrer rechten Hand.

Eigentlich war sie glücklich.

Meistens jedenfalls.

Paradiso lief ausgezeichnet, wenngleich Maxie viel weniger Zeit als früher hatte und ihr Recht auf Privatleben immer wieder betonte. Seitdem Romy ausgezogen war, hatte sie sich richtig ein bißchen abgekapselt. Vermutlich lag es an ihrem Liebesleben, um das sie viel geheimnisvolles Getue machte.

Evelyn hätte gar nicht mit ihr tauschen wollen. Und auch mit niemandem sonst. Manchmal allerdings, wenn ganz unvermutet rote Käfer oder blonde Frauen mit dicken Schwangerschaftsbäuchen ihren Weg kreuzten, konnte es doch vorkommen, daß sie ganz unmerklich zu zucken begann. Obwohl sie genau wußte, daß die Sache mit Franz ein für allemal vorbei war.

Aber dieses sehnsüchtige Ziehen, dieses Fiebern, die ständige atemlose Hitze...

Es war hell genug, um die Karte aus Formentera auf der Kommode zu sehen, wo Ilona den kühlen Herbst mit ihrem Leopold verbrachte. Ab und zu fehlte sie ihr direkt. Aber sie gönnte ihr das neue Glück aus vollem Herzen.

Fanny war gewachsen und konnte noch immer nicht viel besser rechtschreiben. Trotzdem fühlte sie sich viel wohler in der neuen Schule und brachte seit letzter Woche eine kleine, blonde Freundin zum Mittagessen mit nach Hause.

Til war offenbar schon halb auf dem Weg zum

Semiprofi. Mit ihrem Musical tingelten sie inzwischen in anderen Schulen und Gemeindezentren; ein Ende des *Rocky-Horror-Picture*-Fiebers unter den Kids war nicht absehbar. In letzter Zeit steckte er nicht nur mehr mit Ollie zusammen. Oft war auch Leslie dabei. Nettes Mädchen, wie Evelyn fand. Ausnehmend nett sogar. Die drei schienen sich verblüffend gut zu verstehen.

Jetzt trank sie doch ein Glas Rotwein, obwohl sie sich vorgenommen hatte, wieder ein bißchen kalorienbewußter zu werden. Die Sommerklamotten spannten ordentlich, und die enge, schwarze Hose vom letzten Frühjahr probierte sie lieber erst gar nicht. Christoph mochte, daß sie wieder ein bißchen runder geworden war, zumindest behauptete er es ihr gegenüber.

Christoph? Ach, Christoph!!!

Er war aufmerksam, liebevoll, zärtlich, fürsorglich – wenngleich manchmal auch seltsam abwesend. Und er arbeitete zu viel. Aber konnte sie denn mehr verlangen? Nachdenklich drehte sie an ihrem Ring. Die Sicherheit, die Geborgenheit, das Familiengefühl, was wollte sie eigentlich mehr?

Schließlich war alles ziemlich genau so gekommen, wie sie es sich immer gewünscht hatte.

Und doch vermißte sie diesen verrückten, chaotischen, aufregenden Sommer! Evelyn seufzte halblaut. Vielleicht mußte man wirklich genau aufpassen, welche Wünsche man aussandte. Irgend jemand da draußen schien ziemlich feine Ohren zu haben.

Und, hatte man Pech, trafen sie exakt auf Bestellung ein.

Nicht einmal richtiger Vollmond!

Es würde noch ein paar Tage dauern, bis die gelbe Kugel zwischen den schnell ziehenden Wolken gleichmäßig rund war. Die Wipfel der großen Laubbäume rauschten. Bald würden sie kahl sein. Der Rasen war schon überall mit gelben und roten Herbstblättern bedeckt.

Ihr Glas war beinahe leer. Die Zigarette ausgedrückt.

Auf einmal stutzte Evelyn. Runzelte die Stirn, schaute noch einmal ganz genau hin. Kein Zweifel!

Sie konnte sich unmöglich täuschen.

Auf den Stufen zur Terrasse saß Moon, im fahlen Licht eher schwarz als rot. Statuengleich. Beinahe wie Bastet, die ägyptische Katzengöttin.

Und vor ihr war sie, unübersehbar, die schimmernde Spur Mondstaub, die direkt auf Pias Haus zulief.

PIPER

Brigitte Riebe

Pforten der Nacht

Historischer Roman. 477 Seiten. Geb.

Köln, Flandern und Italien im 14. Jahrhundert sind die Schauplätze dieses atmosphärisch dichten und mitreißend erzählten Romans. In seinem Mittelpunkt stehen drei Menschen, die aus völlig verschiedenen Welten stammen. Doch das Schicksal – und die Liebe – verbinden sie auf tragische Weise miteinander.
Als Kinder schworen sie sich noch Blutsbrüderschaft, doch nun sieht alles ganz anders aus: Johannes, der Sohn des wohlhabenden Kaufmanns Jan van der Hülst, und Esra aus der Familie des Juden Jakub ben Baruch, begehren beide dieselbe Frau: Anna, die Halbwaise aus dem Färberviertel, die schon so früh auf eigenen Beinen stehen mußte. Vor dem ungemein vielschichtigen Hintergrund des mittelalterlichen Köln mit seinen Händlern und Handwerkern, kleinen Leuten und dem wohlhabenden Klerus, erzählt »Pforten der Nacht« eine spannende Dreiecksgeschichte um Liebe, Eifersucht, Reichtum und Armut. Für wen wird Anna sich am Schluß entscheiden?

Brigitte Riebe

Palast der blauen Delphine

Ein Roman aus dem alten Kreta.
494 Seiten. SP 2274

Der berühmte Mythos vom kretischen Labyrinth, die wohl spannendste und geheimnisvollste Sage des Abendlandes – erzählt aus der Perspektive der matriarchalisch orientierten kretischen Kultur. Der Held ist Asterios, Sohn der Königin Pasiphaë und eines Stiertänzers. Er wird der erste männliche Priester, der den Orakeln zufolge Kreta vor dem Untergang retten soll. Nach einer tragischen Liebesgeschichte mit seiner Halbschwester Ariadne und dem beinahe tödlich endenden Zweikampf mit dem attischen Thronfolger Theseus scheint Asterios jedoch an seiner Mission zu scheitern…

»Zu den schönsten historischen Romanen zählt für mich Brigitte Riebes Buch ›Palast der blauen Delphine‹. Sagen, Mythen und historische Fakten werden hier zu einer spannenden Handlung verflochten. Brigitte Riebe beschwört die alte Welt der Großen Göttin, die zu jener Zeit noch mächtiger war als alle männlichen Götter des griechischen Olymp und die damals über das minoische Kreta herrschte. Es war die Epoche des Matriarchats, die mit den Eroberungszügen der Stämme vom Festland endete.«

Norddeutscher Rundfunk

»Der Roman von Brigitte Riebe wirkt wie eine traumhafte Rückkehr in die Kindheit, als wir noch an Märchen glaubten oder zumindest nicht ausschließen wollten, daß sie wahr sind.«

Sender Freies Berlin

»Die Historikerin Brigitte Riebe, die sich mit von Frauen beherrschten Kulturen beschäftigt, erzählt die Sage aus dem Blickwinkel der matriarchalisch orientierten kretischen Mythen. Entstanden ist ein mitreißender historischer Roman über Liebe, Politik und den Untergang einer Kultur.

Gala

»Eine Geschichte – so spannend wie ein Krimi.«

Madame

Hilde Lermann

Die Braut des Märchenkönigs Sophie von Wittelsbach
Biographischer Roman. 265 Seiten. SP 2436

Sophie von Wittelsbach, Schwester von Kaiserin Sisi, Verlobte Ludwigs II. von Bayern – ein Stoff, aus dem die Träume sind: Die anrührende Lebensgeschichte einer außergewöhnlichen Frau, deren Leben von ihrer unerfüllten Liebe zu Bayerns »Märchenkönig« bestimmt war.

»Man spürt noch in den Nebenhistörchen und Seitenbemerkungen, wie tief die Autorin in Geschichte und Geschichten der Zeit eingedrungen ist, um dann einen derart lockeren und atmosphärisch dichten Schmöker schreiben zu können. Ein ausgezeichnet recherchierter Roman voll Farbe, Witz und Phantasie.«
Bayerischer Rundfunk

Catherine Clément

Der unvollendete Walzer
Ein Sisi-Roman. Aus dem Französischen von Barbara Scriba-Sethe. 522 Seiten. SP 2542

»Ich habe keine Heimat und bin fortwährend auf der Reise.« So erklärt sich im Fasching 1874 auf einem Ball in der Wiener Redoute die geheimnisvolle, in einen gelben Domino gehüllte Frau dem jungen Franz Taschnik. Der Walzer reißt die beiden in seinen Wirbel, der Beamte aus dem Außenministerium verliebt sich in die elegante Unbekannte. Als sie nach einem Kuß flieht, bleiben Franz nur ihr schwarzer Fächer und eine Ahnung – wurde die geheimnisvolle Dame in einem unbedachten Moment doch mit »Eure Majestät« angesprochen! In diesem außergewöhnlichen Roman entwickelt Catherine Clément das faszinierende Porträt der Elisabeth von Österreich, zerrissen zwischen Hochmut und tiefer Trauer. Sie ist die unnahbare Kaiserin und möchte doch die Freuden der kleinen Leute genießen, sie will ihre Liebe allen Verrückten der Welt schenken und verwehrt sich ihrem eigenen Mann. »Vor uns liegt das lebendigste, wahrhaftigste und erschütterndste Porträt von Sisi, das die Historiker uns geliefert haben«, urteilte die Kritik in Frankreich, wo der Roman als Bestseller und literarische Sensation gefeiert wurde.

Ann-Christin Kaemmerer

Drei Männer und ein richtiger

Roman. 264 Seiten. SP 2234

Corinna, »Corry« genannt, ist eine erfolgreiche Schriftstellerin Ende Dreißig. Nun möchte ihr Verlag einen autobiographischen Roman. Corrys Leben bietet auch einiges: Sie hat nicht nur einen Hund namens Einstein, sondern auch drei Männer auf einmal. Mit Georg, dem einfühlsamen Psychologen, verbindet sie eine platonische Liebe. Mit dem verheirateten Götz, Kulturredakteur und Abenteurer, bereist sie die Welt. Und Harry, einige Jahre jünger als sie, ist der anschmiegsame Lover, der sie verwöhnt. So weit, so gut, denn die Herren kennen einander und wissen ein unkonventionelles Liebesleben zu schätzen. Kritisch wird es erst, als Corry Sándor Szkárosi über den Weg läuft, ein exzentrischer, hochsensibler Dirigent von Weltformat aus Ungarn...

Martina Mettner

Karriere in Aspik

Roman. 372 Seiten. SP 2514

Für Simone Störmer, 34, Kunsthistorikerin mit Doktortitel, geht es seit neuestem um die Wurst. Sie läßt sich von Cäsar Zipfel, einem mittelständischen Unternehmer der Fleischwarenbranche, als PR-Chefin einstellen und gerät damit ziemlich in Teufels Wurstküche. Ein Wahnsinns-Job: Der Chef, ein chaotischer Visionär, das Betriebsklima ebenso am Nullpunkt wie die Qualität des täglichen Kantinenessens, die persönliche Assistentin demotiviert und diätbesessen. Und zu alledem eine Wochenendbeziehung in der Krise. Als ihr Chef schließlich die gesamte Republik mit Schlemmerpassagen überziehen will, krönt Simone Störmer ihre Karriere mit einem Werbefilm, den sie ohne Etat und sinnvolles Material in kürzester Zeit auf die Beine stellt. Daß der Film ein voller Erfolg für Simone wird, paßt weder dem Chef noch den Kollegen... Mit sprühendem Witz und launigen Einfällen ist Martina Mettner ein köstliches Karriere-Drama mitten aus dem deutschen Büroalltag gelungen.

SERIE PIPER

Franziska Stalmann

Champagner und Kamillentee
Roman. 230 Seiten. SP 1541

Nach dreizehnjähriger Ehe wird die 39jährige Ines von ihrem Mann in Rekordzeit »ausgemustert«. Er wird anderweitig Vater und will eine schnelle Scheidung. Ines steht fassungslos und allein da, ohne Beruf, ohne Ausbildung, ohne Freunde.
Wie sie sich langsam fängt und sich mit neuem Outfit und neuen Aufgaben zum Schwan mausert, schildert die Autorin mit Charme, Sprachwitz und viel Situationskomik.
Eine Emanzipations-Komödie der allerfeinsten Art. Franziska Stalmanns spritziger Roman, erzählt in wunderbar leichtem Ton, ist längst zu einem Bestseller geworden, der sich bei Frauen wie ein Lauffeuer herumgesprochen hat.

Ein »Frauen-Power-Buch, süffig wie ein Glas Champagner.«
Brigitte

»Spaß vom Allerfeinsten.«
Die Welt

Lieber die Taube in der Hand
Roman. 260 Seiten. SP 1788

Agnes hat auf einmal ihre schaumgebremsten Männerbeziehungen gründlich satt, besonders ihr Arrangement mit Rainer, der mit ihr ins Bett und auch mal ausgeht, sonst aber nicht viel braucht. Agnes ist vierzig und Psychologin, seit langem geschieden, und hat noch Jessica, eine wohlgeratene Tochter, die schon studiert. Jetzt, nach all den mageren Jahren, könnte sie sich eigentlich mal was Richtiges gönnen, eine schöne, fette Liebe mit allem Drum und Dran. Doch wie und wo findet man in diesem Alter den passenden Mann? Sie weiß, daß sie eigenwillig und anspruchsvoll ist und nicht bereit, jeden zu nehmen. Sie weiß, daß ihre inneren Werte ansehnlich, die äußeren dagegen reichlich vernachlässigt sind. Unterstützt von Feundin Lea macht Agnes sich systematisch ans Werk. Da wird sie zum Abendessen eingeladen und begegnet Felix.

SERIE PIPER

Gaby Hauptmann

Suche impotenten Mann fürs Leben

Roman. 315 Seiten. SP 2152

Wer seinen Augen nicht traut, hat richtig gelesen: Carmen Legg meint wörtlich, was sie in ihrer Annonce schreibt. Sie sucht den Traummann zum Kuscheln und Lieben – der (nicht nur) im Bett seine Hände da läßt, wo sie hingehören. Die Anzeige entpuppt sich als Knüller, und als sie schließlich in einem ihrer Bewerber tatsächlich den Mann ihres Lebens entdeckt, wünscht sie, das mit der Impotenz wäre wie mit einem Schnupfen, der von alleine vergeht.

Gaby Hauptmann ist das Kunststück gelungen, das Thema »Frau sucht Mann« von einer gänzlich anderen Seite aufzuziehen und daraus eine fetzige und frivole Frauenkomödie zu machen, die kinoreif ist.

»Mit Charme und Sprachwitz wird der Kampf der Geschlechter in eine sinnliche Komödie verwandelt.«

Schweizer Illustrierte

»Haben Sie Lust auf eine fetzige und frivole Frauenkomödie? Auf das Thema ›Frau sucht Mann‹ in einer ganz neuen Variante? Dann haben wir was Passendes. ›Suche impotenten Mann fürs Leben‹ von Gaby Hauptmann.

Attraktive, erfolgreiche 35erin sucht Mann für schöne Stunden, Unternehmungen, Kameradschaft. Bedingung: Intelligenz und Impotenz.

Diese Anzeige stammt von Carmen Legg, schlau, attraktiv, selbständig. Eigentlich hat sie eine Schwäche für Männer, nur von einer Sorte hat sie die Nase voll: von den Typen, denen der Verstand zwischen den Beinen baumelt, die immer wollen – und zwar das eine. Da gibt's nur einen Ausweg: der impotente Mann für's Leben muß her. Zusammen mit ihrer 80jährigen Nachbarin Elvira prüft Carmen eingehend die Antwort-Briefe auf ihre Chiffre-Anzeige. Einer macht auch tatsächlich das Rennen. Wer, wird nicht verraten... höchstes Lesevergnügen.«

Radio Bremen

Gaby Hauptmann

Nur ein toter Mann ist ein guter Mann

Roman. 302 Seiten. SP 2246

Ursula hat soeben ihren despotischen Mann beerdigt. Doch obwohl sich der Sargdeckel über ihm geschlossen hat, läßt er sie nicht los. Während sie sich von der ungeliebten Vergangenheit trennen will, fühlt sie sich weiter von ihm beherrscht. Sie wirft seine Wohnungseinrichtung hinaus, will seinen Flügel und seine heiß geliebte Yacht verkaufen, übernimmt die Leitung der Firma. Er schlägt zurück: Männer, die ihr zu nahe kommen, finden ein jähes Ende – durch ihre Hand, durch Unglücksfälle, durch Selbstmord. Erst als Ursula langsam hinter das Geheimnis ihres Mannes kommt, gewinnt sie die Macht über sich selbst zurück. Und als sie dabei eine Ex-Freundin ihres Mannes kennenlernt, öffnet sich ein völlig neuer Weg für sie – doch dann stellt sich die große Frage: Woran ist ihr Mann eigentlich gestorben?

Gaby Hauptmann hat eine listige, rabenschwarze Kriminalkomödie geschrieben: einen frechen und hinterhältigen Roman über eine Witwe, die eine Ehe lang im Schatten ihres mächtigen Mannes stand. Eine Frau, die auf dem Weg zu sich selbst nicht nur ein paar Verehrer unter die Erde bringt, sondern vor allem mit ihrem verstorbenen Gatten abrechnet. Der neue Erfolgsroman der Autorin des Bestsellers »Suche impotenten Mann fürs Leben«.

Die Lüge im Bett

Roman. 315 Seiten. SP 2539

Für Nina ist Brasilien ein Geschenk des Himmels: Es wird Zeit, Sven loszuwerden. Doch in Rio kommt es nicht nur zu turbulenten Ereignissen während der Dreharbeiten ihres Fernsehsenders, sondern ernsthaft neue Perspektiven in Sachen Liebe tun sich auf: Hals über Kopf verliebt sich Nina in den smarten Nic. Ihr Puls klopft, ihr Herz rast – nur Nic scheint es nicht zu merken… Mit hinreißend leichter Hand und sprühendem Witz schickt Gaby Hauptmann ihre hellwache und erfrischend durchtriebene Heldin Nina in einen scheinbar undurchdringlichen Dschungel der Gefühle.